KB090223

또 놀러오세요! 수학 가게입니다

또 놀러 오세요!
수학가게입니다

초판 1쇄 2016년 4월 5일
초판 6쇄 2021년 10월 1일

지은이 무카이 쇼고
옮긴이 고향옥

책임 편집 신정선
마케팅 강백산, 강지연
표지 디자인 신병근

펴낸이 이재일
펴낸곳 토토북

주소 04034 서울시 마포구 양화로11길 18 3층(서교동, 원오빌딩)
전화 02-332-6255 | **팩스** 02-332-6286
홈페이지 www.totobook.com | **전자우편** totobooks@hanmail.net
출판등록 2002년 5월 30일 제10-2394호
ISBN 978-89-6496-301-2 43830

*잘못된 책은 바꾸어 드립니다.
*탐은 토토북의 청소년 출판 전문 브랜드입니다.
*이 책의 사용 연령은 14세 이상입니다.

또 놀러 오세요!

수학가게입니다

십 대를 위한 수학 소설

무카이 쇼고 지음
고향옥 옮김

탐

차례

해O. 잊을 수 없는 그때

"소라, 여기 있었구나."

아스나는 어둡게 가라앉은 운동장을 향해 말했다.

방금 전까지 환히 빛나던 보름달은 시시각각 모양을 바꾸는 구름 뒤로 숨어 버렸다. 구름 사이로 언뜻언뜻 얼굴을 내미는 별들이 심란하게 깜빡거렸다 사라지기를 되풀이한다. 어둠 속에서 몸을 ㄱ 자로 구부리고 있던 소라는 흘끔 돌아보고 다시금 땅바닥으로 시선을 떨군다.

드득드득드득.

손에 든 건 나무 막대기일까. 땅에 뭔가를 쓰는 듯한데, 조명이 꺼진 지금으로서는 그것의 정체를 확인할 길이 없다. 어둠 속에 녹아들어 버린 듯 소라의 윤곽이 흐릿하다. 아스나는 운동장 가장자리로 다가갔다.

그리고 소라의 발밑에 빼곡히 적힌 수식을 물끄러미 바라보았다.

$$A_1+A_2+A_3+A_4+A_5+A_6+A_7+A_8+A_9+A_{10}+A_{11}+A_{12}+A_{13}$$
$$+A_{14}+A_{15}+A_{16}+A_{17}+A_{18}+A_{19}+A_{20}+A_{21}+A_{22}+A_{23}+A_{24}$$
$$+A_{25}+A_{26}+A_{27}+A_{28}+A_{29}+A_{30}+A_{31}+A_{32}+A_{33}+A_{34}+A_{35}+$$

"이게 뭐야?"

주욱 이어진 수식을 본 아스나는 고개를 갸우뚱했다.

"$A_1+A_2+A_3+\cdots$, 보통은 그 정도만 쓰고 생략하잖아. 근데 오늘은 왜 이렇게 계속 쓰는 거야?"

"흐음. 왜지……."

소라는 수식을 쓰던 손을 멈추고 골똘히 생각에 잠겼다. 어둠 속에서도 알아볼 수 있을 정도로 그 옆얼굴은 지쳐 보였다.

"풀이를 끝내고 싶지 않은 문제겠지, 아마도."

남 얘기하듯 소라는 그렇게 덧붙였다. 때마침 불어온 바람에 구름이 흘러가자 달이 얼굴을 내밀었다. 시야가 아주 조금 밝아졌을 뿐인데, 어둠에 눈이 익어선지 땅거죽을 뒤덮은 암막이 한쪽 끝에서부터 서서히 걷히는 느낌이었다.

넓은 운동장을 쓰윽 둘러본 아스나는 깜짝 놀랐다. 시야 가득 수식이 펼쳐져 있었다. 어마어마한 양의 숫자와 기호와 알파벳이 운동장 절반가량을 차지하고는 종횡무진 뛰어다녔다. 마치 나스카의 지상화(페루 남부 태평양 연안, 나스카 평원이라 불리는 건조 지대에 그려져 있는 일련의 선과 도형으로 이뤄진 수수께끼 그림-옮긴이)처럼. 혹은 흑마술 의식을 거행하는 것처럼.

게다가 소라는 그 끄트머리에서 쉴 새 없이 수식을 늘려 가고 있다.

그 애가 바닥에서 눈을 떼지 않고 말했다.

"밤이 늦었어. 너는 그만 집에 가."

"괜찮아, 여기에 있을게. 여기서 보고 있을 거야."

아스나는 운동장과 콘크리트의 경계 바닥에 앉았다. 교복 치마를 뚫고 선득함이 전해져 왔다. 지금은 그 차가움이 사랑스러웠다. 몸에서 사라질 리 없는 열을, 36도를 조금 넘는 체온을, 더 좀 더 식히고 싶었다. 아스나가 앉자 소라는 다시 수식 쓰는 데 몰두했다. 언제 끝날지 모를 염주 알을 꿰듯 알파벳과 숫자가 남은 운동장 공간을 서서히 줄여 나갔다.

드득드득.

그리고 한동안 그렇게 바닥을 긁는 소리가 이어지고 다시금 달이 구름 뒤로 숨었을 때, 소라는 별안간 손을 멈췄다.

"어쩐지 자꾸 흘러내린다 했더니."

손에 든 나무 막대기로 안경을 쓰윽 밀어 올렸다.

"그래, 내 안경이 아니었어."

문1. 경기의 흐름을 뒤집어라

"7!"

"8!"

"아, 으음……, 나는 9!"

여학생 셋이서 이마를 맞대고 저마다 숫자 하나씩을 외쳤다. 가장 키 큰 아이가 주사위 두 개를 한 손에 쥐고 때그락거린다. 다른 둘은 그 애를 숨죽이며 지켜본다. 이윽고 주사위가 손에서 떨어졌다. 여학생 셋이 둘러싼 테이블 위에서 쌍둥이 정육면체가 때그락때그락 울렸다. 주사위는 서로 한 번 부딪히고는 움직임을 딱 멈췄다. 새하얀 테이블 위에 검은 별들이 다소곳이 줄지어 섰다. 똑같은 하복을 입은 세 여학생은 약속이라도 한 듯 몸을 내밀었다.

5와 4.

"합해서 9. 앗, 내가 맞혔다!"

가장 체구가 작은 여자아이가 해바라기 같은 함박웃음을 지었다. 말꼬랑지 머리와 양 볼의 보조개가 사랑스러웠다. 키가 큰 여자아이도 덩달아 입이 벌어졌다. 그 애는 기분 좋은 듯이 말했다.

"그럼 숫자가 제일 먼 건 하루카!"

"으윽!"

윤기 흐르는 머리칼을 어깨까지 늘어뜨린 여학생, 아마노 하루카는 불만스러운 듯이 볼을 잔뜩 부풀렸다. 하지만 내기에서 졌으니 어쩔 수 없다. 혼자서 지갑을 들고 일어나 쓰윽 주위를 둘러본다. 여름 방학 첫날이라 그런지 테이블마다 중고생으로 가득가득하다. 자신들의 놀이를 눈여겨보는 사람은 아무도 없는 듯했다. 하루카는 한숨을 포옥 내쉬었다. 여기는 도박장이 아닌 평범한 패스트푸드점. 내기에서 진 사람은 있는 돈을 탈탈 털리는 것만으로도 모자라 빚투성이가 되어 앞날이 캄캄한 인생을 보내야 하는 건……, 아니다.

그러나.

"바닐라로 부탁해!"

"난 딸기!"

패자는 가차 없이 셔틀이 되는 가혹한 운명이다.

"네에, 네에."

대충 그렇게 대답을 하고 하루카는 계산대로 향했다. 미소 하나만은 무제한 무료로 제공하는 여자 점원에게 유료 메뉴를 주문하기 위해서.

"소프트아이스크림 바닐라 두 개, 딸기 하나 주세요."

계산대 앞에 동전을 내밀며 주문하는 하루카. 100엔짜리 아이스크림이라곤 하지만 지난주에 이어 2연패라니, 참 낭패다.

"7이 나올 확률이 가장 높은데……."

아이스크림이 나오기를 기다리는 동안 하루카는 납득할 수 없는 결과에 연신 고개를 갸웃거린다.

주사위 두 개를 동시에 던져 두 눈의 합이 7이 되는 경우는 모두 여섯 가지다.

(1, 6), (2, 5), (3, 4), (4, 3), (5, 2), (6, 1)

그에 반해 합이 8이 되는 경우는 다섯 가지, 9는 네 가지. 여섯 가지는 생각할 수 있는 경우 중 가장 많은 패턴이다. 그래서 하루카는 이길 수 있는 가능성이 가장 높은 숫자를 선택한 것이다.

하지만 막상 실전에 들어가자 예상과 달랐다.

애초에 하루카는 이 패스트푸드점에 공부하러 온 거였다. 불과 3분 전까지만 해도 소프트볼 동아리 친구 둘과 함께 교과서와 공책을 펼쳐 놓고 공부하고 있었다. 가게 안의 손님 누구보다 진지한 얼굴로 저마다 문제를 풀거나, 모르는 부분을 서로 가르쳐 주었다. 그런데 어느새 공부는 제쳐 두고 내기 놀이를 시작한 것이다. 상황은 지난주에 동전 던지기로 승부를 겨뤘을 때와 비슷하게 흘러갔다.

"아이스크림 먹고 싶다."

아오이가 말을 꺼냈고, 마키가 그 말을 받았다.

"그럼 내기에서 진 사람이 쏘기로 하자."

"그럴 줄 알고 내가 주사위를 가져왔지."

마지막 하루카의 그 한마디로 주사위 게임이 시작된 거다. 결국 자업자득인 셈이다. 확실하게 알지도 못하면서, 역시 무턱대고 덤비는 게 아니었어.

하루카는 중학교 2학년 1학기 때까지는 수학이란 과목을 지독히 싫어했다. 1년 전, 어쩌다 수학가게 점장 자리를 떠맡는 바람에 죽자 살자 파고들어 조금 나아졌다곤 해도, 지금도 종종 수학의 벽을 절감한다. 한심하다. 더구나 확률 공부는 시작한 지 얼마 되지도 않는데 덤벙덤벙 나댔으니, 더 열심히 공부해서 실력을 쌓아야겠다.

하루카는 자신에게 수학의 매력을 일깨워 준 그 소년에게 도움을 받고 싶었다.

하지만 사정상 지금은 그마저도 어렵다.

에잇. 걔는 대체 뭐 하는 거야.

하루카는 살짝 입을 비죽였다.

"감사합니다."

점원은 마음이 담긴 건지 아닌지 가늠할 수 없는 목소리와 함께 소프트아이스크림 세 개를 내밀었다. 손은 두 개뿐인데 세 개를 사다니, 현명한 선택이 아니었는지도 모른다. 하지만 남들 먹는 걸 구경만 하는 것도 억울한 일, 역시 세 개를 사는 게 정답이다.

하루카는 손가락 사이에 콘 부분을 끼우고 조심조심 자리로 돌아갔다.

"자, 마키가 바닐라 맛이지?"

"땡큐."

키 큰 여자애, 마키는 기분 좋은 듯 소프트아이스크림을 받아 들었다. 짧은 커트 머리가 잘 어울리는 마키는 소프트볼 동아리 주장에다 모두가 동경하는 멋진 여자애다. 땡큐라는 말도 어쩜 그리 시원시원한지!

이어서 하루카는 또 한 여자애에게 아이스크림을 내밀었다.

"그리고 아오이가 딸기 맛이지?"

"고마워."

말꼬랑지 머리 여자애, 아오이는 미안한 표정이다. 부리부리한 눈망울과 자그마한 체구. 다람쥐 같은 그 모습은 절로 쓰다듬어 주고 싶어질 정도로 귀엽다. 아오이는 조그만 두 손으로 조심스레 아이스크림을 받아 들었다.

셔틀을 완수한 하루카가 자리에 앉자 셋은 동시에 아이스크림을 먹기 시작했다. 차가움과 달콤함이 동시에 혀에 휘감기는가 싶더니 이내 목을 타고 서서히 퍼져 나간다. 조금 전까지 혹사당하던 뇌가 서서히 식고 새로운 에너지가 주입되는 듯했다. 소프트볼 동아리 단짝 삼총사는 행복감에 젖어 벙글거리며 아이스크림 맛을 즐겼다.

"역시 에어컨 빵빵한 데서 먹는 소프트아이스크림이 최고지."

마키는 버석버석 소리를 내며 콘을 먹었다. 이상하게 들릴 테지만, 실제로 해 보면 이 말에 동의하지 않을 수 없다. 에어컨으로 몸의 외부를, 아이스크림으로 내부를 식혀 주면 한여름 더위가 싹 가시니까.

창밖에서는 살인적인 햇볕이 나무와 집과 아스팔트, 볕이 닿는 것은 모조리 태워 버릴 기세로 이글이글 내리쬔다. 오는 길에 말라비틀어져 미라가 된 지렁이와 개구리를 한 마리씩 봤다. 인간으로 태어난 게 천만다행이야. 그렇게 뼈저린 고마움을 느낀다.

내가 사는 것만 아니라면, 훨씬 더 맛있었을 텐데.

내심 그렇게 아쉬워하며 하루카는 남은 콘 조각을 입안에 던져 넣었다. 거의 동시에 콘까지 다 먹은 아오이가 입을 열었다.

"미국도 더울까?"

너무 갑작스러워서 하루카는 말이 당장 나오지 않았다. 콘이 목에 걸려 가볍게 캑캑거렸다. 그런 하루카 대신 마키가 어이없다는 듯이 웃으며 대답해 주었다.

“글쎄, 지역에 따라 다르지 않을까? 미국은 사막도 있는 것 같고.”

“사막. 그럼 사람이 살 수 없을 정도로 덥겠네.”

“당연히 덥겠지. 하지만 사막에 사는 사람도 있을걸. 라스베이거스 같은 데는 사막 한가운데 있다고 들었거든.”

“뭐? 나는 라스베이거스에는 못 가겠다.”

마키와 아오이는 깔깔대고 웃었다.

라스베이거스, 라고.

내가 거기 가면 알거지가 되겠지.

베팅하는 족족 실패하여 수북이 쌓인 칩을 몰수당하는 자신의 모습을 상상하고, 하루카는 얼굴을 찡그렸다. 옆에 있는 마키는 그 표정을 다른 의미로 해석했는지 빙그레 웃으며 하루카의 어깨를 툭툭 쳤다.

“아, 맞다. 하루카가 알고 싶은 건 라스베이거스가 아니라 보스턴이지.”

“뭐, 뭐라고!”

등 뒤에서 기습을 당한 듯, 예상 밖의 공격을 당하고 말았다. 부정하려고 했지만 말도 잘 나오지 않았다. 실내는 서늘할 정도로 시원한데도 얼굴이 화끈화끈했다. 마키는 지금이 기회인 양 밀고 들어왔다.

"원거리 연애, 힘들지?"

"아, 시끄러워. 마키, 아오이, 공부나 계속하자."

"하루카, 왜 맨날 그렇게 말을 돌려? 그래서, 요즘 어떻게 돼 가는데?"

마키가 끈질기게 물고 늘어졌다. 이럴 때의 마키는 한 번 물었다 하면 절대 놓아주지 않는다. 하루카는 도움을 청하듯 아오이 쪽으로 눈을 돌렸지만 이쪽도 전혀 도와줄 기색이 없다. 오히려 식탁에서 떨어지는 부스러기를 노리는 강아지 같은 얼굴이다. 마키처럼 하루카의 이야기를 듣고 싶어 하는 눈치였다.

아 진짜, 공부하러 와서 뭐 하는 거냐고!

"아무 일도 없거든. 걔한테는 두 주 동안 아무 연락도 없고."

"뭐? 연락이 없다고?"

"무슨 일 있었어?"

마키와 아오이가 동시에 소리쳤다. 둘의 목소리는 가게 안의 나른한 떠들썩함 속에서도 유난히 도드라졌다.

"뭐, 소식불통 상태인 거지. 이메일을 보내도 답장이 없고, 스카이프(인터넷으로 음성 무료 통화를 할 수 있는 프로그램-옮긴이)도 연결이 안 돼"

"걔를 몰라? 그냥 아예 컴퓨터 자체를 들여다보지 않는 거겠지."

팔짱을 낀 채 마키가 말했다. 그럴 수도 있다. 그 애는 무신경한 구석이 있는 데다 핸드폰도 없어서 아마 연락 온 것 자체도 모를 가능성이 농후하다.

그래, 그럴 수도 있긴 한데.

"그럴지도 모르지……."

하루카는 그렇게 모호하게 대답할 수밖에 없었다.

지금까지 이런 일은 한 번도 없었으니까.

일본과 미국. 그 애가 떠난 후, 태평양을 사이에 두고 연락을 주고받은 이후로 연락이 끊겼던 적은 기껏 일주일이 최대였다. 한나절 이상 시차가 나는 데도 이른 아침이나 늦은 밤에라도 어떻게든 시간을 맞춰 스카이프로 이야기를 나누곤 했는데. 물론 수학 이야기도 거르지 않았고.

그런데 두 주 동안, 정확히 말하면 14일과 다섯 시간 30분에 걸쳐 이메일 한 통이 없다.

너 진짜, 뭐 하느라 연락도 안 하는 거냐!

"하아."

가슴에 고인 여러 감정을 밖으로 뱉어 내듯 하루카는 깊은 한숨을 내쉬었다.

무엇보다 이런 일로 불안해하는 자신이 싫었다.

"내가 너무 심각하게 구는 건가."

"아니야."

아오이가 천사처럼 부드러운 목소리로 부정해 주었다.

"남자 친구가 잠시만 연락을 안 해도 불안해. 너희는 못 만나니까, 더 그럴 거야."

아오이의 말에 하루카는 가슴이 덜컥했다. 마키도 눈치챘는지 진지한 얼굴로 고개를 끄덕였다. 방금 그 말은 아오이 자신에게도 들려주는 것일 터이다. 아오이의 남자 친구는 고등학교 1학년. 학교는 전철로 5분 거리인 히라쓰카 시에 있다지만 중학생과 고등학생은 일과가 많이 다른 모양이다. 같은 중학교에 다닐 때에 비해 만나는 횟수도 부쩍 줄었을 테고.

아오이도 힘들겠구나.

비슷한 고민을 가진 사람이 곁에 있다고 생각하자 마음이 든든했다.

"에잇, 나의 하루카를 슬프게 하다니! 그 녀석이 옆에 있었으면 따끔하게 혼내 줬을 텐데."

마키가 단정한 입술을 비죽 내밀었다. '나의 하루카'라는 말에는 한마디 꼭 되받아 주고 싶었지만 이야기가 딴 길로 샐까 봐 그만뒀다.

그보다.

하루카는 더 중요한 걸 확인하고 싶었다.

"남자 친구인가……."

하루카가 나직이 중얼거리자, 마키는 눈을 동그랗게 뜨고 몸을 내밀었다.

"당연히 남자 친구지. 그럼 남자 친구 아니고 뭔데?"

"으응, 그렇긴 한데. 분명하게 '사귀자'고 말한 적 없거든."

"뭐어? 너도 참 별것도 아닌 거 갖고 엄청 끙끙거린다."

"마키, 그렇지 않아. 그 문제는 아주 중요해."

납득하지 못하는 마키에게 아오이가 그렇게 딱 잘라 말했다.

"연인과 친구의 경계선은 사람마다 다르거든. 사귀자고 말하지 않았다면, 분명하게 선을 긋지 못할 수도 있어."

"맞아, 맞아."

하루카는 맞장구치며 고개를 끄덕였다.

"아, 그렇구나. 듣고 보니 그런 것 같기도 하다."

마키는 머리 뒤에서 손깍지를 끼고 몸을 의자 등받이에 기댔다. 등받이가 작게 삐거덕 소리를 냈다. 납득한 것 같기도, 아닌 것 같기도 했다. 마키의 반응은 그랬다. 마키라면 그 털털한 성격으로 사랑마저도 애매한 채로 받아들일 수 있을 것이다. 마키에게는 명확하고 답답한 선 긋기 따위, 딱히 필요치 않은 것이다.

한편, 하루카는 마키만큼 배짱이 두둑하지 않았다. 애매한 것은 싫었고, 손으로 만져지는 확실한 것을 원했다. 그러기에 더더욱 사랑 같은 애매한 건 혼자서 감당하기가 버거웠다.

돌이켜 보면 지난해 여름만 해도 그랬다. 수학가게 점원이던 하루카는 연애 문제에 고전을 면치 못했다. 애매한 것, 모르는 것을 상대로 그 애와 함께 씨름했더랬다.

그때가 그립다.

그로부터 벌써 1년이나 지났다.

"아, 왠지 공부할 마음이 싹 달아나네."

마키는 의자에 앉은 채 쭉쭉 기지개를 켰다. 그러고는 스마트폰을 꺼내 화면을 확인하면서 말했다.

"좀 이르긴 한데, 동아리 갈까?"

하루카도 자신의 스마트폰을 보았다. 시각은 오후 2시. 동아리 시작은 3시. 슬슬 학교로 가도 될 시간이었다.

"그러자."

아오이는 서둘러 교과서와 공책을 정리했다. 마키는 테이블 구석에 밀어 뒀던 종이컵과 쟁반을 들고 일어섰다. 말랑말랑한 연애 이야기에서 갑자기 현실로 되돌아왔다. 잠시 어리벙벙하던 하루카는 어깨를 으쓱했다.

하루카와 마키, 그리고 아오이는 동아리 방 열쇠를 가지러 교무실에 들렀다.

"우아, 기노시타 선생님!"

의자 등받이에 몸을 기대고 앉은 장신의 남자를 향해 마키가 손을 흔들었다. 연신 팔락팔락 부채질을 하며 진지한 눈빛으로 서류인지 뭔지를 읽던 영어 교사가 눈을 들었다. 이목구비가 아주 단정했다.

"아, 너희 왔구나."

기노시타 선생님은 그렇게 반기며 손목시계를 흘끗 보았다.

"어? 오늘은 좀 이른데?"

"네, 의욕이 펄펄 넘치거든요."

마키는 동아리 방 열쇠를 손가락에 걸고 빙글빙글 돌렸다.

"이야!"

그렇게 감탄하는 선생님의 눈에는 장난기가 가득했다.

"그렇다면 오늘 연습은 빡세게 시켜 주지."

"선생님, 지옥 훈련은 마키 혼자만 시키세요."

끼어들듯 새치름하게 말한 건 하루카였다. 경기를 앞둔 시점이라 선생님도 혹독한 메뉴로 연습시킬 생각은 없을 것이다. 이 20대—거의 30대지만—영어 교사는 하루카가 입학했을 때부터 소프트볼 동아리 고문이었고, 지난해에는 하루카와 마키의 담임이기도 했다. 요즘은 서로 친구처럼 농담을 주고받을 정도로 친해졌다. 아오이도 그런 사정을 알기 때문인지 옆에서 생글생글 웃을 뿐이었다.

"아, 그렇지. 하루카, 나 좀 보자."

셋이서 교무실을 나오려는데 선생님이 하루카를 불러 세웠다. 혹 꾸중 들을 일이라도 있나 싶어, 짧은 순간에 기억을 샅샅이 점검해 봤지만 짚이는 게 없었다. 하긴 지금의 기노시타 선생님은 어느 모로 봐도 설교를 늘어놓을 것처럼 보이지는 않았다.

"먼저 가 있어."

하루카는 마키와 아오이를 보내고 혼자 교무실에 남았다. 잠시 그 둘의 말소리가 들리지 않기를 기다렸다가 선생님 자리로 갔다.

"무슨 일인데요?"

"아, 네 성적 말이야. 얼핏 들었는데."

아, 그거였구나.

듣자마자 눈치챘다. 하루카 자신도 성적표를 보자마자 놀라 자빠질 뻔했다. 지난해 담임이었던 기노시타 선생님도 무척이나 놀랐을 것이다. 무슨 용건인지 뻔히 알고 있는데도 기노시타 선생님은 거드름을 피우듯 약간 사이를 두었다. 그리고 등받이를 삐거덕 울리며 입을 뗐다.

"수학 성적, 대단하던걸. 예전의 너를 생각하면 무슨 착오가 있는 건 아닌지 묻고 싶을 정도로 말이지."

"에이, 너무 심하잖아요, 선생님."

하루카가 볼멘소리를 하자 선생님은 큰 소리로 웃었다.

"화내지 마. 칭찬한 거야."

선생님 목소리는 정말로 기분 좋은 듯 통통 튀었다. 그만으로도 마치 자신의 일처럼 기뻐하는 마음이 전해졌다. 하루카는 부끄러움을 감추려고 마뜩잖은 표정을 가장했다. 어제 종업식이 끝나고 1학기 성적표가 배부되었다. 폭발물이라도 처리하는 심정으로 잔뜩 긴장한 채 열어 보았는데……, 하마터면 V 사인을 할 뻔했다.

'수학'란에 또렷이 박힌 숫자 4.

성적표를 좌우로 기울여 봐도 뒤집어 봐도 불빛에 비쳐 봐도, 거기에는 분명하게 4라고 적혀 있었다. 하루카는 중3이 돼서 난생 처음으로 수학에서 4를 받았다. 고작 5점 평가에서 4정도로 웬 호들갑이냐고 할 수도 있다. 하지만 1학년 때는 1, 2, 3학기(일본의 초중고는 대부분 3학기제이다—옮긴이) 연속 2였다. 수학의 재미를 알게 된 2학년 때도 고작 3. 그런 자신이 4를 받은 것이다.

1학년 때에는 꿈도 꾸지 못했던 성적이다. 아니, 정확히 말하면 꿈속에서는 받은 적 있지만. 엄마는 성적표를 보자마자 그 자리에서 만세를 불렀다. 그날 저녁 식탁은 근래 몇 년을 통틀어 가장 호화로웠다.

"하루카, 정말 잘했어."

"하지만 제 힘으로 얻은 게 아니에요."

자꾸 칭찬하는 선생님에게 하루카가 말했다. 겸손해서가 아니라 진심으로 그렇게 생각했다. 자신이 받은 4 중 자신의 실력은 2쯤일 것이고, 나머지 2는 친구들이 도와준 덕분에 얻은 것이다.

"그럴지도 모르지. 그런데 말이야, 누구의 영향을 받았든 너는 변한 게 확실해."

하루카가 한 말의 의미를 이해했는지 선생님은 부드럽게 웃으며 그렇게 말해 줬다.

"중학생이란 사소한 계기로 크게 변하는 법이야. 예상을 훌쩍 뛰어넘을 정도로 말이지. 하긴, 네 성장담을 얘기해도 머리가 굳어진 어른들은 안 믿겠지만."

"과장이 심해요, 선생님."

"과장은 무슨. 그거 절대 쉬운 거 아니다. 아마 중학교 1학년 때 2를 받으면 대부분은 '나는 수학과 거리가 멀어.' 그러면서 포기해 버릴걸."

선생님의 과도한 칭찬에 슬그머니 부끄러움이 올라왔다. 하루카가 슬쩍 시선을 허공으로 돌리자 선생님의 한마디가 머릿속에 여운으로 남았다.

'머리가 굳어진 어른들은 안 믿겠지만.'

아마도 그럴 거다.

사람은 자신이 본 적 없는 것, 경험한 적 없는 것은 믿지 않는다.

하루카도 그랬다.

"저의 꿈은 수학으로 세계를 구하는 것입니다."

전학 온 첫날 그렇게 선언한 그 애를, 처음에는 단지 괴짜로 여겼을 뿐이다. 수학의 깊이를 직접 경험하고 나서야 하루카는 비로소 그 애 말을 믿게 되었다.

"아아. 너희랑 있으면 나도 따분하지 않아서 좋단 말이야."

기노시타 선생님은 우아하게 부채질을 했지만, 그 눈빛에는 장난기가 배어 있었다.

"너, 수업 땡땡이치고 공항에 간 거 기억나냐? 집에 올 차비가 없다는 전화를 받고 내가 공항까지 데리러……."

"선생님, 그 얘긴 이제 그만 좀 하세요!"

하루카는 얼굴이 달아올라 큰 소리로 선생님의 말허리를 잘랐다. 1년 전, 미국으로 떠나는 그 애를 뒤쫓아 갔을 때의 일이다. 그렇게 요란하게 극적인 눈물의 이별을 했건만, 몇 개월 후에는 스카이프와 이메일로 연락을 주고받는 사이가 되었다. 하도 창피해서 그날 일은 기억에서 지워 줬으면 좋겠는데, 아직도 이따금 불쑥불쑥 그 얘기를 꺼내니 쥐구멍이라도 있으면 숨고 싶은 심정이다.

조금만 방심하면 그 얘기야.

하루카는 이번에는 정말로 못마땅한 얼굴을 했다.

"기노시타 선생님, 좀 나와 보세요."

"네?"

느닷없이 둘의 대화에 끼어들듯 교무실 입구에서 기노시타 선생님을 부르는 소리가 났다. 돌아보니 나이 든 여교사가 손짓을 했다. 그 옆에는 하루카와 또래로 보이는 사복 차림의 여학생 한 명이 서 있었다. 교복을 입지 않은 걸로 보아 히가시오이소중학교 학생은 아닌 듯했다. 기노시타 선생님을 찾아온 손님인가.

선생님은 짐작 가는 게 없는지 미간을 모으며 일어났다. 하루카의 마음이 조금 술렁였다. 방해하지 않는 게 좋을 듯싶었다.

"선생님, 그럼 이따 연습 때 뵐게요."

"아, 그래."

고개를 까딱하고 하루카는 빠른 걸음으로 교무실 문으로 향했다. 무심코 사복 차림 여자애 옆을 지나쳤다.

그때였다.

"하루카……?"

속삭이는 듯한 여자애의 목소리가 너울너울 하루카의 귀에 와 닿았다. 심장이 쿵쿵 뛰었다. 고개를 돌리자, 그 애가 하루카를 똑바로 쳐다보며 웃었다.

짧은 보브 스타일의 밝은 갈색 머리. 통 좁은 청바지, 옷자락을 묶은 셔츠. 목에 걸린 목걸이가 반짝 빛났다. 그리고 무엇보다 묘한 미소가 인상 깊었다. 웃고 있는데도 도무지 감정을 읽을 수 없었다. 반가운 건지 즐거운 건지 아니면 비웃는 건지. 아무런 감정이 전해지지 않는 실실 흘리는 웃음.

"네가 하루카?"

하루카가 뭐라고 대답도 하기 전에 그 애가 먼저 물었다. 놀란 하루카는 재빨리 뇌 검색에 들어갔다. 하지만 친구 중에 이렇게 화려한 애가 있었던 기억은 찾을 수가 없었다.

"응, 그런데……."

"흐응."

여자애는 재미있다는 듯 찬찬히 하루카의 얼굴을 뜯어보았다. 하루카 뒤에 서 있는 기노시타 선생님 역시 상황을 이해하지 못한 채 당황스러워하는 눈치였다. 하루카도 별반 다르지 않았다.

뭐야, 얘…….

"너, 수학가게 점장이지?"

"어?"

하루카는 하도 놀라 손으로 입을 막았다. 낯선 여자애가 수학가게를 알아? 하루카가 점장, 정확히는 점장 대리를 맡고 있는 수학가게. 수학의 힘으로 학생들의 고민을 해결하는 히가시오이소 중학교에만 존재하는 가게다. 수학가게가 지난해 문화제 때 무대를 점령하고 한바탕 소동을 일으킨 적은 있다지만, 그 소동으로 하루카의 얼굴과 이름이 산 넘고 물 건너까지 알려졌을 리 만무했다.

"그걸 어떻게? 혹시 나랑 만났던 적 있어?"

"글쎄~."

갈색 머리 여자애의 말투는 너풀너풀 공중을 떠다니는 듯했다. 만났다는 건지 만난 적 없다는 건지, 그 말투로는 도무지 가늠이 안 됐다.

"그건 그렇고, 너 소프트볼부지? 경기 얼마 안 남았지 않나?"

밑도 끝도 없는 물음에 하루카는 머리를 감싸 쥐고 싶었다. 이 갈색 머리 여자애는 하루카가 속한 동아리까지 알고 있다. 되묻고 싶은 게 산더미처럼 솟구쳐 올랐다가 산사태가 난 듯 와그르르 무너져 형태를 잃어 갔다. 머릿속은 이미 뒤죽박죽이었다.

"맞아, 그래. 근데 넌……."

"내가 누군지 그건 알 거 없고. 경기나 열심히 해."

그 애는 하루카의 궁금증 따위 전혀 풀어 줄 생각이 없는 듯했다. 다시 생긋 엷은 웃음을 지었다.

"그럼 난 이만 갈게."

"학생, 학생. 나한테 용건이 있어서 온 거 아냐?"

잠자코 듣고 있던 기노시타 선생님이 당황스러웠는지 끼어들었다. 갈색 머리 여자애는 그제야 장신 꽃미남 교사의 존재를 알아차린 얼굴이었다.

"아, 이제 용건이 끝났으니까 됐어요. 실례했습니다, 기노시타 선생님."

그 애는 그렇게 말하고 손을 팔랑팔랑 흔들며 손님용 신발장 쪽으로 사라져 갔다. 그리고 복도 모퉁이에 닿기 전에 한 번 돌아보고는, 하루카를 보고 헤실헤실 웃었다. 여름 햇살이 비쳐 드는 복도에는 그 애가 흘린 의미심장한 미소만 남겨졌다.

기노시타 선생님이 미간을 찌푸렸다.

"대체 저 앤 누구지?"

기노시타 선생님도 그 여자애에 대해 전혀 모르는 모양이었다.

"그러게요. 선생님을 만나고 싶다기에 데려온 건데."

그 여자애를 교무실로 안내한 여교사도 고개만 갸웃거릴 뿐이었다.

"혹, 다른 학교 소프트볼부인가? 근데 하루카 너도 모르는 애지?"

"으응, 본 적 없는 거 같아요. 아마도."

하루카는 연신 고개를 갸웃거렸다. 기억력에 자신 있는 것도 아니었다. 경기 때 만난 다른 학교 선수를 일일이 다 기억할 정도면, 역사 암기 문제쯤은 누워서 떡 먹기일 것이다. 아무튼 그 애는 이름도 말하지 않고 돌아갔다. 목적도 정체도 확인할 방법이 없는 거다. 가슴속에 안개가 자욱이 낀 듯 찜찜한 기분으로 하루카는 흘끔 시계를 보았다. 짧은 바늘이 3에 가까워졌다.

"아, 벌써 시간이 이렇게 됐네! 저 빨리 가야 돼요!"

그렇게 소리 치고 하루카는 인사도 없이 교무실을 뛰어나왔다. 냉방이 되지 않는 복도로 나가자 갑자기 뜨거운 공기가 피부를 확 감쌌다. 하지만 경기를 코앞에 둔 시점에서 정규 멤버가 연습 시간에 지각할 수도 없는 노릇. 하루카는 동아리 방을 향해 쏜살같이 뛰어갔다. 그 애 말은 지나치게 일방적인 데다 도무지 종잡을 수가 없었다. 그럼에도 지금의 하루카에게는 동아리가 가장 중요했다. 정신없이 뛰다 보니 이상한 소녀는 머릿속에서 연기처럼 사라졌다.

하루카가 정규 멤버로서 지구 대회에 출전하는 건 이번이 다섯 번째다. 2학년 때 세 번, 3학년 올라와서 두 번째. 다만 이번 지구 대회는 이전 대회와는 그 의미가 사뭇 달랐다. 경기에 지면 3학년은 즉시 은퇴. 중학교 소프트볼 동아리 활동이 현 대회 날까지 연장되느냐 마느냐, 그 운명의 갈림길에 서서 싸워야 하는 대회다. 연습에 임하는 부원들의 눈빛에는 진지함이 뚝뚝 묻어났다. 3학년뿐 아니라 후배까지도. 이 멤버로 하루라도, 한 시간이라도 더 소프트볼을 하기 위해 그간 열심히 준비해 왔다.

히가시오이소중학교 소프트볼부가 현 대회에 출전한 건, 1학년 때 여름이 마지막이었다. 아직 신출내기였던 하루카는 선배들이 활약하는 모습을 지켜보기만 해야 했다. 그리고 하루카와 마키, 아오이가 팀의 중심이 되고부터는 지구 대회의 벽을 한 번도 넘지 못했다.

"복수, 복수하자!"

지구 대회의 대진표가 발표된 이후로 주장인 마키는 입만 열면 그렇게 외쳐 댔다.

"어느 학교에?"

그렇게 물을 것도 없이 부원은 모두 알고 있었다.

야에자키중학교.

지난해 가을 신인전에서 1대 8로 대패한 상대다.

히가시오이소중학교는 가나가와 현의 나카 지구에 속해 있다. 이 지구에서는 승자 진출전에서 이긴 두 개 학교에게만 현 대회 출전권이 주어진다. 대진표 상으로 히가시오이소중학교가 1회전에서 이기면 다음 준준결승에서 야에자키중학교와 만난다. 공격과 수비의 균형이 잘 잡힌 야에자키중학교는 지난해 가을에 이어 올봄에도 현 대회 출전권을 거머쥐었다. 하루카 팀이 현 대회 출전권을 따내려면 야에자키중학교를 쓰러뜨리고 한 번을 더 이겨야 하지만 부원들의 생각은 '야에자키가 최대 난관.' 그렇게 일치했다. 야에자키중학교를 상대로 승리를 거둔다면 현 대회 출전은 거의 확실했다.

복수.

그 두 글자는 부원들 가슴에도 또렷이 새겨졌다. 마키에게서는 대회에 거는 강력한 의지가 온몸에서 콸콸 뿜어져 나왔다. 누구보다도 우렁찬 목소리로 부원들의 사기를 높여 주었고, 누구보다 오래 운동장에 남아 스스로를 담금질했다. 남보다 일찍 나와 기노시타 선생님과 의견을 나누었고, 연습 후에는 종종 늦도록 동영상을 보면서 상대 학교의 움직임을 체크하곤 했다.

"마키, 집에는 들어가니?"

어느 날 하루카가 농담 삼아 물어봤다.

실제로 마키는 동아리 방과 운동장에 있는 시간이 가장 길었고, 하루카와 아오이와 함께 공부하는 시간 이외에도 도서실에 틀어박혀 공부에 열중하는 모습을 자주 보았다.

"잠잘 때만."

마키도 그렇게 농담으로 받아치며 웃었다. 사실, 엄청 바쁜 데다 압박감에 짓눌려 숨도 제대로 못 쉴 텐데, 그 애는 절대 징징거리는 법이 없었다. 그런 마키를 볼 때마다 하루카는 진지하게 마음을 다지곤 했다. 소중한 이 친구와 함께 꼭 이기고 싶다고.

부상자도 없었고, 두드러지게 컨디션이 좋지 않은 부원도 없었다. 연계 플레이도 이전보다 훨씬 매끄러웠다. 최종적으로 며칠간의 조정을 거쳐 팀은 만반의 준비를 마쳤다.

그리고 마침내 월요일.

지구 대회 첫날을 맞았다.

부원들은 전철과 버스를 갈아타고 경기가 열리는 히라쓰카 시에 있는 중학교에 도착했다. 아직 오전 시간임에도 바닥은 벌써 뜨거운 열기를 내뿜고, 파란 하늘 끝에서는 소나기구름이 굽어보고 있다. 경기는 시작도 안 했는데 하루카는 벌써 500밀리리터 물병 하나를 비웠다. 팀별로 대기하고 있는 선수들의 눈빛은 투지에 불타올랐다. 하늘을 찌를 듯한 기백이 이웃 팀과 충돌하면서 운동장의 기온을 쑥쑥 올려놓았다. 오늘 여기에서는 오전에 1회전, 오후에 2회전 경기가 치러진다. 거기서 2승을 거둔 팀만이 내일 있을 결승전에 진출할 수 있다.

"우린 그간, 오늘 이기기 위해서 연습해 온 거야."

개회식을 마친 후, 경기 시작 직전에 있었던 회의에서 마키는 둥그렇게 둘러선 멤버에게 그렇게 포부를 밝혔다.

"다 같이 파이팅 하자!"

마키는 힘차게 오른손을 내밀었다. 더 이상의 말이나 신호는 필요 없었다. 첫 출전 멤버뿐 아니라 후보 멤버와 고문인 기노시타 선생님까지도 원진의 중심에 오른쪽 손바닥을 힘차게 내밀었다. 마키가 크게 숨을 들이마시는 걸 어깨의 움직임으로 알 수 있었다.

"반드시 승리하자!"

이얍!

마키의 기합 소리에 일제히 그렇게 응했다. 그건 이미 개개인의 목소리가 아닌 하나의 거대한 생명체의 외침이었다. 히가시오이소중학교 팀은 홈베이스를 향해 힘차게 뛰어나갔다. 그렇게 3학년의 운명을 결정할 하루가 시작되었다.

첫 경기는 더할 나위 없이 순조롭게 진행되었다. 에이스인 마키가 호투를 한 데다 아오이를 비롯한 내야진의 호수비가 빛을 발해 상대 팀에게 3루 베이스를 허용하지 않았다. 그리고 0대 0에서 맞은 3회 초, 8번 타자 하루카가 적시타를 때렸고, 다음 타자의 장타로 득점에 성공했다.

그 후로도 추가 득점에 성공하여 경기를 마쳤을 때는 5대 0. 완승이었다.

"그날이랑 똑같네."

하루카였다. 2차전 경기를 앞두고 학교 건물 옆 그늘에서 자유롭게 휴식할 때였다. 옆에 있던 마키가 흐르는 땀을 수건으로 닦고는 의아한 듯 눈을 돌렸다.

"신인전 때 말이야."

"아."

마키는 추억이 담긴 물건이라도 바라보듯 눈을 가늘게 떴다.

"그때도 오전에 기분 좋게 이기고, 오후에 야에자키중학교랑 붙었지."

"둘 다 불길한 얘기 그만해."

옆에 앉은 아오이가 불안했던지 볼멘소리를 했다.

"불길해? 불길하긴 뭐가 불길해."

마키가 재미있다는 듯이 웃었다. 과거의 망령 따위, 전혀 개의치 않았다. 지금의 마키에게는 그런 강인함이 있었다.

"이번엔 이겨. 우리에겐 오로지 승리뿐이야."

마키의 말에 하루카와 아오이는 동시에 고개를 끄덕였다.

이번엔 이긴다.

마음속으로 그렇게 두 번을 되풀이하고, 하루카는 소중한 글러브를 가슴에 꼭 끌어안았다. 낡았지만 손에 익어 편했다. 새 글러브를 마련한 이후로도 계속 쓰고 있는 글러브였다. 그 애와의 첫 추억이 담긴 소중한 글러브, 하루카는 그것에 기도하는 마음을 담았다.

점심시간이 끝나고, 히가시오이소중학교와 야에자키중학교의 준준결승이 시작되었다.

오후에 들어서도 마키의 컨디션은 최상이었다. 1회는 양 팀 모두 무득점. 2회도 무득점. 득점판에 0의 행진이 이어졌다.

만약 이것이 수학이었다면…….

3회 말을 무실점으로 마치고 벤치로 돌아가면서 하루카는 생각했다.

0이 계속해서 나오는 문제는 마음의 준비를 단단히 하게 된다. 정수 중에서도 0은 조금 특수한 위치이기 때문이다. 0을 곱하면 어떤 수도 0이 되지만, 반대로 어떤 수도 0으로는 나눌 수 없다. 그 밖에도 $n^0=1$이고, $0!=1$.

아! 안 돼.

하루카는 자신의 양 볼을 손바닥으로 찰싹찰싹 때렸다.

경기가 움직이지 않는다 해서 집중력마저 잃으면 안 된다.

지난해 가을, 하루카네 히가시오이소중학교는 야에자키중학교에 1대 9로 졌고, 실점의 주된 원인은 수비가 흐트러진 탓이었다.

타자들이 끝까지 집중력을 잃지 않고 호투하는 마키를 지원해야 해.

오늘은 우리가 이긴다.

다른 부원들도 분명히 똑같은 마음일 것이다. 포구도 그렇고 송구도 그렇고, 여느 때와 달리 공 끝이 살아 있고 스윙도 날카로웠다. 부원 모두 온몸을 감싸는 열기를 떨쳐 낼 만큼 기백이 넘쳤다. 그러나 기대와 달리 주자는 한 명도 출루하지 못하고 있었다. 마키가 야에자키중학교의 타선을 꽁꽁 붙들어 놓았지만, 히가시오이소중학교의 타선 역시 적의 투수를 무너뜨리지 못했다.

"직구로 들어오고 있어. 봄보다 훨씬 빠른 속도로."

삼진 아웃을 당하고 들어오던 마키는 하루카와 스쳐 지나가며 분한 듯 입술을 깨물었다. 교대하듯 하루카가 투수 박스로 향했다. 마키가 말한 대로였다. 히가시오이소중학교의 타선은 약간 높이 들어오는 직구를 쳐 내면서 안타가 되지 못한 연속 범타 행진을 하고 있었다. 5회까지 단타가 네 개 나왔을 뿐 아직 연속 안타는 나오지 않았다.

모두 반드시 이기겠다는 마음이 너무 앞선 나머지 조급해진 거다.

머리로는 아는데 '초조해하지 마.' 속으로 그렇게 스스로를 달래야 할 정도로 마음이 앞섰다. 그만 약간 높은 볼에 배트가 나가고 말았다. 5회 초 공격에서 하루카도 삼루 뜬공 아웃. 그리고 6회 초에도 안타가 하나 나왔을 뿐, 여전히 무득점.

그리고 6회 말.

야에자키중학교의 공격으로 드디어 경기가 살아나기 시작했다. 5회까지와 마찬가지로 마키는 간단히 원아웃을 잡았다. 상대 팀은 상위 타선이었지만, 그마저도 문제되지 않을 정도로 마키의 타구는 안정적이었다.

하지만 딱 한 구.

적의 4번 타자에게 던진 공 하나가 정중앙으로 빨려 들어갔다.

카앙!

째지는 소리를 남기고 하얀 공은 멀리멀리 날아갔다. 공은 파란 하늘을 두 쪽으로 가르며 쭉쭉 외야로 뻗어 나갔다.

그리고 화살 같은 기세로 뻗어 나가던 공은 좌익수 하루카의 머리 위를 훌쩍 넘어 땅바닥에 한 번 떨어졌다가 크게 튀어 올랐다.

하루카는 도망가는 공을 쫓아 전력 질주했지만 좀처럼 거리가 좁혀지지 않아 속이 탔다. 마침내 따라잡아 공을 잡자마자 기도하는 심정으로 돌아섰다.

타자는 이미 3루를 밟고 있었다.

내야를 향해 젖 먹던 힘을 다해 공을 던졌다. 공이 유격수 아오이의 손에 가 닿았을 때에는 적의 4번 타자는 이미 다이몬드 베이스를 한 바퀴 돌아 팀원의 축하 세례를 받고 있었다. 하루카는 망연히 그 자리에 서 있었다.

장내 홈런.

그 의미를 하루카는 잠시 이해하지 못했다.

"괜찮아!"

누군가 큰 소리로 외쳤다.

그렇구나. 선제 득점을 허용했구나.

이젠 우리가 최소 2점을 올려야만 이길 수 있는 거다. 가슴이 가까스로 그 사실을 이해했다. 지금까지 팽팽한 균형을 유지했던 만큼 갑자기 열세에 몰린 충격은 컸다. 그리고 마키도 그 충격에서 예외는 아닌 모양이었다. 마키의 제구력이 급격히 떨어졌다. 오전부터 이어져 온 실 같은 것이 툭 끊어진 건지도 모른다. 장내 홈런 후 3연타. 추가 득점을 허용하고 말았다.

상대 팀은 2점. 한 이닝 만에 0대 2로 쫓기는 상황이 됐다.

"괜찮아, 괜찮아."

벤치로 돌아가면서 모두가 그렇게 소리쳤다. 그러나 그 말이 주문을 외우는 정도의 힘조차 발휘하지 못한다는 것을 그들이 모를 리 없었다.

2점.

2점을 쫓아가지 못하면 현 대회로 가는 길은 막히고 만다.

그리고 남은 기회는 7회 말, 딱 한 이닝.

"자, 선수 교체 하자."

7회 초 공격에 들어가기 전, 마키는 팀 전원에게 말했다. 자신의 실투가 연타의 방아쇠가 되었으니 누구보다도 낙담해 있을 줄 알았는데……. 그렇다면 걱정하지 않아도 될 것 같다. 지금으로서는 그것이 유일한 구원으로 여겨졌다.

하지만 부원 모두가 마키처럼 정신력이 강한 것은 아니었다.

"괜찮아. 3점 홈런 한 방이면 역전이야."

부원에게 용기를 북돋아 주려는 듯 마키는 생긋 웃었다. 누군가 농담조로 대꾸했다.

"뭔 소리야, 여태 두 명도 출루 못했는데."

정말로 무심코 던진 한마디였을 것이다. 하지만 그 말은 한여름 뙤약볕을 받으며 벤치 앞에 모인 부원들로 하여금 숨조차 쉬지 못하게 했다. 6회까지 안타는 다섯 개 나왔지만 도무지 공격으로 이어지지 못했고, 주자가 두 명 이상 모아지지 않았다. 2루 베이스를 밟은 적도 없었다. 그런 상황에서 점수 차는 2점. 남은 건 단 한 이닝. 잔혹한 현실이 하루카 앞에 벽처럼 떡 버티고 있었다. 숫자는 잔인하다. 희망을 간단히 소리도 없이 꺾어 버린다.

역전은 힘들다.

누구도 입 밖으로 내지는 않았다. 그래서 더더욱 그 속일 수 없는 사실이 부각될 수밖에 없었다. 공기가 납덩이처럼 무거웠다.

"어?"

그때 마키의 입에서 한 마디가 새어 나왔다. 1루 베이스가 비어 있었다. 아무리 기다려도 아에자키중학교의 1루수가 나오지 않았다. 하루카네 팀은 의아해하며 서로 얼굴을 마주보았다.

기노시타 선생님이 심판의 설명을 듣고 벤치로 돌아왔다.

"1루수가 발을 다친 모양이야. 치료할 동안 경기가 일시 중단

된다."

기노시타 선생님은 마뜩찮은 얼굴로 설명했다.

다친 선수를 걱정하는 것인지, 아니면 2점 차로 뒤진 이 상황에 낙담하는 것인지, 하루카로서는 알 길이 없었다.

언제 경기가 중단될 정도로 부상을 입은 거지?

의문이 고개를 쳐들다가 이내 짚이는 게 있었다. 아까 장내 홈런을 친 건 1루수였다. 다이아몬드를 돌 때 다친 게 분명했다.

"이왕이면 투수가 다리를 다쳤으면 좋았을걸."

누군가 또 혼잣말하듯 툭 내뱉었다.

다시 공기가 두 배쯤 더 무거워졌다. 경기가 재개되기를 기다리는 마음이 꼭 사형 직전의 죄수 같은 심정이었다. 모든 것이 마이너스 이미지를 불러일으켰다. 부정적인 사고는 안 된다. 역전으로 이어질 실마리를 찾아야 한다. 알고는 있지만 쉽게 긍정적인 사고로 전환되지는 않았다. 팀원 모두가 깊이를 알 수 없는 수렁에 두 발을 딛고 있는 것이다.

"3점 홈런 한 방이면 역전이야."

"여태 두 명도 출루 못했는데."

그 두 마디가 하루카의 머릿속에서 뱅글뱅글 맴돌았다. 긍정적인 말과 부정적인 말. 그것은 동전의 앞뒤 면 같은 것이어서 한쪽만을 떨쳐 낼 수는 없다. 그렇다면 차라리 정말로 출루할 수 없는지, 확률 계산을 해 보는 건 어떨까. 그러는 편이 애매한 채로 끙끙거리며 괴로워하는 것보다 훨씬 낫지 않을까. 6회까지 히가시오이소중학교는 21명의 타자가 총 5개의 안타를 쳤다. 그럼 안타를 칠 수 있는 확률은……. 거기까지 생각하고 하루카는 작게 고개를 흔들었다.

안 돼. 계산해 봐야 해결책으로 이어지지는 않아.

궁금한 건 안타를 칠 수 있는 확률이 아니다. 그 확률을 올리는 방법이다.

"하루카, 방금 아이디어 떠오른 거지?"

갑작스런 물음에 하루카의 심장이 펄떡 뛰었다. 얼굴을 들자 마키가 빤히 보고 있었다. 속내를 들킨 것 같아 하루카는 횡설수설했다.

"어, 어어…… 아냐, 나는……."

"얼굴에 다 쓰여 있거든."

마키는 부정하려는 하루카를 그렇게 가로막고는 금세 이를 드러내고 웃었다. 이 위기 상황에 어울리지 않는 평소처럼 상큼한 미소였다.

"말해 봐. 1루수는 치료하려면 시간이 좀 걸릴 테니까."

하루카는 마키가 내민 기록용 펜과 공책을 마지못해 받아 들었다.

그래도 그렇지, 경기 중에 수학 문제를 풀어도 되는 걸까. 지금은 경기와 관련된 다른 것을 해야 하는 거 아닌가. 뭣보다 내 힘으로 답을 찾아낼 수나 있을까.

아니.

지금의 나는 답을 찾아낼 수 있다. 고등학교 범위인 확률을 한 발 앞서 공부한 건, 타율이나 방어율에 대한 흥미 때문이었다.

수없이 생각해 왔다.

수없이 되풀이해서 풀어 온 문제였다.

다른 분야도 아니고.

확률로 더구나 소프트볼에 관한 것이라면 풀 수 있다.

하루카가 공책을 펼치자 다른 부원도 몰려들었다. 다들 알고 있을 것이다. 경기가 중단된 틈에 이 답답한 공기를 바꾸지 않으면 안 된다는 걸. 하지만 아무도 그 방법을 모르니까 지푸라기라도 잡는 심정으로 하루카에게 주목하는 것이다. 수학가게 점장 대리, 하루카에게 희망을 걸고 있는 것이다. 3학년의 희망을.

"우린 지금 주자가 두 명도 모아지지 않은 게 문제잖아? 그래서 생각해 봤는데."

하루카는 곱씹듯 한 마디 한 마디를 뱉어 냈다. 바람에 실려 온 모래먼지가 뺨을 때렸다. 이마에서 떨어진 땀방울이 공책을 적셨다. 하지만 그런 것은 아무런 문제가 되지 않았다.

미안하지만 분위기가 바뀐다는 장담은 못해. 오히려 나오는 답에 따라서는 분위기가 더 나빠질지도 몰라.

하루카는 다른 방법은 모른다.

아니다, 이 방법 하나만은 알고 있다.

"'주자를 두 명 모을 수 있는 확률'을 구하려면 더블 플레이까지도 계산에 넣어야 해서 쉽지 않으니까, '한 이닝에 안타가 두 개 이상 나올 확률'을 구해 볼게. 실책이나 볼넷도 무시하고."

거기까지 말한 하루카는 잠자코 손을 움직이기 시작했다. 평소처럼 과정을 일일이 입으로 설명할 필요는 없었다. 둘러선 부원이 요구하는 건 오로지 답. 하루카는 머릿속에 떠오른 수치를 재빨리 공책에 적어 나갔다.

타자 21명이 안타 5개를 쳤으니까, 안타 확률… $\frac{5}{21}$

아웃당할 확률… $\frac{16}{21}$

그리고 연속해서 일어날 확률을 구할 때는 각각의 확률을 곱하면 된다. 예컨대 주사위를 던져 6이 두 번 연속으로 나올 확률은 $\frac{1}{6} \cdot \frac{1}{6} = \frac{1}{36}$. 그런 식으로 생각하면 '안타→아웃→아웃→아웃'의 확률은 이렇다.

$$\frac{5}{21} \cdot \frac{16}{21} \cdot \frac{16}{21} \cdot \frac{16}{21}$$
$$= \left(\frac{5}{21}\right)\left(\frac{16}{21}\right)^3$$

글씨가 비뚤어졌지만 그런 데 신경 쓸 여유는 없었다. 그야말로 시간과의 싸움이었다. 적의 1루수가 응급 치료를 마칠 때까지 답을 계산해 내야 한다. 그동안 하루카는 시험을 볼 때마다 정해진 시간 내에 문제를 푸는 게 무슨 의미가 있을까 싶었다. 하지만 지금은 그 의미를 알 듯했다. 수학적 계산이 필요한 상황에 항상 시간 여유가 있다고 할 수는 없다. 사람에게 주어진 시간은 유한하니까.

잠시 손을 멈추고 머리를 풀가동시켰다.

'안타→아웃→아웃→아웃'이 될 확률은 구했다. 하지만 '같은 이닝에 안타가 딱 한 번 나온다'는 패턴은 더 있다. ○을 안타, ●을 아웃이라고 생각하면 이렇다.

○●●●

●○●●

●●○●

다시 말해, 총 세 가지 패턴이 있는 것이다. 이 패턴은 순서만 바뀌었을 뿐이지 각각의 확률을 곱하면 $\left(\frac{5}{21}\right)\left(\frac{16}{21}\right)^3$이 되는 것은 변하지 않으니까, 세 가지 패턴을 합하면 $3\cdot\left(\frac{5}{21}\right)\left(\frac{16}{21}\right)^3$.

마찬가지로 안타가 0개, 다시 말해 ●●●가 될 경우까지 생각하여 그것을 전부 더하면!

$$
\begin{aligned}
&3\cdot\left(\frac{5}{21}\right)\left(\frac{16}{21}\right)^3+\left(\frac{16}{21}\right)^3\\
&=\frac{3\cdot 5\cdot 16^3}{21^4}+\frac{16^3}{21^3}\\
&=\frac{16384}{21609}
\end{aligned}
$$

복잡한 계산은 스마트폰의 계산 기능에 맡겼다.

"이게 '같은 이닝에 안타가 한 개밖에 나오지 않을 확률'이야."

자신에게 확인시키듯, 하루카는 그렇게 중얼거렸다. 부원들은 끼어들지 않고 지켜봐 주었다. 한 이닝에 '안타가 한 개 나올 경우'와 '한 개도 나오지 않을 경우'의 확률을 모두 더했다. 그래서 '같은 이닝에 안타가 한 개밖에 나오지 않을 확률'을 구한 것이다.

지금부터가 본격적인 시작이다.

"우리에게 남은 건 7회 말뿐이야."

정보를, 수치를 소리 내어 말하며 정리해 나갔다. 누군가 꿀꺽 침 삼키는 소리가 났다.

"두 개 이상의 안타가 나올 확률을 구하려면, 1에서 '안타가 하나밖에 나오지 않을 확률'을 빼면 돼."

'주자를 두 명 모을 수 있는 확률'을 구하는 것은 어렵다. 상대 팀에서 실책을 하거나 더블 플레이로 출루한 주자를 잃거나, 그런 것까지 계산해야 하기 때문에 도저히 구할 수 있을 것 같지 않았다. 그래서 여기서는 '안타가 두 개 이상 나올 확률'만 생각하기로 했다. 그것은 즉, '안타가 하나밖에 나오지 않을 확률'을 p라고 하면, $1-p$이다.

"그래서 답은……."

"답은?"

그동안 숨죽인 채 잠자코 있던 마키가 재촉했다. 손에 든 펜이

다시 움직이고 뇌 대신 스마트폰이 쉴 새 없이 계산해 나갔다. 그 애에게 배운 것과 스스로 공부한 것. 모든 것을 동원하여 하루카는 답으로 향하는 수식을 뽑아냈다.

$$1-p$$
$$=1-\frac{16384}{21609}$$
$$=\frac{5225}{21609}\ (\fallingdotseq 24\%)$$

"약 24퍼센트."

후욱 숨을 내뱉고, 하루카는 그렇게 선언했다. 그것이 '7회 말에 안타가 두 개 이상 나올 확률'이었다. '주자를 두 명 모을 수 있는 확률'과 동일하다고 할 수는 없어도 대략적으로 하루카네 부원들이 알고 싶어 하는 수치였다. 누군가 될 것 같지 않다고 했던 역전의 기회를 만들 수 있는 확률. 그것이 지금 눈앞에 구체적인 수치로 나타났다. 약 24퍼센트. 이 수치는 큰가, 아니면 작은가.

"24퍼센트. 꽤 높네."

하루카가 설명을 덧붙이기 전에 마키가 먼저 입을 열었다. 그 말투는 어안이 벙벙할 정도로 시원시원했다. 부원들의 시선이 마키에게로 집중되었다. 그럼에도 마키는 전혀 흔들림이 없었다.

"그리고 또 생각해 봐. 안타를 쳐서 상대 팀을 흔들어 놓으면, 투구와 수비가 동시에 무너질지도 모르잖아. 그래서 투수가 나쁜 공을 던지는 폭투나 실책까지 나오면 실제로는 확률이 더 높아지지 않을까?"

납덩이처럼 가라앉았던 벤치의 분위기. 거기에 마키의 목소리가 바람이 되어 새로운 공기를 주입해 주었다. 부원들의 두 눈에 빛이 돌아왔다.

"맞아."

"우리, 생각보다 잘할 수 있을지도 몰라."

"더 절망적일 줄 알았는데."

부원들은 저마다 한마디씩 긍정적인 말을 했다. 그 말을 들은 마키는 다시 입을 크게 벌리고 웃었다.

"그래, 그래. 중요한 건 이 24퍼센트를 어떻게 끌어올리느냐야."

이상했다. 마키의 목소리가 울릴 때마다 부원들의 활력이 되살아났다. 마침내 하루카는 깨달았다. 24퍼센트란 숫자의 문제가 아니었다. 필요한 건 계기였다. 마키는 그 계기를 붙잡은 것이다.

역시 주장은 아무나 하는 게 아니다.

"해 보자고. 다 같이 현 대회에 나가는 거야!"

마키가 오른손을 쑥 내밀었다. 제일 먼저 그 의도를 알아챈 아오이가 마키의 손 위에 자신의 오른손을 올려놓았다. 그러자 앞을 다투듯 저마다 손을 포개 나갔다. 원의 중심에 부원들의 손이 모아졌다. 나의 계산이 아주 조금이라도 정말 아주 조금이라도 마키를 도왔다면, 부원들의 등을 밀어 주었다면. 하루카는 두 눈에 힘을 꽉 주어 이미 느슨해진 눈물샘을 바짝 조였다. 하루카가 바라는 것은 딱 한 가지였다.

이기고 싶다.

단지 그뿐이었다.

마지막으로 기노시타 선생님의 오른손이 포개지자 그것을 신호로 마키의 목소리가 울려 퍼졌다.

"우리는 이 멤버로 소프트볼을 계속하고 싶다! 역전시키자!"

이얍!

부원들의 목소리가 넓은 운동장으로 메아리쳐 나갔다. 역전을 위해 남겨진 24퍼센트의 길을, 하나가 되어 달려 나가기 위해.

이윽고 야에자키중학교의 1루수가 벤치에서 나와 수비 위치로 돌아갔다.

2점을 뒤쫓는 최종회. 4번 타자부터 시작된 히가시오이소중학교의 타선은 문자 그대로 마지막 반격을 시작했다. 그리고 모두가 첫 구부터 이변을 예감했다. 야에자키중학교 투수에게서 폭투가 나온 것이다. 공은 포수와 심판 머리 위를 가뿐하게 넘어갔다. 양 팀 선수 모두 어안이 벙벙한 표정이었다. 투수는 땀을 닦고는 살짝 굳은 미소를 지었다. 이번 경기의 첫 폭투였다. 제아무리 실력 있는 투수라도 실투는 하겠지, 그때는 그렇게 멍하니 생각했을 뿐인데…….

다시 2구째. 히가시오이소중학교의 4번 타자가 배트 중앙으로 들어오는 공을 받아쳤다. 여차하면 홈런이 됐을 정도의 특대 파울. 공이 배트에 맞는 순간, 투수의 얼굴이 공포로 굳어졌다. 경기가 시작된 이후로, 하루카네 팀에서 그런 타구는 처음 나왔다. 이전 이닝까지와는 판이하게 달랐다. 눈에 보이지 않는 그 무엇이, 히가시오이소중학교와 야에자키중학교를 갈라놓은 벽 같은 것을 무너뜨리는 듯했다.

그것은 일종의 느낌이었다.

3구째는 1루로 빠지는 날카로운 땅볼이었다. 1루수가 구르듯이 간신히 공을 잡아 타자를 아웃시키긴 했지만, 수비 위치에 따라서는 안타가 될 수도 있는 타격이었다.

원아웃. 그리고 동시에 팀원 모두가 그것을 감지했다.

상대 투수의 구위가 떨어지고 있다.

경기 중단으로 리듬이 깨진 건가. 어중간한 휴식으로 더 피로해진 건가. 이유야 어쨌든 6회까지와는 사뭇 다른 투구였다. 아직 가능성은 있다. 확률은 높아지고 있다.

다음 타자는 5번 유격수 아오이. 평소에는 보조개를 지으며 귀엽게 웃는 그 애도 지금은 헬멧 밑의 두 눈에서 진지한 빛을 뿜어내고 있다. 배트를 두 번 힘껏 휘두르고 나서 왼쪽 타석에 들어섰다.

볼 하나를 보내고 2구째.

아오이는 오른쪽 발을 1루 방향으로 내딛으면서 들어오는 직구를 밀어 쳤다. 마치 스쳐 지나가듯 상대를 스윽 베는 시대극의 난투 장면을 보는 듯한 시원스런 타구였다. 예리한 공이 3루수 앞으로 굴러갔다. 벤치에서는 소리 없는 비명이 일제히 올랐다. 그러나 모두의 집념이 공에도 가 닿았을까, 아니면 단순히 3루수가 조급했던 탓일까. 땅볼은 글러브 끝에 맞고 위로 퉁겨 올라, 마치 공기놀이를 하는 모양새가 되었다. 덕분에 몇 초쯤 포구가 늦어졌다.

그 짧은 몇 초가 결정적인 시간이었다.

송구와의 추격전에서 아오이가 이겼다. 아오이는 공보다 먼저 1루 베이스를 밟았다.

"좋았어!"

하루카 옆에서 마키가 V 사인을 했다. 뛰어나가면서 밀어 치는 소프트볼 특유의 타구, 슬랩 타법. 정말 위태위태했지만 성공이었다.

"자, 아오이처럼 출루하는 거야!"

"큰 거 한 방 노려 봐!"

타석을 향해 성원이 계속 쏟아졌다. 팀 전체가 하나의 생물체가 되어 야에자키중학교의 투수를 향해 덤벼들었다.

세 번째 타자가 타석으로 향했다. 초구가 던져졌다.

맑은 소리와 함께 하얀 공이 뻗어 나갔다. 공은 우측과 센터 사이, 정중앙으로 빨려 들어가더니 탕 하고 떨어졌다. 모두 벤치에서 일어났다. 당황한 우익수가 쫓아가 공을 집어 들었다. 그러나 아오이는 벌써 3루 베이스를 지나 계속 뛰고 있었다.

타이밍은 아슬아슬했다. 하지만 세이프였다.

아오이가 홈으로 미끄러져 들어간 것과 심판이 두 팔을 양쪽으로 쫙 펼친 건 동시였다.

"세이프!"

"야호!"

벤치에 있는 모두가 이기기라도 한 듯 펄쩍펄쩍 뛰며 좋아했다. 마키와 하루카가 아오이의 헬멧을 탁탁 두드렸다. 아오이는 유니폼과 콧방울에 흙이 묻은 채로 "헤헤." 하고 멋쩍게 웃었다.

"이럴 땐 작은 게 이득이구나. 터치하기 어렵잖아."

벤치로 돌아가는 아오이를 지켜보며 마키가 중얼거렸다. 말도 안 돼, 아오이가 무슨 엄지동자도 아니고. 하루카는 어이가 없어 피식 웃고는 득점판으로 눈길을 돌렸다. 1대 2, 원아웃 2루. 다음은 7번 타자 마키, 그리고 8번 타자 하루카.

마키는 헬멧을 단단히 고쳐 쓰고는 타석을 향해 뛰어가다가 멈춰 섰다. 그러고는 우리를 향해 해님처럼 환하게 웃어 보였다.

"아오이는 상대 팀 실책 덕분에 출루한 거니까 내가 안타를 치면, 이번 이닝에서 두 개째네. 세 개를 칠 확률은 계산 안 해 봤니?"

“응. 그건 미지수로 남겨 뒀지. 그게 재미있을 거 같아서.”

“그치?”

짧게 대답하고 마키는 다시 걷기 시작했다. 하루카는 말끄러미 마키의 듬직한 등을 바라보았다. 마키가 안타를 치든 못 치든 반드시 하루카에게 타석이 돌아올 것이다.

내가 할 수 있을까. 경기를 뒤집어 놓을 한 타를 쳐 낼 수 있을까.

벤치를 돌아보았다. 10분 전까지의 진흙처럼 무거웠던 분위기는 이제 어디에도 없었다. 지금 팀은 하나가 돼 있다. 하지만 하루카를 기다리고 있는 건 고독한 싸움이다. 하루카는 오른손을 살짝 쥐었다가 폈다. 소프트볼도 수학도 친구들의 도움으로 여기까지 달려왔다. 하지만 타석에 들어서면 의지할 수 있는 건 아무것도 없다. 기노시타 선생님이 사인을 보내 준다곤 하지만 누군가 대신 배트를 휘둘러 주지도 않을 거고, 스트라이크와 볼을 구별해서 알려 주지도 않는다.

칠 수 있을까.

그렇게 스스로에게 묻자 곧바로 답이 떠올랐다.

모른다.

칠 수 있는 가능성도 있고, 치지 못할 가능성도 있다. 그것이 수학적인 대답이었다.

카앙!

갑자기 날카로운 소리가 귓전을 때렸다. 하루카는 얼굴을 번쩍 들었다. 마키가 배트를 내던지고 뛰기 시작했다. 24퍼센트를 넘어서 하얀 공이 센터 앞으로 빠져나갔다. 3루에 있던 주자가 쏜살같이 뛰기 시작했다. 하루카는 등줄기가 서늘해졌다. 공을 잡은 유격수가 몸을 활처럼 구부렸다.

얕다!

순간, 하루카는 주자에게 뛰지 말라고 소리치려 했다. 하지만 이미 늦었다. 활을 떠난 하얀 화살이 일직선으로 홈을 습격했다. 두 사람이 충돌하면서 흙먼지가 피어올랐다. 심판의 오른팔이 힘차게 아래로 내려갔다.

"아웃!"

홈에서 터치아웃.

하필 그때, 그렇게 멋진 송구를 하다니.

하루카는 입술을 깨물며 발을 동동 굴렀다.

그 순간.

상대팀 포수가 2루를 향해 재빨리 공을 던졌다.

무슨 일이 벌어졌는지, 하루카는 이해하지 못했다. 경기장의 광경이 텔레비전 녹화 영상처럼 어딘지 먼 곳에서 벌어진 사건으로 비쳤다. 2루 베이스에 미끄러지는 마키. 심판을 향해 글러브를 들어 올리는 2루수.

"아웃!"

이렇게 멀리 떨어져 있는데도 하루카의 귀에는 심판의 목소리가 신기하게 또렷이 들렸다. 모두가 눈앞의 현실을 이해하지 못하고 있었다. 단 한 사람, 가장 가까이서 잔인한 선고를 들은 주장만은 2루 베이스 옆에 주저앉은 채 모든 상황을 납득한 듯 하늘을 우러러보고 있었다.

아, 그렇구나.

졌어.

하루카는 마침내 그 사실을 깨달았고, 손에서 빠져나간 배트가 텅 소리를 내며 바닥에 떨어졌다.

"겨우 찾았네."

학교 건물 뒤 나무 그늘에 숨듯이 웅크린 마키를, 하루카는 어렵게 찾아냈다. 말을 건네도 대꾸가 없었다. 마키는 두 무릎 사이에 얼굴을 묻은 채 꼼짝 않고 앉아 있었다. 하루카는 천천히 다가가 그 곁에 앉았다. 머리 위로 매미 소리가 쏟아져 내려왔다.

"벌써 다들 돌아갔어."

매미 소리 사이를 누비듯 하루카는 조용히 단짝 친구에게 말을 건넸다. 이제 막 갈아입었는데, 블라우스가 벌써 땀에 젖었다.

"미안."

마키는 얼굴을 들지 않고 갈라진 목소리로 중얼거렸다.

"미안."

하루카도 잠자코 무릎을 끌어안고 앉았다. 대답할 말을 찾지 못하고 있었다.

1대 2. 히가시오이소중학교는 마지막 나카지구 대회 두 번째 경기에서 패하고 퇴장했다. 그 말은 곧, 3학년은 오늘로써 소프트볼 동아리 활동이 완전히 끝났다는 의미다. 나중에 별도로 송별회는 할 테지만, 경기가 끝나자마자 전체 회의를 마치고 각자 옷을 갈아입고 해산했다.

하루카는 교복으로 갈아입은 뒤에야 탈의실 안에 마키가 없는 것을 알았다. 짐은 그대로 있었다. 걱정이 됐다. 혼자서 낯선 학교 안을 찾아다녔다. 하지만 막상 마키를 찾고 나니 섬세한 위로의 말 한 마디를 건넬 수가 없었다. 위로는커녕 자신이 오히려 눈물을 쏟을 것 같았다.

끝났어.

마음속으로 중얼거렸다.

그때 마키는 홈에서 클로스 플레이(주자와 수비수가 순간적으로 교차하여 세이프인지 아웃인지 분간하기 어려운 찰나적 플레이-옮긴이)하는 틈을 노려 2루로 뛰었다. 다른 누구도 아닌 마키인 만큼 가능하다고 판단하고 뛰었을 것이다. 단, 마키가 계산에 넣지 않은 건 상대 팀 포수가 순간적으로 마키의 의도를 눈치채고 경탄할 만큼 정확한 송구를 할 수도 있다는 점이었다. 송구가 조금만 빗나갔어도 세이프였을 텐데. 최후의 한순간까지 행운의 여신은 하루카 팀의 편에 서 주지 않았다.

마키, 네 탓이 아니야.

그 말을 삼킨 채 하루카는 다른 말을 꺼냈다.

"속상하지?"

"응."

마키는 여전히 고개를 들지 않았다.

지금의 마키로서는 그 정도 대꾸가 최선인 모양이었다.

나무가, 흙이, 학교 건물이, 하늘이, 물감이 번지듯 일제히 뿌예졌다. 두 손으로 얼굴을 감쌌지만 역부족이었다. 손가락 사이로 눈물이 줄줄 흘러내렸다.

아직 끝내고 싶지 않은데.

친구들과 좀 더 소프트볼을 즐기고 싶었는데.

발로 차고, 때리고, 불평을 해도 현실을 바꿀 수는 없다. 그 현실은 커다란 바윗덩이처럼 앞을 턱 가로막고선 채, 하루카가 나아가고 싶던 길을 무참하게 막아 버렸다.

무력했다.

그저 무력할 뿐이었다.

모든 희망이 사라지고, 앞날의 빛마저 사라진 듯했다.

적어도 그 순간까지는 그랬다.

"훌륭한 경기였어."

난데없이 목소리가 날아들었다.

아무런 기척도 없이, 갑자기 위에서 남자 목소리가 내려왔다.

하루카는 놀라 얼굴을 들었다. 눈물로 시야가 뿌옜다. 검은 사람 그림자가 느릿한 걸음으로 다가왔다.

"마지막 이닝에서 그런 기회를 만들어 내다니. 계산상으로는 고작 24퍼센트 확률이었는데. 하지만 욕심낸다고 다 되는 건 아니야."

"아, 아."

분명 귀에 익은 목소리다. 하루카는 일어나서 눈물을 북북 닦았다. 얼굴이 얼룩덜룩 지저분해질 테지만 그것도 아랑곳하지 않았다. 일단은 목소리의 주인공을 확인해야 했다.

여기에 있을 리 없어. 경기에 진 충격으로 내 머리가 어떻게 된 거야.

머리 한구석에서 이성적인 자신이 그렇게 소리쳤다.

그러나 거기에 있는 것은 꿈도 환상도 아니었고, 여름 더위로 인한 신기루는 더더욱 아니었다.

검정 버튼다운 셔츠, 커다란 검은 테 안경, 그리고 앳된 얼굴.

거기에 1년 전에 헤어진 소년이 서 있었다.

거기에 수학가게의 진짜 점장이 있었다.

"나 왔어."

소년은, 진노우치 소라는 눈썹하나 까딱하지 않고 그렇게 말했다.

"약속을 지키러 왔어."

하루카는 어안이 벙벙하여 한동안 아무런 반응도 할 수가 없었다. 눈물샘도 놀랐는지 폭포처럼 쏟아지던 눈물마저 뚝 그쳤다. 마침내 얼굴을 든 마키도 장난감 총에 맞은 비둘기처럼 벌겋게 부어오른 눈을 동그랗게 뜬 채, 놀란 얼굴로 멍하니 올려다볼 뿐이었다.

드디어 하루카의 머리가 작동하기 시작했다.

하루카에게 수학의 깊이를 가르쳐 준 진노우치 소라.

지금은 미국 보스턴에 있어야 하는데, 어떻게 소프트볼 경기장에? 언제 일본에 돌아온 거지? 그리고 약속이라니…….

거기까지 생각했을 때, 하루카는 퍼뜩 떠올랐다. 빛바랜 세피아 빛깔로 변해 버린 오래된 사진 같은 기억. 그 가운데 한 장이 한때의 반짝임을 되찾았다.

"보러 와. 다음 달에 경기 있으니까."

"경기? 혹시 너도 나가?"

"그럼."

정말로 별 생각 없이 한 말이었다. 1년 전 여름에 했던, 지켜지지 않은 채 끝난 약속.

아니, 아니다.

지켜지지 않고 끝났을 약속.

하루카는 훌쩍거리며 미소 지었다.

"기억하고 있었네."

"그걸 어떻게 잊어."

당연하다는 듯이 소라는 그렇게 말했다. 정말 얘는 하나도 변하지 않았다. 아니다, 한 가지 변한 게 있다. 지금 보니 키가 조금 자란 것 같다.

"아버지가 일본에 일이 있어서 잠시 나왔어."

"근데 왜 미리 연락 안 했어? 이메일에 답장도 안 해 주고."

"갑자기 와서 놀래 주려고 그랬지."

"참, 어이없다. 그리고 상황 좀 봐 가면서 등장해."

"흐음."

하루카의 말을 듣고 소라는 나무 그늘로 눈을 돌렸다. 마키가 핏발 선 눈으로 멍하니 올려다보고 있었다.

"소라……."

"결과는 부딪쳐 보기 전에는 모르는 거야."

소라는 마키의 말을 덮어 버리듯 그렇게 말했다.

"너의 판단이 틀렸던 건 아니야. 나는 그 상황에서 달린 용기를 칭찬하고 싶어."

하루카는 터져 나오는 웃음을 참을 수가 없었다. 그토록 낙심해 있던 마키도 어이가 없었던지 피식 웃었다. 아 진짜, 얘는 어떻게 이렇게 오글거리는 말을 아무렇지도 않게 할 수 있을까. 너 때문에 진지한 분위기 다 망쳤잖아. 하루카는 마음속으로 투덜거리고는 눈초리에 고인 눈물을 슬쩍 훔쳤다.

"아무튼 오느라고 고생했어, 소라."

소라는 안경 속 눈을 가늘게 떴다. 나무에 앉았던 매미가 매앰매앰 울며 날아갔다. 뜨거운 한여름 태양 아래, 하루카와 소라 사이로 부드러운 침묵이 흘렀다. 이메일과 스카이프로 연락을 주고받긴 했으나 소라의 얼굴을 직접 보는 건 1년 만이었다. 오늘처럼 더웠던 그 여름날, 공항에서 헤어진 이후 첫 만남이었다. 경기에 지고 무기력에 빠진 하루카의 눈앞에, 느닷없는 행복이 데구루루 소리를 내며 굴러 들어온 것이다. 그 행복을 맛보기 위해 하루카는 정적에 몸을 내맡겼다.

"소라, 이야기 다 끝났니?"

하지만 그 정적은 옆에서 날아온 무례한 목소리에 뚝 잘리듯 깨져 버렸다. 놀란 하루카가 소리 나는 쪽으로 눈을 돌렸다. 어디서 본 듯한 여자애가 어슬렁어슬렁 걸어왔다. 짧은 갈색 보브스타일 머리, 가슴팍에서 반짝반짝 빛나는 목걸이. 오늘은 짙은 갈색 선글라스를 끼고 있지만, 하루카는 그게 누군지 단번에 알아봤다. 지난주에 교무실에서 만난 다른 학교 여학생. 상대는 하루카를 아는 듯한, 하루카는 도무지 기억나지 않던 수수께끼 소녀.

어? 그런데 잠깐. 지금 소라라고 부른 거 맞지?

그렇다면…….

"그래, 아스나."

소라가 어색한 표정으로 대답했다. 아스나라고 불린 소녀는 종잡을 수 없는 미소를 지으며 노래하듯 말했다.

"한참 기다렸잖아. 약속 꼭 지켜야 돼."

약속?

하루카는 그 말이 가슴에 턱 걸려서 미간을 찡그렸다. 혹시나 싶어 소라의 얼굴을 살폈지만 변함없이 무표정이었다. 여전히 나무 그늘에 앉아 있는 마키는 이 상황이 이해가 안 되는 듯 혼란스러운 표정이었다.

"잠깐, 소라, 무슨 일이야? 쟤는 또 누구고?"

하루카가 그렇게 다그치자 소라는 "흐음." 하고 팔짱을 꼈다. 아스나는 그저 헤실헤실 웃을 뿐이었다.

뭐가 어떻게 돌아가는 건지 도무지 알 수가 없었다.

그러나 딱 한 가지는 분명히 알 수 있었다.

소라와의 재회를 무조건 기뻐할 수만은 없다는 것.

해1. 물과 기름은 꿈을 이야기한다

여자란 남자가 생각하는 것보다 훨씬 늠름하다. 고양이는 고타쓰(상 밑에 전열기를 달고 상을 이불로 씌워 놓은 난방 기구-옮긴이) 안으로 파고들고, 벌레는 낙엽 속으로 피난하는 계절이다. 그런데도 여학생들은 교복 치마를 짧게 줄여 일부러 그 허연 다리를 겨울 찬바람에 드러내고 다닌다. 건강이나 쾌적함보다는 패션이 중요한 거다. 무조건 예뻐야 한다. 언제나 미를 최우선에 둘 정도로 여자애는 강하다.

사에키 아스나도 예외는 아니다…… 아니다, 앞장서서 그 정신을 실천하고 있다.

"안 춥냐?"

"응? 별로. 익숙해지면 견딜 만해."

아스나는 나란히 걷고 있는 그 애를 향해 말했다.

"흐응."

그 애는 그렇게 대꾸하고 다시 앞으로 고개를 돌렸다.

중학교 1학년, 겨울이었다. 아스나는 첫 남자 친구, 시라이시 다이치와 함께 방과 후 데이트를 즐겼다. 데이트라곤 해도 카페에 가거나 쇼핑을 하는 것도 아니었다. 다이치의 발길이 향하는 곳은 공립 도서관이었다. 붉은기가 도는 갈색 머리칼, 귀에는 은색 피어스. 외모로 보아서는 상상이 안 되지만 다이치는 독서광이다. 더구나 독서의 방향성도 독특했다.

자동문을 지나 도서관 안으로 들어가자 따뜻한 공기가 둘을 맞아 주었다. 아스나는 얼굴 아래 절반을 둘러싼 목도리를 도르르 풀었다. 그제야 다리가 시린 게 느껴졌다.

"다이치, 무슨 책 빌릴 거야?"

"무민(핀란드 작가 토베 얀손의 동화 시리즈로 전 세계적으로 번역되어 인기를 끌고 있는 작품-옮긴이)."

"진짜 빌리려고?"

"웬 참견. 내가 좋으면 되는 거지, 어때서 그래?"

다이치는 거침 없이 어린이 책 코너로 향했다. 책장 앞에서 책을 읽는 건 초등학교 저학년쯤 되는 어린아이들뿐, 게다가 카펫이 깔린 어린이 공간에는 유치원생으로 보이는 아이들마저 있다. 그런 어린이 책 코너에 갈색 머리 중학생 둘이 발을 들여놓았다.

다이치는 한 서가 앞에서 걸음을 멈췄다. 익숙한 동작으로 책을 세 권 정도 뽑아 들었다. 다이치가 좋아하는 장르는 아동문학. 어린이 대상 책을 그렇게 부르는 모양이었다. 또래는 초등학교 졸업과 동시에 죄다 어린이 책에서 졸업했는데, 다이치는 아직도 어린아이 틈에 섞여 어린이 책 서가를 누비고 다녔다. 교복 재킷과 코트 주머니, 숄더백 안에는 항상 표지가 귀여운 문고본이 들어 있다. 그리고 틈만 나면 책을 읽는다. 외모에 어울리지 않게 순수한 사람. 아스나에게는 그 모습마저 멋져 보였다.

다이치는 빌려 갈 책을 고르고는 웃으며 말을 건넸다. 예리한 칼날처럼 위험과 매력이 공존하는, 아스나가 그토록 좋아하는 다이치의 웃는 얼굴이었다.

"아스나. 자, 이거 빌려 가.《빨간 머리 앤》. 내가 추천하는 거니까, 당근 걸작이야."

"난 됐어. 책 읽는 거 싫어한단 말이야."

"너 참 바보다. 몇 백 년의 세계가 고스란히 담긴 명작이 여기 다 모여 있다고. 근데 도서관까지 와서 아무것도 빌리지 않는 게 말이 돼?"

"난 그냥 너랑 함께 있고 싶어서 따라온 거뿐이야."

"아, 그래. 그래도 아깝잖냐. 이렇게 잼나는 게 있는데."

"잼나는 거?"

아스나가 재미난 듯 흉내 내자 다이치는 어이없다는 표정이었다. 아주 미세한 표정 변화였지만, 아스나는 그런 다이치의 얼굴을 한없이 바라보고 싶었다.

"그럼 갈까?"

대출 수속을 마친 다이치가 〈무민〉 시리즈 몇 권을 소중하게 가방에 넣는 것을 확인하고, 아스나가 말했다. 다이치의 손목에서 팔찌가 짤그랑짤그랑 울렸다. 행복했다. 소중한 사람과 둘이서 걷는 길은 거기가 어디든 행복하다. 놀이공원이나 영화관에 가지 않아도 좋았다. 통학로도 근처 도서관도 아스나에게는 최고의 데이트 장소였다. 아스나는 깡충깡충 뛰고 싶은 걸 간신히 참았다. 막 도서관 자동문을 나가려고 할 때였다.

"아, 잠깐 기다려 봐."

아스나가 걸음을 멈추고 돌아보자 다이치는 엉뚱한 곳을 보고 있었다. 그 애의 시선이 향하는 곳은 도서관 입구에서 보아 왼쪽에 있는 라운지였다. 도서관 본관과는 별도의 공간으로, 이야기를 하거나 도시락을 먹을 수 있는 곳이다. 거기에 교복 차림에 안경을 쓴 남자애가 잔뜩 인상을 쓰고 혼자 앉아 있었다. 아스나는 학자 분위기를 풍기는 그 남학생을 그제야 알아봤다. 같은 반 진노우치 소라였다. 아스나는 진노우치 소라와 한 번도 이야기를 나눠 본 적이 없다. 교실에서는 늘 혼자 책을 읽기 때문에 다가가기 어려운 존재였다. 왠지 의뭉스러울 것 같은 애. 일부러 말을 걸 필요 없지 뭐. 아스나는 그 애를 무시하고 도서관을 나가려고 했다.

"이야, 소라잖아."

하지만 아스나가 그 소리를 들었을 때는 다이치는 이미 히죽 웃으며 진노우치의 어깨를 툭툭 치고 있었다. 안경 소년이 놀란 듯 얼굴을 들었다.

"뭐냐, 또 수학 공부냐?"

"응."

"너도 참, 어지간히 수학을 좋아하나 보구나. 이딴 게 뭐 재밌다고."

"재미있어. 너도 할래?"

진노우치는 앉은 채 맞은편 빈자리를 연필로 가리켰다. 목소리는 의외로 차분하고 알아듣기 쉬웠다.

"이 바보야. 내가 그딴 걸 왜 하냐."

다이치는 벌레 씹은 표정이었다.

모르는 사람이 보면 내성적인 우등생에게 날라리가 트집을 잡는 듯이 보일지도 모른다. 아스나는 잠시 망설이고는 그 둘에게 다가갔다. 진노우치는 그제야 아스나를 본 모양이었다.

"안녕, 진노우치."

"안녕."

진노우치는 표정을 바꾸지 않고 인사했다. 아스나의 얼굴을 기억이나 하는지 의심스러웠다.

"소라는 이 라운지에서 수학 공부할 때가 많아."

묻지도 않은 걸 다이치가 설명해 주었다.

"초등학교 때부터 줄곧."

"흐응, 그래."

아스나는 그제야 생각났다. 다이치와 진노우치는 같은 초등학교 출신이다. 교실에서도 이따금 둘이 이야기하는 걸 본 듯도 하다. 자신은 중학교에 들어가서야 다이치를 만났는데. 어쩐지 진노우치에게 뒤진 것 같은 기분에 가슴속에 떨떠름한 구름이 퍼져 갔다. 물론 그것은 아스나가 멋대로 느끼는 감정이었다. 아스나는 진노우치에게 무난한 것만 골라 물었다.

"왜 집에서 안 하고 도서관에서 공부해?"

"밖이 집중이 잘돼."

"왜?"

아스나는 무심코 질문을 이어 갔다. 하지만 진노우치는 대답하지 않았다. 안경 속의 두 눈이 조금 가늘어졌다.

특별히 이유가 없는 거야? 아니면 말하고 싶지 않아서?

마음속에 떠오른 의문도 잠시 뒤에 사라졌다. 진노우치에 대한 아스나의 관심은 딱 그 정도였다. 빨리 다이치를 데리고 그곳을 뜨고 싶은 생각뿐이었다. 모르는 사람은 떼어 놓고 둘만의 세계로 되돌아가고 싶었다. 그런데 무심코 책상 위의 공책을 보고는 그럴 수가 없었다.

$$\int f(x)dx = \int f(g(t))g'(t)dt$$
$$\int f(g(x))g'(x)dx = \int f(u)du$$

거기에는 난생 처음 보는 기호의 무리가 펼쳐져 있었다. 수학 공부를 한다는 얘기를 듣지 않았다면 마법진(마법을 사용하기 위해 부리는 원형, 혹은 다각형의 문양-옮긴이)인지 뭔지로 여겼을 것이다. 조금 전에 다이치가 말했다.

"소라는 이 라운지에서 수학 공부할 때가 많아."

그러니까 이게 수학이란 건가. 아스나가 알고 있는 수학과는 눈곱만큼도 닮은 구석이 없었다. 얼굴에 미소를 찰싹 붙인 채 아스나는 그대로 굳어져 버렸다. 곧이어 가벼운 현기증이 엄습했다.

"이게 뭐야? 수학?"

"응. 적분이라는 거야. 고등학교에 가면 배워."

진노우치는 태연하게 그런 엄청난 얘기를 했다. 곤혹스런 나머지 아스나는 다이치에게 눈을 돌렸다. 다이치도 아스나와 마찬가지로 이 공책 위의 마술을 전혀 이해하지 못하는 듯했다. 다이치의 가느다란 눈썹이 희미하게 일그러졌다.

"이상한 짓 하는 건 여전하네. 이거 말이야, 진짜 인간의 언어로 쓰인 거 맞냐?"

"그럼, 인간이 만들어 온 예지의 결정체지. 하지만 이건 교과서 수준이니까, 해 보면 의외로 간단해."

"참 별난 자식이라니까. 이딴 거 공부해 봐야 아무 짝에도 소용없을 거 같은데."

"넌 그렇게 생각할지 모르지만 필요로 하는 사람은 분명히 존재해. 몇 번이나 말했지만 수학은 주로 눈에 띄지 않는 곳에서 활약하고 있지."

의자에 앉은 채 다이치를 올려다보는 진노우치. 그에 응하듯 진노우치를 내려다보는 다이치. 둘의 시선이 부딪혀 불꽃이 튈 것만 같아서 아스나는 조마조마했다.

잠시 침묵이 흐른 뒤, 다시 다이치가 입을 열었다.

"정말로 세상에 도움이 되는 건 문학이거든!"

"아니, 수학이지."

"문학은 사람의 마음을 움직여서 사회를 바로잡을 수 있다고."

"수학은 과학을 진보시키고 사람의 가능성을 펼칠 수 있게 해."

"진짜 이해할 수 없는 자식이네."

"그건 너도 마찬가지야."

어?

이 둘, 혹시 사이 나쁜 거야?

아스나는 자신이 근본적으로 착각하고 있음을 깨달았다. 교실에서도 이따금 이야기하는 데다, 조금 전에도 지체 없이 말을 걸어서 의심 없이 사이가 좋은 줄 알았는데. 혹 다이치가 시비를 거는 건가? 진노우치가 마음에 들지 않아서.

"야아, 그만 가자."

아스나는 진노우치에게 들리지 않도록 조그맣게 다이치를 잡아끌었다. 다이치는 아쉬운 듯이 "그러자."라고 대답했다.

"야, 어거지. 오늘은 이만 돌아간다만, 다음번엔 문학이 얼마나 훌륭한지 차근차근 가르쳐 주지."

"흐음. 그때는 나도 수학의 깊이에 대해 좀 더 이야기해 주지."

진노우치는 눈썹 하나 까딱하지 않고 그렇게 대답했다. 그러자 조금 전까지의 말다툼이 거짓말이었던 양 다이치가 이를 드러내고 웃었다. 그건 땀 흘려 운동하고 난 후 기분 좋게 웃는 얼굴이지 싸우고 나서 지을 법한 표정은 아니었다.

"또 보자, 소라."

"그래."

담백한 인사였다. 비아냥거림이나 적의는 털끝만큼도 느껴지지 않았다. 초등학생 때부터 같은 환경에 있는 그런 둘이 아니고는 풍길 수 없는 묘한 편안함이 느껴졌다.

대체 이 둘은 어떤 사이지?

아스나는 살짝 가슴이 쓰렸다. 자신이 이해할 수 없는 끈끈한 유대가 둘 사이에 있는 듯해서.

아스나와 다이치는 나란히 도서관을 나왔다. 밖으로 나오자마자 찬바람이 피부 속으로 파고 들어왔다. 아스나는 저도 모르게 몸을 움츠렸다. 잠시 말없이 걸었다.

"미안하다. 기다리게 해서."

다이치의 입에서 솜처럼 하얀 입김이 퍼져 나갔다. 아스나는 가볍게 "괜찮아."라고만 대꾸했다. 아마도 기분 좋은 듯 보였을 터이다. 항상 그렇다. 친구들은 그런 아스나에게 365일 24시간, 늘 기분이 좋아 보인다고 했다. 언제나 헤실헤실 웃으며, 들뜬 듯이 하루하루를 보내니까. 아무 고민도 없는 것처럼 보인다고 했다.

그러나 아스나라고 힘들고 슬플 때가 없는 건 아니다. 단지, 그 감정을 겉으로 드러내지 않을 뿐이다.

나랑 둘이 있을 때, 꼭 그렇게 싸워야 해?

마음속에서 그런 불만이 두둥 떠올랐다. 하지만 얼굴에는 드러내지 않았다. 아스나 자신도 그런 성격 때문에 종종 손해 본다는 걸 안다. 힘들어도 도움을 청하지 못하니까. 걷다 보니 금세 손이 시렸다. 아침에 급히 나오느라 장갑 챙기는 걸 깜빡 잊었다. 입김을 불어 손을 녹이고 싶었지만 입이 목도리에 파묻혀서 그마저 쉽지 않았다. 손가락 끝이 상한 딸기 색깔로 불그죽죽하게 변해 버렸다. 그때였다.

"손 좀, 줘 봐."

갑자기 다이치가 손을 쑥 내밀어 아스나의 오른손을 잡았다. 아스나는 놀랄 사이도 없이 몸까지 끌려갔다.

"동상 걸리면 어쩌려고. 보는 나까지 아프거든."

다이치의 목소리가 아주 가까이서 들렸다. 그렇게 아스나의 오른손은 다이치의 외투 왼쪽 주머니 속으로 들어갔다. 심장이 터질 듯이 쿵쾅거렸다.

"좀 더 걷자."

"집에 가서 책 읽어야 하는 거 아냐?"

"웬 잔소리. 책 읽기 전에 머리 좀 식히고 싶어 그런다."

웃어넘기듯 다이치는 그렇게 대꾸했다. 오른쪽 손바닥에 그 애의 체온이 느껴졌다. 손에 땀이 나지 않을까 불안했으나 신경 쓰지 않기로 했다. 이제 와서 손을 뺄 수도 없으니까.

언제나 그랬다.

다이치는 누구보다도 정확히 아스나의 마음을 알아줬다.

누가 뭐라고 하든 상관없어.

내 감정은 이 애한테만 전달되면 돼, 그걸로 충분해.

행복이 도망치지 않도록 아스나는 슬그머니 다이치에게 몸을 기댔다.

"안녕!"

"아, 안녕, 아스나."

외투를 벗으면서 교실에 들어가자 복도 쪽 아스나 자리 주변에는 벌써 여자애 세 명쯤이 모여 있었다. 아스나가 "춥다."라고 말하자 "응, 너무 추워."라는 대답이 돌아왔다. 아스나는 산토끼처럼 서로 몸을 기댄 여자애들 사이를 빠져나가 자리에 앉았다.

아스나도 평범한 여자애들처럼 친한 그룹이 있다. 반에서 화려한 축에 속하는 그룹이다. 모두 머리 염색은 당연했고, 귀도 뚫었다. 단, 학교를 땡땡이치고 다른 학교 남학생과 어울려 다니거나 하지는 않았다. 틀 안에 갇혀 있으면서 어정쩡하게 허세를 부리는 정도랄까.

학급이라는 단위 안에서도 여자애들은 다시 세밀하게 나뉜다. 쉬는 시간을 함께 보내는 친구, 방과 후에 어울리는 친구, 넋두리를 늘어놓는 친구. 여기에서는 사에키 아스나라는 개인이 아닌 그룹의 일원으로서 행동하지 않으면 안 된다. '쟤, 촌스러워.' 누군가 한 명이 말하면 반드시 전원이 고개를 끄덕인다. 다른 그룹 아이와 너무 사이좋게 지내도 안 된다. 모난 돌은 정 맞는다. 튕겨져 나간다. 그리고 중학교란 곳은 여자애 혼자서 살아가기에는 지나치게 가혹하다. 모두가 악착같이 그룹에 매달리는 이유다. 차디찬 겨울바람을 이겨 낸다 해도 인간관계가 냉랭해지면 길에서 쓰러져 죽을 수밖에 없다.

숨이 막힌다고 생각한 적은 없다.

숨죽인 채 자신을 죽이고 지내는 데에는 이미 익숙해졌으니까.

"아스나 넌 있지, 고민 같은 거 없어 보여."

같은 그룹 여자애 중 하나가 나른한 듯 책상에 턱을 괴고 말했다. 아스나는 여느 때처럼 헤실헤실 웃으며 대꾸했다.

"어, 그런가?"

"그래, 진짜 속 편히 사는 거 같아 보여."

"멋진 남친도 있고 말이야."

"아, 부러워라~."

저마다 그렇게 한마디씩 던졌다.

"아냐, 안 그래."

아스나는 그렇게 되받을 뿐이었다. 뭐가 안 그렇다는 건지, 아스나 자신도 알 수 없었다. 아마 아무도 이해하지 못할 테지만, 그래도 대화는 막힘이 없었다. 아스나 그룹의 대화란 그 정도로 깊이가 없었다.

사실 아스나 역시 고민도 있고 힘들 때도 있다. 하지만 그렇다고 반론해 봐야 이 그룹에서는 통하지 않는다. 겉으로는 걱정해 줄지 모르지만 결코 의논 상대가 돼 주지는 않는다. 게다가 공연히 눈에 띄게 나대다간 고립되기 십상이다. 여기서 원만히 지내려면 대충 웃어넘기는 게 상책이다. 그동안 줄곧 그렇게 지내 왔다.

"안녕."

그때 교실 문이 거친 소리를 내며 열리고, 남자애 하나가 들어왔다. 아스나는 아이들 틈으로 흘끗 훔쳐보긴 했지만 그게 누군지는 안 봐도 안다. 다이치의 밝은 머리칼은 오늘도 멋스럽게 정돈돼 있다. 티 없는 표정과 머리칼이 잘 어우러져 태양 같아 보였다. 이 어둡고 옴짝달싹할 수 없는 지하 쓰레기통 같은 교실에서 다이치는 다른 별에서 온 존재 같았다. 아스나는 사람 사이를 척척 지나가는 다이치를 눈으로 좇았다. 그 애는 반 아이들이 건네는 인사에 한 손을 들어 답하거나, "안녕." 하고 소리 내어 응했다.

"다이치, 지각 직전이거든."

"시끄러, 멍청아. 뭔 상관. 머리에 붙은 파리나 쫓으셔."

"안녕, 다이치. 오늘도 무시무시한 날라리 같은걸."

"참 뭘 모르네. 나만 한 모범생도 드물거든?"

아스나는 알고 있다. 다이치의 응수 방식이 한 사람 한 사람 다르다는 걸. 거친 말투는 가까운 사이임을 증명한다. 다이치는 학급 아이들 하나하나와 그에 맞는 거리감을 유지했다. 그래서 누구와도 친구로 지낼 수 있는 것이다. 누구에게도 신뢰받는 것이다.

"야! 얼른 자리에 앉아."

출석부를 손에 든 남자 교사가 오늘도 변함없이 지친 얼굴로 들어왔다. 담임의 등장에 여기저기 흩어져 있던 학생들이 후닥닥 제자리로 돌아갔다. 담임은 교단으로 올라가기 전에 여느 때처럼 다이치를 노려보았다. 하지만 다이치는 모기만큼도 신경 쓰는 기색이 없었다.

"다이치, 할 얘기 있으니까 나중에 교무실로 와라."

"왜요? 또 맨날 그 설교하시게요?"

자리에 앉으면서 다이치는 웃으며 받아쳤다. 담임의 얼굴이 더욱 살벌해졌다.

"선생님도 참 이해가 안 돼요. 저는 나쁜 짓은 안 한다니까요, 글쎄."

"시끄럽다. 변명은 나중에 듣자."

"네네네. 오라면 가죠, 뭐."

다이치가 얼굴 옆으로 손을 팔락팔락 흔들자, 교실 여기저기서 소리 죽여 웃었다. 담임도 더 말해 봤자 헛일이라고 판단했는지 더는 아무 말도 하지 않았다. 다이치에 대한 어른들의 평판은 매우 나쁘다. 이만큼 뜻대로 되지 않는 중학생도 드문 탓이리라. 다이치는 자유로웠다. 교사로부터도 그룹으로부터도 그리고 제 부모로부터도.

숨 막힌다고 생각한 적은 없다.

다만…….

단 한 번이라도 저 애처럼 살고 싶다. 그런 생각은 수없이 해왔다. 저 애처럼 속박이나 틀이나 상식, 그런 것에서 벗어나 완전히 자유로이 살고 싶었다. 담임의 눈을 훔치듯이 다이치가 슬쩍 돌아보았다. 그리고 흘려보내듯 아스나를 보고 씨익 웃었다. 아스나는 변함없이 미소 띤 얼굴로 턱을 살짝 끌어당겼다.

늘 주고받는 둘만의 인사였다.

그해 겨울, 아스나와 다이치는 문이 닳도록 도서관을 드나들었다. 다이치는 한 번에 책을 네다섯 권씩 빌려서 대개 일주일 안에 다 읽어 버렸다. 그리고 빌린 책을 반납할 때 또 다른 책을 네다섯 권 빌려 갔다.

그 남자애 진노우치 소라와는 거의 매주 마주쳤다. 아예 도서관에 이불을 갖다 놓고 숙박하는 게 아닐까 싶을 정도였다. 책을 빌리고 나서 라운지를 들여다볼 때마다 책상에 앉아 있는 진노우치를 볼 수 있었다. 다이치는 그 애를 보면 반드시 말을 건넸고, 그 결과는 으레 불꽃 튀는 언쟁이었다. 교실에서 누구와도 차별 없이 사이좋게 지내는 모습에서는 도무지 믿을 수 없는 광경이었다. 만약 다이치와 사귀지 않았다면, 이런 사실은 아예 몰랐겠지.

"아동문학은 꿈 그 자체야. 우린 미래와 사회에 희망을 가져야만 살아갈 수 있다고."

"꿈이나 희망이란 건 아주 애매한 말이야. 좀 더 분명하게 정의해 줄 수 없어?"

"뭐어? 정의고 뭐고 없다니까 그러네. 꿈은 꿈이고, 희망은 희망이지. 더 알고 싶으면 사전 찾아보든가."

"사전적인 의미는 당연히 나도 이해하지. 내 의문은 아동문학을 읽고 구체적으로 어떤 꿈과 희망을 얻을 수 있느냐는 거야. 그게 정말 어린이의 성장에 플러스 영향만 미칠까?"

"멍청아! 꿈이나 희망이 왜 마이너스가 돼!"

"근거를 제시하고 증명하지 못한다면 꼭 그렇다고 단정할 수도 없지."

"넌 문학을 아주 부정하는 모양인데."

"그런 건 아냐. 의문점을 질문했을 뿐이야."

그렇게 말씨름할 거면 애초부터 말을 걸지나 말지. 옆에서 스마트폰을 만지작거리면서 아스나는 논쟁이 끝나기를 조용히 기다렸다. 하지만 한 번도 아스나의 바람대로 쉽게 끝난 적은 없었다. 둘은 만났다 하면 걸레의 물이 빠질 때까지 꽉꽉 쥐어짜듯, 서로의 말이 밑천이 떨어질 때까지 논쟁을 이어 갔다.

"넌 소수가 무한으로 있다고 했는데, 그게 현실에 어떤 도움이 되는 거냐고."

"소수는 보안 시스템에 응용된다고 말했잖아, 전에."

"그게 아니고. 내 말은 그걸 증명했다고 세계가 바뀌는 것도 아니라는 거지. 소수가 무한으로 있단 걸 몰라도, 엄청난 소수만 있으면 암호는 만들 수 있으니까."

"증명이 되면 세계에 관한 이해가 한층 더 깊어져. 그런 수학자의 발걸음은 헛된 게 하나도 없지."

"그-러-니-까 세계를 이해해서 어쩔 거냐고 묻는 거야. 책상에 앉아 증명 문제만 들입다 푼다고 세계가 바뀔 거 같아?"

같은 중학교 1학년인데, 헤아릴 수 없이 많은 책을 읽어 온 다이치와 수학 오타쿠 진노우치와의 논쟁에 아스나가 끼어들 여지는 없었다. 둘의 대화를 그저 멍하니 듣고 있을 뿐이었다. 그리고 들으면 들을수록 진노우치에 대한 짜증이 쌓여 갔다. 다이치가 하는 얘기는 언제나 이해하기 쉬웠다. '꿈'이라든가 '세계를 바꾼다'는 말은 아스나에게 감동을 주었다. 그러나 진노우치의 말은 단지 억지를 부리는 것만 같았다. 다이치는 왜 저런 녀석에게 덤벼드는 거야, 정말? 나와 둘이 있을 때만이라도 참아 주면 안 되나. 마음속에서 그렇게 불만이 소용돌이쳤다. 그리고 어느 날, 도서관에서 아스나는 마침내 말을 꺼내 봤다.

"저딴 애, 상대하지 않으면 될 텐데."

"넌 뭘 몰라."

아스나의 말을 예상하고 있었던 듯, 다이치는 어둠 속에서 어깨를 으쓱했다.

"걸어 온 싸움에 응하고, 걸어 온 논쟁에 응한다. 의견이 맞지 않는 자식하고는 끝까지 언쟁한다. 그게 한자로 '漢(한)'이라고 쓰고 '사나이'라고 읽는 인종이지(漢에는 사나이, 놈이라는 의미도 있다-옮긴이)."

"흐응, 그렇구나."

아스나는 적당히 맞장구쳐 주었다. 솔직히 서툰 삶의 방식 같아 보였다. 하지만 동시에 그렇게 직선적으로 살아갈 수 있는 게 멋져 보이기도 했다. 잠시 말없이 걷다가 아스나는 다시금 입을 열었다.

"진노우치 걔, 머리가 꽉 막힌 거 같아."

"그래 보이냐?"

다이치가 의미심장하게 히쭉 웃었다. 서툰 리코더 같은 소리를 내며 바람이 불어왔다. 아스나는 어깨를 움츠린 채 찬바람을 맞았다.

"응, 왠지 기계적인 느낌이야. 그런 앤 줄 몰랐는데."

"모르는 게 당연하지. 소라가 그런 식으로 자신을 드러내고 논쟁하는 상대는 나뿐이거든. 참 귀찮아 죽겠다니까."

다이치는 무척이나 기분이 좋아 보였다. 함께 있을 때는 물과 기름처럼 밀어내면서도, 소라란 이름을 입에 올릴 때의 다이치는 늘 생기가 넘쳤다.

"난 다이치 네 의견이 더 좋아."

눈곱만큼 가슴속에 찜찜함이 있었지만 아스나는 하얀 입김을 내뱉으며 말했다.

"문학은 모두에게 꿈을 줄 수 있을 거 같으니까. 근데 수학자의 연구는 사람들에게 별로 도움이 안 될 거 같아."

"이론적으로는 그 녀석이 옳아. 아직 그 녀석 앞에서는 인정 못하지만."

두 손을 외투 주머니에 찔러 넣고 다이치는 밤하늘을 올려다보았다. 무슨 의미일까. 아스나도 다이치를 따라 하늘을 보았다.

도쿄의 엷은 먹빛 밤하늘은 바늘로 구멍을 뚫어 놓은 암막처럼, 드문드문 별들이 깜빡거렸다. 아스나의 마음속에서 의문이 또록또록 굴러다녔다.

상대가 옳다고 생각한다면 싸우지 말아야 하는 거 아닌가? 정말 남자애들은 이해가 안 돼.

하지만 타인에 대해 이러쿵저러쿵 말할 수는 없다는 걸, 아스나는 곧바로 깨닫게 되었다.

문2. 절친의 버팀목이 돼 줘라

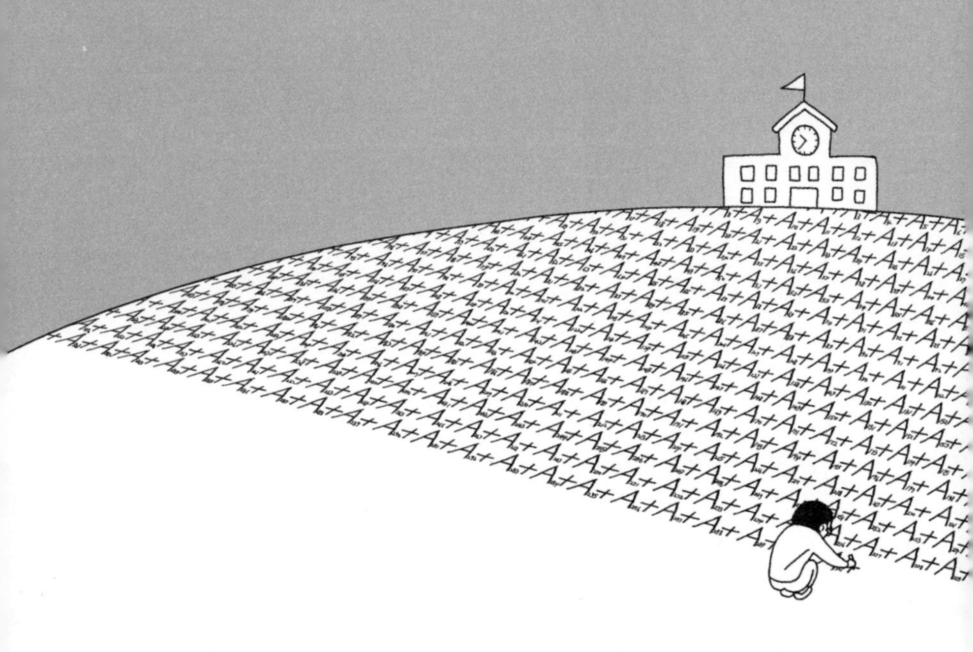

지금은 여름 방학. 그렇다, 분명히 여름 방학이다. 그럼에도 3학년 1반 교실에는 학생들이 계속 드나들었다. 잠시 들렀다 곧장 돌아가는 아이도 있었고, 선 채로 이야기하는 아이, 오자마자 빈 의자에 앉는 아이 등 다양했지만 그 중심에 있는 인물은 단 한 명이었다.

"흐음, 도움이 됐다니 다행이야."

"응, 고마워!"

옆 반 여자애는 소라를 향해 밝게 말했다. '효율적인 공부법'에 대한 상담을 마친 그 여자애의 얼굴은 아주 만족스러워 보였다. 수학가게 상담료는 무료. 손님의 웃는 얼굴, 그것만이 유일한 보수였다. 하루카는 그거면 충분하다고 생각했다. 이렇게 행복한 시간을 보낼 수 있으니까.

“그럼, 다음은 내 차례네.”

상담을 마친 손님이 싱글벙글 웃으며 자리를 뜨자, 교대하듯 다른 여자애가 앉았다. 그 얼굴을 보고 하루카는 눈을 휘둥그레 떴다.

“앗, 사토미! 왔구나.”

“그래. 소라하고 얘기 좀 하고 싶어서.”

사토미는 얼굴에 팔락팔락 부채질을 했다. 맞아, 이 둘은 이야기를 나눈 적이 없지. 사토미의 비단결 같은 까만 머리칼이 커튼을 나부끼며 들어온 바람에 너풀거렸다.

“네가 사토미?”

기억과 눈앞의 실물을 잇듯 소라가 중얼거렸다. 그러고는 인형처럼 고개를 꾸벅 숙였다.

“처음 뵙겠습니다. 저는 진노우치 소라라고 합니다. 진노우치는 기니까 그냥 소라라고 불러 주세요.”

소라는 진지한 얼굴을 하고 고지식하게 인사를 했다.

창가 맨 끝 자리. 책상 다리에 매어 놓은 수학가게 깃발. 손님을 맞이하는 건 나란히 앉은 소라와 하루카. 창밖에서 쏟아져 들어오는 매미 소리. 찌는 듯한 무더위에도 소라는 여느 때와 다름없이 검정 긴소매 셔츠 차림이다. 되레 보는 사람이 더운 차림이지만, 하루카는 그 느낌마저도 그리웠다.

1년 전과 똑같았다. 어느 날 갑자기 잃었다고 생각했던 일상이다.

"소라, 오랜만에 왔으니까, 우리 수학가게 영업하자."

은퇴 경기가 끝나고 이틀 후. 하루카의 제안에 소라는 흔쾌히 찬성했다. 하루카는 곧바로 지난해 2학년 2반 비상 연락망으로 문자를 보냈다.

빅뉴스!

소라가 미국에서 잠시 들어왔어!

오늘은 수학가게 임시 영업일! 상담받고 싶은 사람은 3학년 1반으로!

여름 방학인 데다 갑작스런 연락이었다. 아무도 오지 않으면 어쩌나……. 그런 걱정은 필요 없었다. 하루카와 소라가 교실에 도착하고 30분쯤 지나자, 2학년 2반 친구들이 하나둘 나타나기 시작했다. 그리고 속속 아이들이 교실로 들어왔다. 더구나 누구에게 들었는지 사토미처럼 2학년 때 같은 반이 아니었던 아이들까지 찾아왔다. 사실, 틈이 나면 은퇴 경기 때 불쑥 나타났던 여자애, 아스나에 대해서도 묻고 싶었다. 하지만 그건 생각도 못할 정도로 교실 안은 북적거렸다.

"소라한테는 왠지 모를 '자장'이 있어."

교실을 빙 둘러본 사토미는 갑자기 뚱딴지같은 소리를 했다. 소라와 하루카는 어떻게 반응해야 할지 모르고 얼굴만 마주 볼 뿐이었다.

“평소에는 눈에 잘 안 띄는데, 수학이란 전기가 흐르면 힘이 작용한단 말이야. 물론 좋은 의미에서.”

사토미는 냉정한 말투로 설명했다. 더없이 적절한 비유로도, 떠도는 연기처럼 실체 없는 비유로도 들렸다. 독특한 감성의 소유자인 사토미는 이따금 상대를 당황스럽게 한다. 사토미와 처음 대면하는 소라도 난처한 듯, 잠자코 페트병에 든 음료수를 한 모금 마셨다. 하지만 사토미는 소라의 당황스러움 따위 아랑곳하지 않고 왼손을 내밀어 엄지와 집게손가락과 가운뎃손가락을 저마다 다른 방향으로 펼쳐 보였다.

“알지? ‘플레밍의 왼손 법칙’.”

알다니 뭘?

소라와는 또 다른 부류의 괴짜인 데다, 더구나 그 괴짜의 수준은 지난해보다 더 향상됐다. 자세히 보니, 오른손에 든 부채에는 검고 굵직한 글씨로 ‘뱀장어’라고 쓰여 있다. 뱀장어를 얼마나 좋아하는지는 모르지만 어느 모로 봐도 여자애가 들고 다닐 만한 디자인은 아니다. 하루카는 깊이 생각하기를 포기했다. ‘사토미 월드’가 더 전개되기 전에 재빨리 이야기를 되돌려 놓아야 한다.

“자장인지 뭔지, 난 그런 건 잘 모르겠고 세상에 어떤 학생이 여름 방학에 일부러 학교에 나오겠니? 이렇게 사람이 많이 모인 건 소라를 보러 온 게 맞을 거야."

사토미에게 묻고 싶은 건 머릿속에서 죄다 털어 버리고 그렇게 상황을 무난하게 정리했다. 사토미는 딱히 불만스러워 보이지는 않았다. 단지 조용히 웃으며 책상 옆에 세워 놓은 깃발을 살살 쓰다듬을 뿐이었다.

"하긴, 그럴 만도 하지. 지금 소라는 전설이 됐으니까. 1학년 애들까지 알고 있나 보던데?"

"진짜?"

깜짝 놀랐다. 1학년 후배라면 소라가 이 학교에 다닐 때 아직 초등학생이었을 텐데. 후배에게 수학가게에 대한 이야기가 전해 내려간다고 생각하자 자랑스럽기도 했지만 동시에 부끄럽기도 했다.

"소라한테 고마워하는 애들 많아. 나도 그중 한 명이고."

사토미는 우아하게 머리를 쓸어 올렸다.

"생판 모르는 나를 미국에서까지 도와줬으니까."

"그런 말을 들으니 영광이야."

소라는 안경을 쓰윽 밀어 올렸다. 표정 변화가 없어 확실히 알 수는 없지만 아마도 기뻐하고 있을 것이다. 하루카도 지난해의 기억을 끄집어내려고 가슴속을 들여다보았다. 하루카에게도 그 추억은 소중하기에 마음속에 고이 간직하고 있다. 사토미의 등교 거부를 알게 됐을 때는 소라가 미국으로 떠나고 하루카 혼자서 수학가게를 재개했을 무렵이었다. 언뜻 세상과 담쌓고 사는 듯한 사토미는 그때 가장 인간다운 고민을 안고 있었다. 고민 해결을 위해 하루카는 미국에 있는 소라와 연락을 주고받았고, 다른 한편으로는 친구들과 함께 분투했다.

사랑, 시기타쓰제, 마음의 점화식.

하루카의 마음속에 그때 힘들었던 일이며 성취감이 되살아났다. 수학을 이용한 고민 상담소, 수학가게는 기본적으로 손님의 의뢰를 거절하지 않는다. '동아리 부원의 사기를 높여 달라'든가 '좋아하는 사람에게 고백해야 할지 말지 가르쳐 달라'든가, 수학과 관계없는 듯이 보이는 문제와도 과감히 맞서 씨름했다.

"수학과 관계없는 일이란 이 세상에 존재하지 않아."

하루카가 문제를 포기하려 했을 때, 소라는 그렇게 딱 잘라 말했다. 어떤 문제든 수학의 힘으로 반드시 해결할 수 있다. 그것이 수학가게가 내세운 캐치프레이즈이며, 소라가 품고 있는 신념이었다. 그리고 하루카의 역할은 옆에서 도와주는 것이어야 했다. 그런데 어느새 점장 대리에 취임하여 수학가게를 이끄는 주역이 되었다.

짐이 너무 무거워, 하루카는 그렇게 속말을 하고 몰래 피식 웃었다. 하루카의 시선 끝으로 다시 '플레밍의 왼손 법칙'을 만드는 사토미의 모습이 들어왔다. 대체 무슨 의미지? 생각해 봐도 소용없을 것이다. 바람이 커튼을 가르고 교실 안으로 들어와 수학가게 깃발을 흔들었다. 사토미는 펄럭이는 깃발을 잠시 바라보고는 갑자기 생각난 듯 입을 뗐다.

"그런데 소라, 오늘도 내 상담 들어 줄 수 있니?"

"물론이지."

소라는 페트병을 옆으로 치웠다. 연필을 손에 든 표정이 한층 더 늠름해졌다. 세상 그 누구보다 듬직한 수학가게 점장의 얼굴이었다. 사실 교실에 모인 아이 대부분은 딱히 상담거리가 있어서가 아니라 오랜만에 이 괴짜의 얼굴을 보려고 온 것이었다. 그래도 몇 명은 소라와 마주 앉아 고민을 털어놓았다. 소라는 아이들의 상담에 진지하게 귀를 기울이고는 수학적으로 조언해 주었다.

예컨대 이런 식이었다.

"아빠가 건강 검진을 했는데, 재검사받으라고 연락이 왔어."

사토미가 담백하게 아주 무거운 이야기를 꺼냈다.

"아직 자세한 건 모르지만, 큰 병일 수도 있나 봐. 다음 주에 재검사받을 건데, 아빠가 불안해서 잠을 잘 못 자. 저러다 재검사받기도 전에 쓰러지는 거 아닌가 걱정돼서."

하루카는 적잖이 당황스러웠다. 사토미의 말투는 평소처럼 담담했지만 내용은 예상 외로 심각했다. 소라도 평소와 달리 진지한 얼굴로 사토미의 말에 귀 기울였다. 아니다. 평소와 다르지 않다. 소라는 늘 이런 표정이었다.

"병에 걸렸는지 아닌지도 모르는데 쓰러져 봐, 얼마나 웃겨? 그래서 일단 재검사할 때까지라도 기운을 좀 냈으면 해서."

"그런 상황이면 정말 걱정되겠다."

하루카는 진지하게 말하고는 팔짱을 꼈다.

"굉장히 어려운 문제네. 생각할 시간이 필요하겠어."

"괜찮아. 이런 경우에는 '베이즈의 정리'로 풀면 돼."

"뭐어? 벌써 풀린 거야!"

하루카는 놀라 입을 막았지만 소라는 언제나 그렇듯 침착했다. 교과서에 실린 계산 문제라도 푼 듯 태연한 표정이었다. 이 애의 머릿속에는 대체 몇 개의 서랍이 있고, 또 거기에 얼마나 많은 가짓수의 해법이 채워져 있는 걸까.

"예를 들면, 1000명에 한 명이 걸리는 병이 있다고 하자. 그 병 검사의 정밀도가 99퍼센트였다고 하면 말이야."

병=1000명에 한 명이 걸린다.

정밀도=99%

수치를 그대로 공책에 옮기는 소라. 사토미는 물론이고 그 동안 주위에서 잡담하던 아이 중 몇몇도 흥미로운 듯이 고개를 돌렸다.

"결국 100명에 한 명은 오진이란 말이지. 그러니까 병이라고 진단받았더라도 재검사받을 필요가 있어."

소라는 연필 꽁무니로 안경을 꾹 밀어 올렸다. 사토미는 말없이 여전히 뱀장어 부채를 팔락팔락 움직였다.

"그럼 이 검사에서 병이라고 진단받았을 때, 사실은 병이 아닐 확률은 몇 퍼센트나 될까?"

"응? 1퍼센트잖아."

하루카였다.

"검사의 정밀도가 99퍼센트니까."

하루카의 말에 사토미와 주위에 있던 몇몇 아이가 고개를 끄덕였다. 소라만이 분명하게 고개를 옆으로 흔들었다.

"오진 확률은 정확히 1퍼센트지. 하지만 그 안에는 병이 아닌 사람이 '병'이라고 진단받은 경우와, 정말로 병이 난 사람이 '병이 아니다'라고 진단받은 경우, 두 가지가 포함되어 있어."

"어……?"

하루카는 갑자기 복잡해져서 고개를 갸웃거렸다. 자신의 이해력이 부족한가 싶었지만 슬쩍 주위를 보고는 안심했다. 사토미도 구경꾼처럼 몰려든 아이들도 모두 바람에 휘날리는 들판의 풀처럼 고개를 갸웃거렸다. 매우 재미있는 광경이었다.

"수치를 정확히 정리해서 구체적으로 생각해 보자."

소라가 다시 공책에 쓰기 시작했다. 입과 손이 동시에 움직이는 그 모습을 하루카는 수없이 보아 왔다.

정말 소라가 맞구나.

하루카의 가슴속에 따뜻함이 퍼져 나갔다.

"이 검사를 10만 명이 받는다고 하자. 1000명에 한 명 꼴로 걸리는 병이니까, 그중에 병에 걸린 사람은 100명이겠지? 그럼 나머지 9만 9900명은 병에 걸리지 않은 거지."

100000명이 진단(병=100명, 병이 아니다=99900명)

소라의 설명과 함께 활자처럼 빼곡해진 숫자와 기호, 그리고 묘하게 동글동글한 글씨가 나란히 이어졌다.

"하지만 오진 확률이 1퍼센트야. 병에 걸린 100명 중, 오진으로 '병이 아니다'라고 진단받은 사람이 한 명. 병에 걸리지 않은 9만 9900명 중 오진으로 '병'이라고 진단받은 사람은 999명."

병에 걸린 100명 : '병'으로 진단=99명
'병이 아니다'로 진단=1명(오진)
병에 걸리지 않은 99900명 : '병이 아니다'로 진단=98901명
'병'으로 진단=999명(오진)

"봐, 병에 걸리지 않았는데도 '병'이라고 진단받은 사람이 이렇게나 많아."

소라는 귀 기울이고 있는 모두를 향해 말했다. 어느새 주위를 둘러싼 구경꾼의 원이 두 겹이 되었다.

"'병'이라고 진단받은 사람은 합해서 1098명. 하지만 그중에

'정말로 병에 걸린 사람'은 99명밖에 없어."

"겨우 그 정도……."

하루카는 엉겁결에 중얼거렸다. 쭉 지켜본 바로는 계산 실수는 없는 듯싶고, 소라가 수학에 관해 잘못된 것을 말할 리도 없다.

그렇다면.

하루카가 머릿속에서 결론을 내기도 전에 소라는 간단한 수식 하나를 완성했다.

$$\frac{99}{1098} \fallingdotseq 9\%$$

간단하지만 궁금한 모든 것이 담긴 수식.

하루카는 그 식이 꼭 손목시계 같다고 생각했다.

"이 수식이 나타내는 그대로야. '병'라고 진단받았어도 정말로 '병'에 걸릴 확률은 약 9퍼센트밖에 안 돼."

"그렇구나. 그럼 재검사 통보를 받았어도 걱정할 거 없다는 얘기야?"

의외였던지 사토미가 눈을 치켜떴다. 그 애 말대로다. 타율이 1할에 못 미치는 타자는 별수를 다 써도 정규 멤버가 될 수 없다. 9퍼센트란 매우 낮은 수치다.

고개를 끄덕이는 소라의 표정이 모호했다.

"물론 이건 '병에 걸리는 건 1000명에 한 명'이라는 점과, '검사의 정밀도가 99퍼센트'라는 점을 가정해서 생각한 거야. 그러니까 사토미 아버지가 병에 걸렸을 확률이 몇 퍼센트인지, 그건 모르는 거지."

소라는 틀어진 안경을 다시 연필로 살짝 밀어 바로잡았다.

"하지만 적어도 걱정하는 것보다는 확률이 훨씬 낮아."

"그렇구나."

사토미는 표정을 바꾸지 않고 공책에 적힌 식을 손가락으로 덧그렸다. 그리고 가슴 주머니에서 스마트폰을 꺼냈다. 소라의 설명을 납득한 모양이었다.

"이 계산식 찍어도 될까? 아빠한테 보여 주고 싶어."

"그럼 찍어도 되지."

"고마워."

사토미는 스마트폰으로 식을 찍었다. 흘끗 스마트폰에 매달린 줄을 보니, 세상에나 메밀국수 모양 가죽끈! 정사각형 나무 찜통에 얹힌 회색 면. 흔히들 사토미를 당당하고 시크한 분위기를 풍기는 미인이라고 하지만, 그 독특한 감성에서 드러나는 센스는 너무나 파괴적이고 난해하다.

찰칵.

셔터 소리가 교실을 울렸다. 구경꾼들은 저마다 감탄한 듯 숨을 한 번 내쉬고는 다시금 뿔뿔이 흩어져 하던 이야기를 계속했다. 상담에서 해결까지는 순식간이었다. 수학으로 누군가를 구하는 모습을 수없이 지켜봐 온 하루카였지만, 역시나 놀라지 않을 수 없었다. 소라의 수학 실력은 이전보다 더 향상되어 있었고, 이미 전문가의 실력에 버금가는 수준이었다. 분명 미국에서 공부한 성과이리라. 하루카는 공책을 뚫어져라 바라보고는 마침내 얼굴을 들었다. 갑자기 생각난 듯 더위가 느껴졌다. 하루카는 수건으로 이마의 땀을 닦으며 물었다.

"이게 '베이즈의 정리'야?"

"응. 단순하지만 대학 강의에서도 다룰 정도로 중요한 이론이지."

소라는 음료수로 목을 축이고는 뿌듯한 듯이 그렇게 말했다.

얘도 우리와 똑같은 중학생인데, 이제 아무리 어려운 걸 들고 나와도 놀랍지가 않아. 미국에서는 아버지가 연구하는 대학에서 강의를 듣기도 한대지.

그리고 그 아버지란 사람은……. 지난해에 소라가 미국으로 떠난 건 아버지 때문이었다. 아버지가 보스턴 소재 대학에서 연구하게 되었으므로. 그보다 이전에 도쿄에서 오이소 시로 이사 온 것도 '공기 맑은 곳이 수학 연구하기 좋다'는 아버지의 고집 때문이라고 했다. 따지고 보면 소라의 생활은 아버지에 의해 좌지우지되었다. 이번만 해도 그렇다. 아버지가 일 때문에 잠시 일본에 들어오면서 소라를 데리고 온 거니까.

하루카는 얼굴도 모르는 그 수학 교수가 원망스럽기도 하고, 한편으로는 고맙기도 했다. 소라가 괴짜라고 표현할 정도의 기인. 지금 소라와 함께 오이소 시내 호텔에 묵는다지. 한 번쯤 만나 보고 싶은 마음도 있고, 절대로 보고 싶지 않기도 하고.

"하루카, 왜 그래?"

그 소리에 하루카는 사고의 바다에서 벌떡 일어났다. 바람 없는 날의 잔잔한 호수 같은 눈동자로 사토미가 말끄러미 보고 있었다. 볼을 타고 흐르는 땀 한 줄기가 햇빛을 받아 보석처럼 반짝 빛났다.

"아, 암것도 아냐."

"그래."

별로 관심 없는 걸까, 아니면 배려해 주는 걸까. 사토미는 재빨리 화제를 돌렸다.

"그런데 마키는 안 왔니?"

그 이름을 듣자 하루카의 가슴이 술렁거렸다. 목을 쭉 뽑아 교실 안을 둘러보았다. 물론 둘러보지 않아도 마키가 그곳에 없다는 건 이미 알고 있다.

"응. 연락해 봤는데, 못 온대."

"그랬구나. 별일이네."

사토미는 짝짝이가 지게 두 눈썹을 치켜세웠다. 소라는 옆에서 잠자코 둘의 대화를 듣고 있었다. 사토미 말대로 별일이다. 마키는 이럴 때면 누가 부르지 않아도 자청해서 참여하는 타입인데, 분명한 이유도 말하지 않고 거절한 것은 도무지 마키답지 않았다. 하지만 이유를 모르는 건 아니다. 하루카를 비롯한 3학년 멤버가 은퇴한 지구 대회 경기는 그제였다. 빼아픈 패전을 맛보고 고작 이틀밖에 지나지 않았다. 아직 충격에서 헤어나지 못하는 것도 당연하다.

하루카 역시 툴툴 털고 일어난 건 아니다. 이기고 싶었다. 다 같이 현 대회에서 뛰고 싶었다. 그제 경기에서 이겼다면, 지금쯤 다음 경기를 위해 마키와 아오이와 함께 작전을 짜고 있었을 텐데. 그간 정말로 열심히 연습했다. 피나는 노력을 했다. 그런데도 다다르지 못했다. 속상하고 아쉽다. 가슴을 쥐어뜯고 싶을 정도로 분하다.

하지만 이미 지나간 시간은 되돌아오지 않는다. 미래의 시간도 기다려 주지 않는다. 끊임없이 오늘이 지나가고, 가차 없이 내일이 찾아온다. 아쉬운 마음을 지울 수는 없으나, 하루카가 살고 있는 건 오늘이지 경기가 있었던 그제가 아니다. 오늘에는 소라가 있다. 내일에도 있다. 하지만 다음 주에는 없다.

그렇다면 이 며칠이란 시간을 낙담하며 보낼 순 없다.

하루카는 가슴속에서 소용돌이치는 후회에 살그머니 뚜껑을 덮었다.

"마키, 아마 바쁠 거야."

사토미의 어른스럽고 차분한 목소리가 이어졌다.

"이번 달부터 우리 학원에 다니나 보던데."

"뭐, 정말?"

하루카는 화들짝 놀라 몸을 내밀었다. 학원 얘기는 처음 들었다.

"근데 마키는 통신 첨삭(우편으로 답안지를 주고받으며 첨삭을 받는 것-옮긴이) 지도 받고 있잖아. 거기다 학원까지 다니면 머리 터지지 않을까?"

"그걸 나한테 왜 물어. 나도 몰라."

사토미는 춤이라도 추는 듯 뱀장어 부채를 팔락팔락 흔들었다. 거기까지는 모르는 모양이다. 동아리 은퇴를 계기로 통신 첨삭과 학원을 병행하며 철저하게 입시 준비 태세로 돌입한 건가. 그동안에도 소프트볼 연습이 없는 날에는 도서실에 틀어박혀 열심히 공부했는데. 학원까지 다닌다면 당연히 여기에 올 시간이 없다……고 생각할 수도 있다.

정말 그럴까.

하지만 평소의 마키라면 1년 만에 돌아온 소라를 위해 어떻게든 시간을 냈을 것이다. 역시 이상했다. 하루카는 못내 마키의 일이 마음에 걸렸다. 커튼과 수학가게 깃발이 펄럭펄럭 나부꼈다. 그 바람을 타고 왔는지 창밖에서 잠자리 한 마리가 날아들었다. 잠자리는 아이들 머리 위로 날아다니며 주목을 끌고는 복도 쪽으로 날아가 버렸다.

"꺄악!"

복도에서 여자애의 작은 비명이 올랐다. 하루카가 문 쪽으로 눈을 돌리자 아오이가 부끄러운 듯 얼굴을 붉히며 들어왔다. 잠자리에 놀란 모양이었다. 몸짓 하나하나가 귀엽다.

"와아! 아오이. 여기야 여기."

하루카는 손을 흔들며 아오이를 반겼다. 아오이는 2학년 2반은 아니었지만, 1년 전에 수학가게 일을 도와주던 멤버다.

"아, 아오이."

소라도 반가운 기색이었다.

아오이는 하루카를 보자마자 말꼬랑지 머리칼을 흔들어 대며 종종걸음으로 뛰어왔다. 그 뒤를 이어 남학생 하나가 불쑥 교실로 들어왔다. 하루카는 저도 모르게 "앗!" 하고 소리쳤다.

"고, 고스케 선배!"

"이야, 하루카. 오랜만인걸!"

상큼한 미소를 뿌리며 한 손을 팔랑팔랑 흔드는 주인공은 180센티미터가 넘는 장신. 얼핏 교복을 보고 같은 학교 학생으로 착각할 수도 있으나, 자세히 보면 단추가 다르다. 머리 모양은 예전과 다름없이 소프트 모히칸 스타일. 지난해 배구부 주장 고스케 선배. 지금은 이웃 히라쓰카 시에 있는 고등학교에 다닌다. 아오이의 남자 친구이고, 꽤 잘생기긴 했지만 매우 성가신 사람이다.

"아, 사토미도 있었구나. 한동안 나를 못 봐서 많이 외로웠지?"

"아니거든요. 당장 돌아가 주시면 고맙겠네요."

배구부 후배인 사토미는 단칼에 고스케를 쓰러뜨렸다. 이렇게 분명하게 말할 수 있으면 좋겠다. 하루카는 그런 사토미가 부러웠다.

옆에 여자 친구가 있는데도 고스케는 평소와 전혀 다르지 않았다.

"하루카, 사토미의 기분이 썩 좋아 보이지 않는데, 무슨 일이 있었던 거지?"

"아뇨, 아무 일도 없었는데……."

"또, 또 그렇게 슬쩍 넘어가려고. 여자들만의 비밀인 거야? 아니면 오랜만에 만나서 반갑긴 한데, 쑥스러워서?"

상큼하게 웃는 입에서 뚱딴지같은 말이 툭툭 튀어나왔다. 사격 솜씨가 아무리 서툴러도 이 정도로 표적에서 빗나간다면 그것도 일종의 능력인 거다.

"아이, 고스케 오빠. 소라가 난처해하잖아."

마침내 아오이가 남자 친구를 제지했다. 하루카는 그제야 소라를 돌아보았다. 내내 장식품처럼 꼼짝 않고 넷의 대화를 듣고 있었던 모양이다. 하루카는 서둘러 고스케를 소개했다.

"미안해 소라, 우리끼리만 얘기해서. 이쪽이 아오이의 남자 친구, 고스케 선배야."

"소라, 우리 만나는 건 처음이지? 작년 시기타쓰제 무대 죽여줬어."

싱글벙글 웃으면서 고스케가 오른손을 내밀었다.

"안녕하세요. 그때는 고마웠어요."

소라도 손을 내밀어 악수에 응했다.

고스케는 제64회 시기타쓰제 준비 위원회 부위원장이었다. 미국에 있는 소라가 문화제에 참여할 수 있었던 것도(스카이프로 참여했지만) 고스케가 무대 점령을 적극적으로 도운 덕분이었다. 둘은 초대면이지만 이미 협력했던 사이이다. 설마 소라도 고스케가 이렇게 까불까불한 사람이라고는 예상하지 못했겠지만. 사토미는 소라와 고스케가 굳게 악수하는 걸 보면서 자리에서 일어났다. 그리고 세련된 몸짓으로 아오이에게 빈 의자를 권했다.

"난 상담 끝났어. 여기, 앉아."

"그래? 고마워."

사토미와 교대하듯 아오이가 소라 앞에 앉았다. 이어서 고스케도 그 옆자리에 앉았다. 하루카는 고스케와 정면으로 마주 앉는 모양새가 되자 웃음이 삐질삐질 삐져나오는 걸 참느라 안간힘을 써야 했다. 소라는 즉시 공책과 연필을 손에 들고 상담에 응할 만반의 준비를 마쳤다.

"자, 오늘의 고민거리는 뭐지?"

"아, 그게……. 고민이 있는 건 아니고, 너 왔다는 소식 듣고 얼굴 보러 온 거야. 얘기도 좀 하고 싶었고."

말 꺼내기 어려운 듯 아오이가 그렇게 대답했다. 분명히 둘은 질투 날 정도로 잘 사귀고 있는 커플이다. 상담할 만한 고민거리 따위 없는 건가.

"그랬구나. 일부러 와 줘서 고마워."

표정은 달라지지 않은 채 소라는 고개만 꾸벅 숙였다. 그 장난감 같은 움직임이 왠지 귀여웠다. 고스케의 어깨 너머로 칠판에 낙서하는 남자애들 모습이 보였다. 복도 쪽에 모인 여자애들에게서는 웃음소리가 올랐다. 더위는 견디기 힘들었지만 시간은 부드럽게 흘렀다.

그때 옆에 서 있던 사토미가 손뼉을 짝 쳤다. 별안간 무슨 생각이 떠오른 모양이었다.

"상담할 게 없으면 이왕 온 거니까 수학적인 궁합이라도 보는 건 어때?"

"뭐, 궁합? 아오이랑 고스케 선배?"

"오오, 그거 좋겠다! 사토미, 좋은 생각이야!"

고스케는 흥분한 듯 불필요하게 손가락을 딱 소리 나게 튕겼다. 하지만 아오이는 살짝 고개를 갸웃했다.

"그게 가능할까?"

"아, 난 잘 모르지."

즉답하는 사토미. 정말 무책임한 애다. 하루카는 한숨을 토해냈다.

"말할 때는 언제고. 수학가게가 점 같은 걸 믿으면 어떡해."

하루카는 흘끗 소라의 낯빛을 살폈다. 점이란 모호한 데다 근거도 없고 믿을 만한 게 못된다. 수학적인 사고와 정반대 편에 있다. 하루카의 생각은 그랬다.

"꼭 그런 건 아니지."

그런데 소라는 조용히 고개를 저었다. 너무 뜻밖이라 하루카와 아오이는 눈을 동그랗게 떴고, 사토미마저도 미간을 찡그렸다. 유일하게 고스케만이 재미난 이야기를 기다리는 소년마냥 싱글벙글 웃었다.

"나는 점이 잘못됐다는 걸 수학적으로 증명한 적이 없어."

소라는 책상을 둘러싼 네 명의 아이에게 설명했다.

"점이란 맞을 수도 있고, 틀릴 수도 있지. 그래서 나는 점을 부정도 긍정도 할 수 없어."

농담인지 진담인지 아리송했다. 하지만 소라의 얼굴은 여느 때처럼 진지했다.

하루카는 납득이 되지 않았다.

"하지만 점이 비과학적이란 건 상식 아냐?"

"상식이 언제나 옳다고 할 수는 없지. 아무리 비과학적으로 보여도 증명되지 않는 한 틀렸다고 단언할 수는 없어."

사이를 두지 않고 소라의 반론이 돌아왔다. 틀어진 안경을 연필로 쓰윽 밀어 올리자 이마에서 땀이 반짝 빛났다.

"'오일러의 정리', 알아?"

아오이와 고스케가 살짝 얼굴을 마주 보았다. 당연히 모를 것이다. 사토미도 가만히 고개를 옆으로 저었다. 지난 1년 동안 열심히 수학 공부를 해 왔다. 하지만 하루카 역시도 '오일러'란 이름은 들어 봤지만 '오일러의 정리'는 처음이었다.

소라는 주위의 반응을 확인하고는 공책에 연필을 내달렸다.

"이 방정식에는 자연수 해가 없다, 그런 정리야."

$$x^4 + y^4 + z^4 = w^4$$

하루카와 다른 셋은 공책에 적힌 수식을 들여다보다 하마터면 머리를 부딪칠 뻔했다. 언뜻 '피타고라스 정리' $a^2 + b^2 = c^2$과 비슷했다. 하지만 눈앞의 수식이 그 정도로 단순하지 않다는 건 하루카도 한눈에 알 수 있었다. 수식 자체에서 절대 풀지 못하게 하겠다는 의지가 강하게 뿜어져 나왔다.

"레온하르트 오일러가 죽은 해는 1783년. 그 이후로 200년이 지나는 동안 이 방정식의 자연수 해는 발견되지 않았어."

소라는 공책에 적힌 방정식을 사랑스러운 듯 손으로 살짝 덧그렸다.

자연수란 1이상의 정수. 오일러는 x, y, z, w가 1이상의 정수인 한 $x^4 + y^4 + z^4 = w^4$은 절대로 성립하지 않는다고 예상했다.

거기까지 이해한 하루카는 다음을 재촉했다.

"그럼 그 정리는 올바른 거였어?"

"모두가 옳다고 믿었지. 그런데 1980년대에 해가 발견됐어."

소라는 뭘 찾는지 공책을 들고 팔락팔락 넘겼다. 이윽고 원하던 페이지를 찾았는지 다시 공책을 넷에게 보여 주었다. 공책에는 무수한 알파벳과 기호가 종횡무진으로 춤추고 있었다. 중간쯤에 그 수치가 다소곳이 늘어섰다. 바코드 밑에 있어도 전혀 이질적이지 않을 듯이 숫자가 나열되어 있었다.

$x = 2682440$

$y = 15365639$

$z = 18796760$

$w = 20615673$

"이게 '오일러의 공식'을 뒤집은 자연수 해야."

당장은 그 말이 믿기지 않았다. x는 일곱 자릿수, 나머지는 여덟 자릿수. 평범하게 생활하는 사람들은 거의 접할 수 없는 크기의 수였다.

더구나 그것을 네제곱한다. 소름이 돋을 정도로 거대한 수다.

"이런 걸 어떻게 발견했대?"

"컴퓨터로 이 잡듯 샅샅이 찾은 거지. 몇 년에 걸쳐 계산한 끝에 마침내 발견한 모양이야."

하루카의 의문을 소라는 그렇게 부드러운 목소리로 잠재워 주었다. 컴퓨터가 몇 년에 걸쳐 계산. 종이에 적어 놓으면 얼마나 될까 상상하자 가벼운 현기증이 일었다. 듣고 있던 넷은 그 규모에 압도당하고 말았다. 소라는 잠시 사이를 두고 다시 말을 이어 나갔다.

"사람들은 아주 오랫동안 '자연수 해는 없을 것이다.'라고 믿고 있었어. 하지만 200년이 지난 뒤에 해가 발견된 거야. 이런 일이 점이란 분야에서도 일어나지 않는다고 단정할 수 없지 않을까?"

마침내 이야기가 제자리로 돌아왔다. 하루카는 점에 대해서는 반쯤 잊고 있었다.

소라는 넷의 얼굴을 차례차례 보고 나서 물었다.

"너희 중에 점에는 절대로 근거가 없다는 걸 증명할 수 있는 사람 있어?"

분명 소라 말이 옳다. 많은 사람들은 점 같은 건 믿을 수 없다고 생각하겠지만, 그렇다면 정말로 믿을 수 없는가? 그것을 분명하게 증명하는 건 어렵다.

사토미가 감탄한 듯이 "과연." 하고 중얼거렸다. 그리고 말을 이었다.

"쓰치노코(일본에 서식한다고 전해 오는 미확인 생물의 하나. 망치를 닮은 모습에 몸통이 굵은 뱀으로 형용한다—옮긴이)가 절대 없다고 증명할 수 있는 사람도 없다. 결국은 그런 말인 거지?"

"맞아, 그런 거지."

소라는 만족스럽게 연필을 흔들었다. 학생이 예상을 뛰어넘는 답을 말했을 때 교사가 지을 법한 표정이었다. 이 상황에서 쓰치노코의 예를 떠올리다니, 과연 사토미다웠다. 생뚱맞은 예였지만 덕분에 훨씬 쉽게 이해할 수 있었다. 쓰치노코는 존재하지 않는다, 그것은 상식이다. 하지만 절대로 존재하지 않는지 어떤지는 일본 각지, 아니 전 세계의 산과 숲, 초원, 정글 그 밖의 온갖 곳을 샅샅이 조사해 보지 않고는 증명할 수 없다. 그것과 마찬가지다. '절대'를 증명한다는 건 그리 간단한 일이 아니다.

소라는 이마의 땀을 닦고 또 음료수를 마셨다. 계속 말을 하는 데다 숨 막힐 듯한 검은 긴소매 셔츠 차림이니 목이 탈만도 하겠지.

"그밖에도 이를테면 발명가인 에디슨도 진지하게 사후 세계를 연구했어. 인류 역사상 '사후 세계는 없다'고 증명한 사람은 한 명도 없어. 아무도 그를 비웃을 권리가 없는 거지. '반드시'란 건 없다. 아직 발견되지 않았을 뿐이지 찾아보면 근거가 있을지도 모른다. 그렇게 생각하면 재미있어."

"히야, 의외로 로맨티시스트 같은 면도 있네."

부채질하던 손을 멈추고 미소 짓는 사토미. 소라는 어딘지 먼 곳을 보듯 안경 속 두 눈을 가늘게 떴다. 사토미의 말을 곱씹고 있는 듯했다.

"수학자는 모두 로맨티시스트야."

아니다. 어딘지 먼 곳……이라기보다 지나간 시간을 돌아보는 표정이었다. 그것이 하루카를 알기 전일까, 아니면 후일까. 물어보고 싶었지만 고스케 때문에 타이밍을 놓치고 말았다.

"그렇구나. 소라는 역시 재미있단 말이지."

남자 고등학생은 텔레비전 광고에 등장하는 배우처럼 연신 상큼한 미소를 날린다. 그 입만 다물면 인기가 하늘을 찌를 텐데.

"고스케 오빠는 지난해부터 소라를 만나고 싶어 했어."

아오이였다.

"야, 창피하게 그 말은 왜 하고 그래."

고스케가 얼굴 앞에서 과장되게 손사래를 쳤다.

"흐음."

무슨 말에도 꿈쩍 않는 소라마저도 어떻게 반응해야 할지 당황스러운 모양이었다.

"다른 뜻은 없고. 그냥 내 주위에 없는 타입이라 만나 보고 싶었을 뿐이야."

고스케가 황급히 덧붙였다.

다른 뜻이 있다고 생각한 사람은 아무도 없는데. 그런 고스케를 바라보는 사토미는 성가셔 죽겠다는 표정이었다. 하지만 생각난 듯이 멀찌감치 딴 길로 새 버린 화제를 제자리로 되돌려 놓았다.

"그래서? 결론은 수학으로 점을 칠 수 있단 거야?"

"아, 그거 말인데."

소라는 연필 꽁무니로 관자놀이를 눌렀다.

"이를테면 기원전에 살았던 수학자 피타고라스는 수학을 이용해서 점, 그러니까 복점술을 연구했어. 그걸 너희한테 시험해 볼 수는 있어. 그런데 만약 궁합을 점쳐서 아주 나쁘게 나오면 어쩌려고? 혹시 헤어질 거야?"

"에이, 설마."

하루카는 곧바로 그렇게 부정하고, 흘끗 아오이와 고스케를 보았다. 장신 남자애와 자그마한 여자애, 둘 다 어리벙벙한 표정이었다. 1년 반 넘게 사귀고 있는 아주 잘 어울리는 커플.

소라는 안심이 되는지 씨익 웃었다.

"그럼 그렇겠지. 점괘를 믿고 헤어지지는 않겠지. 그렇다면 점칠 필요도 없잖아? 궁합은 자신들이 가장 잘 알 테니까."

순간 얼굴을 마주 본 아오이와 고스케는 민망했는지 얼른 눈길을 돌렸다. 하루카는 속으로 '이 닭살 커플!' 하고 톡 쏘아 주었지만, 입에서는 히쭉히쭉 웃음이 삐져나왔다.

사토미는 어이가 없는지 어깨를 으쓱했다.

"도서실에도 한번 가 보는 게 어때?"

흐트러진 의자를 제자리로 되돌려 놓으며 하루카가 소라에게 말했다. 오후 4시, 교실에 모였던 아이들은 모두 집으로 돌아갔다.

"사서 선생님도 좋아하실 거야."

"그래. 그럼 가 보자."

소라는 망설임 없이 가방을 들고 일어섰다. 창문을 모조리 닫자 교실은 찜통처럼 더웠다. 해가 기울어도 이 정도라니, 여름이란 계절에 진저리가 쳐졌다. 하루카와 소라는 도망치듯 교실을 나와 도서실이 있는 1층으로 향했다. 교실에는 왜 에어컨을 설치하지 않는 걸까. 하루카는 지금이라도 선생님에게 항의할까 생각했지만, 여름이 올 때마다 누군가가 불만을 제기하고 그때마다 얼렁뚱땅 넘어갔던 걸 떠올리고는 얼굴을 찡그렸다.

그리고 도서실에 발을 들여놓은 순간, 방금 품었던 불만은 길가의 먼지가 비로 씻겨 내려가듯 말끔히 사라졌다. 교내에 몇 군데뿐인 에어컨의 은총이 하루카의 피부에서 열기를 말끔히 제거해 주었다. 한여름의 도서실은 그야말로 사막의 오아시스였다.

"오랜만에 뵙겠습니다."

"어머나, 소라구나!"

카운터에 있던 여성이 화들짝 놀라며 소라를 반겨 주었다. 까만색으로 염색한 머리칼을 단정하게 뒤로 묶은, 기운이 펄펄한 할머니. 바로 이 도서실의 사서다. 열람 책상에서 책을 읽던 학생들이 사서의 목소리에 반응하듯 얼굴을 들었다. 하지만 사서는 거기에는 딱히 신경 쓰지 않고 환하게 웃으며 돌아보았다. 여느 때처럼 웃으면 얼굴 주름이 다섯 배나 많아지지만 그 모든 것에서 따뜻함이 넘쳐났다.

"여전히 옷이 더워 보이네. 언제 왔니?"

"사흘 전에요."

"전학 갔다는 소리 듣고 얼마나 놀랐는지 알아? 미리 말 좀 해 주지 그랬어."

"네, 그때는 죄송했어요."

소라는 고개를 꾸벅 숙였다. 그 점은 사서 선생님뿐 아니라, 2학년 2반 모두에게 사과하길 바라는 바였다. 게다가 하루카는 수업을 제치고 땀범벅이 된 채 역으로 뛰었고, 있는 돈 없는 돈 몽땅 털어 무작정 나리타 공항을 향해 내달렸었다.

"오랜만에 왔으니까, 무슨 책이든 빌려 가렴."

"그러고 싶은데요, 다음 주에 미국으로 가야 돼요."

"어머, 그래?"

사서는 잠깐 아쉬운 표정이더니, 곧바로 얼굴 가득 주름을 지으며 웃었다.

"그럼 추천 도서라도 알려 줄게. 가기 전에 서점에 가서 사 가지고 가려무나."

대답도 듣지 않고 사서는 재빨리 카운터에서 나와 서가로 향했다. 소라 역시 군소리 없이 따라가는 걸 보면 딱히 싫지는 않은 모양이었다.

가만, 이 둘은 왜 이렇게 친한 거지? 참 모를 일이었다.

"소라, 소설도 읽니?"

"아니요, 잘 안 읽어요."

"읽는 게 좋아. 어디 보자, 네 나이 정도에 읽을 만한 게 이거나 이거."

사서는 소설 서가에서 연신 책을 뽑아 소라에게 보여 주었다. 소라는 얼굴을 바짝 들이대고 한 권 한 권 유심히 살폈다. 하지만 어느 것도 썩 끌리지 않는 모양이었다. 수학 관련 책은 엄청나게 읽어 대는 소라도 소설책 앞에서는 머뭇거렸다. 그렇게 한동안 사서의 추천 도서를 살펴본 소라는 갑자기 무슨 생각이 났는지 서가 끝으로 눈을 돌렸다. 그러고는 말없이 손을 뻗어 책 한 권을 스윽 뽑았다.

사서는 소라가 손에 든 책을 보고 놀라는 눈치였다.

"어머나 소라, 모리 오가이(일본의 소설가 · 평론가 · 군의관. 19세기 후반 신문학의 개척기였던 일본 문단의 대표적인 작가 중 하나로 많은 업적을 남겼다. 대표작으로 《기러기》가 있다–옮긴이)에 관심 있니? 어려울 텐데."

"관심 있는 건 아니고요. 우연히 읽은 적이 있어서 그냥 옛날 생각이 나서요."

소라는 빛바랜 문고본을 바라봤다. 하루카가 무심코 표지에 눈을 돌리자 세 글자 제목이 눈에 들어왔다.

《기러기》.

말할 것도 없이 하루카는 읽지 않은 책이다. 아니, 그 고풍스러운 분위기로 보아 중학생이 읽을 만한 책 같지는 않았다.

"재미있었니?"

사서는 감탄하는 눈치였다.

"이해가 잘 안 됐어요. 수식이 나온다고 해서 읽어 봤는데, 아주 조금뿐이었어요."

소라는 《기러기》를 조심스레 책장에 다시 꽂았다.

"그렇지? 그건 근대 문학이라 어려웠을 거야. 너한텐 아직 이르지."

사서 얼굴에 다시 주름이 다섯 배쯤 늘어났다. 사서는 서가 쪽으로 돌아서서 또다른 소설을 골라 소라에게 내밀었고, 소라는 그 책을 잠자코 차례차례 훑어 나갔다. 하루카는 옆에서 그런 소라와 사서를 바라보았다. 갑자기 가슴 주머니에 넣어 둔 스마트폰이 지잉지잉 울렸다. 스마트폰을 꺼내 발신자 표시를 확인한 하루카는 잠시 망설이다 복도로 나왔다. 도서실 안에서 통화를 할 수는 없었다.

"여보세요?"

전화를 받자 상대는 인사도 없이 다짜고짜 물었다.

"지금 어디냐?"

"뭐? 학교인데."

"소라도 함께 있냐?"

갑작스런 질문 공세. 친한 사이에도 예의가 있는 법인데, 이 남자애는 친하다고 생각하고 싶지 않은 상대고, 게다가 예의도 모른다. 확 끊어 버리고 싶은 걸 후환이 두려워 꾹 참았다.

"응. 지금 도서실에서 사서 선생님이랑 이야기하고 있어."

"그래. 그럼 지금 출발할 테니까 기다려."

"아, 잠깐만……."

툭.

끊겼다.

몹시 일방통행인 통화였다.

하루카는 맥 풀린 얼굴로 도서실로 돌아갔다. 여전히 사서는 책 몇 권을 손에 들고 열심히 이야기했고, 소라는 진지한 눈빛으로 들었다. 채소 가게 할머니와 붙잡힌 손님, 딱 그런 풍경이었다.

"가케루가 지금 오겠다고 조금만 더 기다리래."

안경을 쓱 밀어 올리는 소라의 얼굴에 안도의 빛이 감돌았다.

"다, 다행이다. 오늘 못 만날 줄 알았는데."

"그딴 애, 안 만나도 되는데."

"그럴 순 없지. 소중한 친군데."

쑥스러워하는 기색도 없이 소라는 딱 잘라 그렇게 말했다.

어쩜 이렇게 어린아이처럼 꾸밈없이 말할까. 그래서 모두 그렇게 따르는 건가. 하루카는 키가 좀 자란 수학 소년을 슬그머니 바라보았다. 생각해 보면 소라가 오이소에서 지낸 기간은 석 달도 안 된다. 그런데도 그렇게 많은 친구가 방학임에도 소라를 만나러 왔다.

소라, 그건 굉장한 거야.

하루카는 살포시 미소 지었다. 1분 전에 가케루 때문에 짜증스러웠던 것도 잊고.

'지금 간다'는 말을 듣고 30분 넘게 기다렸다. 라인을 보내도 확인하지 않고, 통화도 안 되고. 그만 도서실 안으로 들어갈까 생각했을 때 까까머리 소년이 모습을 드러냈다. 그 애는 한쪽 어깨에 야구 장비를 넣은 커다란 검은 가방을, 다른 쪽에 구릿빛 배트 케이스를 짊어지고 있었다. 뚱한 얼굴로 도서실 앞에 서 있는 하루카를 보고, 가케루는 히쭉 웃고는 한 손을 번쩍 치켜들었다.

"이야!"

"왜 이렇게 늦냐."

"미안, 경기 끝나고 오느라고."

가케루는 가방을 복도 바닥에 내려놓았다. 아, 맞다. 오늘은 야구부 지구 대회였지. 반팔 교복 셔츠 밖으로 뻗어 나온 저 팔에 피로가 쌓인 걸까. 그렇다고 기다리게 한 게 용서되지는 않지만.

"그래서? 이겼어?"

"그럼 이겼지. 이제 현 대회 출전이야."

"축하해."

"축하는 무슨. 승부는 지금부턴데."

가케루의 대답은 퉁명스러웠다. 겸손인지 아니면 진심인지. 어쨌거나 지구 대회에서 패배한 하루카는 그 말에 속이 아렸다. 입을 비죽거리는 하루카를 보고 가케루도 눈치챈 모양이었다.

"한마디 하겠는데, 소프트볼부 몫까지 뛰겠다는 말은 안 했다?"

"뭐래. 부탁도 안 했거든."

하루카도 상대방 못지않게 퉁명스럽게 쏘아붙였다. 패자의 절규로 들리지 않도록 신경 쓰면서. 하루카에게 가케루는 예전부터 버거운 상대였다. 야구부 주장에다 남자애들에게는 두터운 신임을 받고 있지만, 눈매는 칼날처럼 날카롭고 입도 거칠다. 성격은 기본적으로는 차갑지만 묘하게 의리도 있고……. 요컨대 가늠할 수가 없었다.

수학가게를 시작하기 전에는 하루카네 여자 그룹과 가케루가 이끄는 남자애들 그룹은 점심시간마다 운동장 쟁탈전을 벌였다. 그 싸움은 소라의 중재로 원만히 해결되었고, 그 이후로 가케루가 어찌어찌 수학가게 일을 도우면서부터는 전보다 훨씬 적응이 되긴 했지만 하루카는 아직도 가케루를 어떻게 대해야 할지 난감할 때가 있다. 아니, 좀 더 정확히 표현하자면 울컥울컥 치밀어 오를 때가 많다. 오늘도 하마터면 둘의 시선이 부딪쳐 불꽃이 튈 뻔했다. 다행히 싸움의 방아쇠가 당겨지기 직전에 소라가 도서실에서 나왔으니 망정이지. 안에서 둘의 긴박한 상황을 알아차리기라도 한 듯이 소라가 때맞춰 등장해 줬다.

"오우. 좋아 보인다, 소라."

"그래, 오랜만이야. 아, 지난번에는 고마웠어."

"야, 그러지 마. 오글거려."

볕에 그을린 가케루의 까무잡잡한 얼굴 위로 장난기 어린 미소가 번졌다. 이 둘 사이에도 남자의 우정이란 게 존재할까. 하루카는 그런 싱거운 생각을 하다가…….

뭐? 잠깐만. 지난번?

"지난번이라니, 무슨 소리야?"

대화의 열차가 떠나 버릴까 봐 하루카는 황급히 그 열차의 꽁무니를 덥석 잡았다. 가케루는 "응?" 하고 미간을 찡그리고는 소라에게 흘끗 눈짓을 했다. 그리고 소라가 의미심장하게 고개를 끄덕이자 입을 열었다.

"소프트볼부 경기 일정을 물어봐서. 몰래 가르쳐 줬지."

"뭐? 그걸 누가 물어?"

"누구긴, 소라밖에 더 있냐."

"언제?"

"이번 달 초쯤이었나."

귀찮은 듯이 가케루는 까까머리를 한 손으로 긁적이면서 대답했다. 하루카가 얼굴을 돌리자 소라는 멋쩍었던지 눈을 피했다.

그랬구나. 그제야 소라가 지구 대회 날짜를 안 것에 대한 궁금증이 풀렸다. 더구나 이달 초면 정확히 소라에게서 연락이 끊겼을 때다. 혹여 눈치챌까 봐, 깜짝쇼가 실패할까 봐, 아예 연락을 뚝 끊어 버린 건가.

"너도 참, 재미있는 녀석이야."

가케루가 소라의 머리를 몇 번 콕콕 찔렀다. 소라는 그 거친 행동에 어떻게 반응해야 할지 모르고 목을 움츠린 채 손으로 머리를 막았다. 소라에게는 이런 흔한 남자 중학생의 거친 장난이 익숙치 않을 것이다.

"참, 미국 생활은 어때? 요즘은 무슨 공부하냐?"

"요즘은 주로 미분방정식."

"미분방정식? 그건 또 뭐냐?"

"고등학교에서 배우는 미분 적분에서 내용이 좀 발전한 거라고 보면 돼."

"난 미분 적분이 뭔지도 모른다."

"그건 말이야. 예를 들면……."

고개를 갸웃거리는 가케루에게 소라는 진중하게 말을 골라 설명했다. 가케루도 전교에서 몇 안 되는 두뇌로 꼽히지만 소라와는 비교 불가. 아마 지금 소라의 설명을 이해하기 위해 까까머리 속 뇌세포를 풀가동시키고 있을 것이다. 아……, 하루카는 그렇게 딴생각을 하다 그만 소라의 설명을 놓치고 말았다. 전에 소라가 스카이프로 설명해 주었는데, 대학 수준의 어려운 내용이어서 몇 번을 들어도 이해되지 않았다. 하지만 이해 여부를 떠나 수학에 대해 이야기하는 소라의 활기찬 옆얼굴을 하루카는 좀 더 바라보고 싶었다.

하늘에는 어느새 별 하나가 나와 반짝거렸고, 저녁 시간대는 끝을 향해 가고 있었다. 태양은 뜨거운 공기를 이끌고 산 너머로 숨은 지 오래다. 피부에 스치는 바람결도 낮보다 한결 부드러웠다. 가케루는 소라와 실컷 이야기를 나누고 먼저 돌아갔다. 하루카와 소라는 서서히 윤곽이 희미해져 가는 학교 건물 옆을 나란히 걸었다. 현관에서 정문까지의 짧은 거리를. 둘은 정문을 나서자 멈춰 섰다. 소라가 묵는 호텔은 하루카의 집과는 반대 방향이었다.

집까지 바래다줄게.

그 말은 기대하지 않는 게 좋겠지. 섭섭한 마음이 슬몃 올라왔지만 상대가 소라이니만큼 기대하는 쪽이 되레 가혹한 것이리라. 오늘은 여기서 이별이다.

"고마워. 정말 즐거웠어."

일찌감치 불을 밝힌 가로등 불빛에 소라의 안경이 반짝 빛났다.

"욕심 같아서는 마키도 만나고 싶었는데."

마키 문제는 하루카도 아쉬웠다. 지구 대회가 끝난 이후로 제대로 이야기를 나누지 못했다. 마키도 소라를 만나고 싶었을 텐데.

하루카는 눈 딱 감고 물었다.

"소라, 오이소에 며칠 더 있을 거야?"

"어? 그래. 일요일에 도쿄로 이동하니까."

"그럼 마키 불러서 다시 다 같이 모이자. 가고 싶은 데 있어?"

"가고 싶은 데……."

소라는 중얼거리며 하늘을 올려다보았다.

하루카는 그제야 괜히 물었다 싶었다. 소라에게서 어떤 대답이 돌아올지 전혀 감이 잡히지 않았다. 쇼핑? 영화? 뷔페? 아니면 노래방? 볼링장? 많은 것이 떠올랐지만 어느 것 하나 소라의 이미지와는 어울리지 않았다. 엉뚱한 제안을 해 오면 어쩌지. 하루카의 가슴속에 희미한 불안이 비구름처럼 몽글몽글 피어올랐다.

하루카의 마음을 알 리 없는 소라가 쓱 한마디를 흘렸다.

"옥수수."

"어?"

"옥수수 수확, 해 보고 싶어."

전혀 예상 밖의 대답이었음에도 하루카는 전혀 당황스럽지 않았다. 오히려 다른 선택지가 떠오르지 않을 만큼 그 요청은 하루카의 손바닥 안으로 쏙 들어왔다.

"여름 방학 하면 와서 옥수수 따는 거 거들어 줘."

"그거 나도 할 수 있을까?"

"쉬워. 아무나 할 수 있어."

지난해 여름.

둘이서 무심코 나눈 대화가 산들바람처럼 하루카의 가슴속에서 살랑거렸다.

뭐든 물어볼 일이구나, 하고 하루카는 생각했다.

소라가 오이소에 머무를 날은 앞으로 며칠뿐이다. 그 며칠과 옥수수 수확 시기가 부디 겹치기를. 그런 터무니없는 바람을 가슴에 품고 하루카는 아는 농가 할머니에게 전화를 걸었다.

"네 마음은 고맙다만 어쩐다니, 옥수수를 따려면 좀 더 있어야 되는데."

전화기 너머에서 할머니가 그렇게 미안해하자 하루카는 어깨를 축 늘어뜨렸다.

당연한 일이다. 하루카와 소라의 사정에 맞춰 옥수수가 자라줄 리 만무했다. 옥수수는 흙과 거름과 날씨 등의 수치를 합한 것의 '해'로 생장하는 것이다. 이제 와서 빌어 본들 그 해가 바뀔 리 없고, 바뀐다 해도 곤란하다.

"그렇군요. 고맙습니다."

하루카는 풀 죽은 목소리로 인사하고 수화기를 놓으려고 했다.

그런데.

"아 참! 옆집 나카테가와 씨네는 모레 옥수를 딸 거라더라."

내려놓으려던 수화기에서 할머니의 목소리가 날아들었다. 지옥에서 부처님이라도 만난 것 마냥 갑자기 하루카의 목소리가 밝아졌다.

“정말요!”

“그래. 전화해서 확인해 보렴.”

할머니의 다정한 목소리가 울렸다. 하루카는 하도 좋아서 팔짝팔짝 뛰고 싶은 기분이었다. 분명히 모든 오이소 농가가 약속한 듯 한날에 수확할 리는 없었다. 버리는 신이 있으면 구하는 신도 있는 법. 하루카와 나카테가와라는 할아버지는 잘 모르는 사이다. 그럼에도 할머니가 가르쳐 준 번호로 전화를 걸어 사정을 설명하자, 나카테가와 할아버지는 흔쾌히 허락해 줬다. 아니, 두 손 들어 환영하는 기색이 수화기 너머까지 전해 왔다. 농사를 거드는 젊은이가 드문 탓이리라. 기쁘기도 했지만 농업 후계자 부족 현상을 생각하자 마음이 착잡했다. 하루카는 몇 번이나 감사 인사를 하고 전화를 끊었다. 그리고 즉시 스마트폰으로 소라에게 이메일을 보냈다.

To. 진노우치 소라

Sub. 옥수수

수확에 대해 알아봤는데.

나카테가와 할아버지네가 모레 옥수수를 딴대!

수확을 돕고 싶다고 했더니, 오케이해 주셨어!

소라, 올 수 있지?

From. 진노우치 소라

Sub Re : 옥수수

응, 갈 수 있어.

To. 진노우치 소라

Sub. 잘됐다!

그럼 아침 9시에 학교 정문에서 모이는 걸로!

마키랑 또 올 수 있는 애들이 있는지 알아볼게.

From. 진노우치 소라

Sub Re : 잘됐다!

그럼, 부탁해.

소라에게서는 최소한의 답장만 돌아왔다. 그렇다고 기분이 언짢은 건 아니었다. 소라의 답장은 늘 이런 식이었으니까. 처음에는 아무것도 바르지 않은 식빵 같아서 불만스럽기도 했지만 이제는 완전히 익숙해졌다. 오히려 너무 익숙해진 탓에 요즘은 여자 친구들과 라인을 주고받을 때도 무의식적으로 내용이 딱딱해져 버린다. 퍼뜩 소라의 영향이란 생각이 들 때면 괜히 얼굴이 달아올라 부랴부랴 이모티콘을 덧붙이곤 한다.

소라는 옥수수 수확을 기대하고 있을까. 메일 내용상으로는 가늠이 안 됐다. 하루카는? 엄청 기대됐다. 기대에 부푼 마음이 창밖을 빠져나가 옥수수 밭으로 날아가 버리지 않을까 싶을 정도로. 그날 밤 하루카는 둥둥 들뜬 마음을 억누르느라 애써야 했다.

그토록 기대했건만 옥수수 수확하는 당일, 나카테가와 씨네 옥수수 밭 앞에 서 있는 하루카는 잔뜩 골이 난 얼굴이었다. 약속한 아이들은 정확히 시간에 맞춰 왔다. 작업용 장갑도 챙겨 왔고, 혹여 벌이 달려들까 봐 흰 셔츠도 입고 왔다. 선크림도 발랐고 밀짚모자도 썼다. 만반의 준비가 돼 있었다. 무엇 하나 부족한 것이 없었다. 그런데 부족함이 없는 대신 불필요한 것이 섞여 있었다.

"소라. 장갑 끼어야지."

수학 소년에게 그렇게 말을 건네는 건 그 갈색 머리 여자애, 아스나다. 소라는 생각난 듯이 장갑을 꺼내 낑낑거리며 끼었다. 그 모습을 하루카는 조금 떨어진 곳에서 잠자코 바라보고 있었다. 히가시오이소중학교 3학년 학생 가운데 소라와 친하게 지낸 아이들을 불러 추억을 만들어야지. 하루카의 계획은 그랬다. 그런데 무슨 까닭인지 소라는 아스나에게도 알린 모양이었다.

그렇다고 낯선 사람들만 모이는 곳에 눈치 없이 덥석 달려오는 건 또 뭐지? 이 아스나란 여자애, 적극성이 지나친 거야, 아니면 아무 생각이 없는 거야? 정작 당사자인 아스나는 방글방글 웃음만 흘리고 있어서 어느 쪽인지 가늠할 수가 없다. 이 여자애는 소라에게 어떤 존재일까. 도쿄에 있을 때의 친구? 그렇더라도 이렇게 뻔질나게 오이소에 오는 것도 이상하지 않은가. 도쿄에서 일부러 이 촌구석까지 찾아온다는 건 소라와 각별한 관계가 아니고는…….

거기까지 생각한 하루카는 절레절레 고개를 흔들었다. 그 바람에 어깨까지 오는 머리카락이 찰랑찰랑 흔들렸다. 소라가 도쿄로 떠나기 전에 꼭 물어봐야지. 태양이 높이 오르고 있었다. 이파리에 이슬을 품은 일대의 옥수수나무가 보석 박힌 드레스를 두른 듯 반짝반짝 빛났다. 통통하게 여문 옥수수가 붉은 수염을 늘어뜨린 채 수확을 기다렸다. 하루카는 밀짚모자에 손을 얹고 드넓은 초록 바다를 멀리 바라보았다. 물론, 오늘은 이 가운데 일부만 수확한다. 흙 내음이며 거름 냄새가 코를 찔렀다.

"오늘 이렇게 와 줘서 고맙구나."

옥수수 밭 주인인 나카테가와 씨가 하루카 일행을 반갑게 맞아 주었다. 60대 중반쯤으로 보이는 할아버지는 밀 빛깔로 탄 얼굴과 거기 새겨진 주름이 산 속에 우뚝 솟은 고목과도 닮아 있었다. 어느 모로 봐도 베테랑 농부의 풍격이 느껴졌다.

"너희가 할 작업은 옥수수를 따고 땅을 만드는 거야. 옥수수를 따 내고 옥수숫대를 뽑아서 땅에 묻으면 거름이 된단다."

하루카 일행은 잠자코 나카테가와 할아버지의 설명을 들었다. 하루카는 이미 알고 있는 작업의 흐름이었다. 이 밭은 아니지만 해마다 여름 방학이면 옥수수 수확을 거들어 왔으므로. 오늘 수확을 거드는 것은 하루카와 소라, 마키, 아스나, 그리고 슈이치. 취주악부 소속인 슈이치는 그 새하얀 피부를 보아 알 수 있듯, 더위를 못 견뎌 했다. 한여름의 태양 아래 서 있는 것만으로 채소처럼 껑충한 몸이 혹여 삶아지지나 않을까 걱정스러울 정도였다. 뽀얀 얼굴에는 마치 얼음이 담긴 컵 표면처럼 벌써부터 땀방울이 송알송알 맺혀 있다. 하루카가 걱정스레 말을 건넸다.

"슈이치, 벌써 힘들어 보여. 힘들면 쉬어도 돼."

"날 우습게 보지 마. 도와주러 왔으니까 전심전력으로 작업해야지. 쉴 수 없어."

슈이치는 등줄기를 쭉 펴고 창백한 얼굴로 딱 잘라 말했다. 실처럼 가느다란 눈에는 얼핏 비장한 결의마저 엿보였다. 그러나 슈이치가 그렇게 목숨이라도 내놓을 각오로 나오자 도리어 하루카 쪽이 난처해졌다.

슈이치는 그제 교실 모임에는 동아리 활동과 겹쳐서 참여하지 못했다. 게다가 소라도 지난해 같은 반이었던 그 애를 보고 싶어 하기에 오늘은 하루카가 반쯤 억지로 끌고 온 거였다. 지난해 가을, 학교에 나오지 않는 사토미를 도와 달라고 의뢰해 온 건, 무엇을 숨기랴, 슈이치다. '초'가 붙을 만큼 꽉 막힌 슈치이는 어릴 때부터 친하게 지내던 친구가 학교에 나오지 않는 것을 보고만 있을 수는 없었다. 꼭 그렇게 건전한 마음으로 의뢰한 것만은 아닐 테고 더 깊은 내막도 있었을 터이다.

"진짜 괜찮아? 땀이 비 오듯 하는데?"

"당연히 괜찮지. 땀이 많이 나는 건 체온 조절 기능이 정상으로 작동한다는 증거거든."

땀을 폭포처럼 쏟으면서도 슈이치는 가슴을 쫙 펴고 허세를 부렸다. 체온 기능이 어떻게 작동하는지는 잘 모르지만, 적어도 머리는 작동하고 있으니 괜찮겠지. 하루카는 그렇게 염려를 붙들어 맸고, 슈이치는 혼자서 옥수수 밭 안으로 들어갔다. 오히려 걱정되는 건…….

"마키, 괜찮니?"

모두 옥수수를 따려고 밭으로 흩어질 때, 하루카가 물었다. 마키는 돌아보고 능청스레 되물었다.

"응? 뭐가?"

"어어, 너 많이 바쁜 것 같던데. 피곤하지 않아?"

"괜찮아. 내가 누군데."

마키는 모자챙에 손을 얹고 거만한 포즈를 취해 보였다. 강한 척 연기하는 걸로는 보이지 않았다. 여느 때의 상큼한 미소였다. 하지만 과연 그 내면에 숨기는 건 없을까? 하루카는 확증할 수가 없었다.

그 후.

그렇게 패배한 마지막 경기. 그 충격에서 벌써 툴툴 털고 일어선 것일까.

"그보다 하루카. 소라 저렇게 내버려 둬도 돼? 멍청히 있다가는 저 여자애한테 뺏긴다."

하루카의 걱정은 아랑곳하지 않고 마키는 히죽히죽 웃으며 앞쪽을 가리켰다. 하루카는 마키가 가리키는 곳을 보았다. 옥수수를 잡고 악전고투하는 소라와 그 옆에 아스나의 뒷모습이 보였다.

"소라, 더 세게 잡아당겨야지."

"흐음. 어딜 잡고 당겨?"

"어디라니, 여기를 이렇게…… 어? 나도 잘 안 되네."

옥수수를 잡고 씨름하면서도 아스나는 헤실헤실 웃는다. 하루카는 속으로 '아휴, 저 도시 계집애.'라고 욕을 퍼부었다. 혹시 일부러 저러나. 아니면 정말로 멍청한 건가. 도무지 가늠할 수가 없었다. 둘이서 붙어 있게 놔두면 안 될 거 같았다. 하루카는 슬그머니 소라와 아스나가 있는 곳으로 다가갔다. 한 발짝 뗄 때마다 바닥에 깊은 발자국이 찍혔다. 그리고 소라에게 막 말을 건네려는데, 옆 옥수숫대 사이에서 하루카를 부르는 소리가 났다.

"하루카, 나 좀 봐."

왜 하필 지금이야! 울컥 올라왔지만 그렇다고 그 목소리를 무시할 수도 없었다. 목소리가 난 쪽으로 눈을 돌리자 커다란 옥수수 이파리 사이로 불쑥 슈이치가 나타났다. 두 손에 옥수수가 한 자루씩 들려 있었다.

"슈이치, 무슨 일이야?"

"지금 그러고 있을 때가 아니잖아. 멍청히 있지 말고 손을 움직여. 불러 모은 네가 노닥거리면 우리 체면이 뭐가 돼."

"노닥거려?"

평소에는 어려운 말을 쓰는 앤데, 고개를 갸웃거리는 하루카를 향해 슈이치는 기세등등하게 몰아붙였다.

"아무튼 할 거면 진지하게 하라고. 할아버지의 노고를 조금이라도 덜어 드려야지. 우리 젊은 애들이 힘이 돼 드려야 한다고."

"그래, 그래, 그래. 알았어, 알았어, 잘 알았습니다."

하루카는 얼른 옆에 있는 옥수숫대를 붙들었다. 슈이치는 모범 답안에 팔다리가 달린 것 같다. 입에서 나오는 말은 죄다 옳고 토론을 해 봐야 이길 승산이 없다. 소라에게는 나중에 말하는 수밖에. 하루카가 얌전히 손을 움직이는 것을 지켜보고는 슈이치도 다시금 옥수수를 따기 시작했다. 하지만 그 휘청거리는 걸음걸이가 당장이라도 정신을 잃고 쓰러질 것만 같았다. 눈동자도 초점이 맞지 않았다. 보다 못한 하루카가 말을 건넸다.

"너 낯빛이 엄청 안 좋아. 아무래도 좀 쉬는 게 좋을 거 같은

데?”

“내 얼굴은 원래 희니까 걱정 안 해도 돼.”

“걱정 안 해도 될 만큼 괜찮아 보이지 않아. 역시 평소에 밖에서 운동을 안 해서 힘든 거야. 어때 내 말이 맞지?”

“운동하고 싶은 마음이야 굴뚝같지. 이래 봬도 난 바쁜 사람이거든. 올해 시기타쓰제도 준비 위원장으로서 최대한 힘껏 해 볼 생각이고, 물론 입시 공부도 해야 하고. 아 참, 너희도 좀 더 수험생이란 자각을 갖는 게…….”

“아! 안 들려, 안 들려.”

하루카는 두 손으로 귀를 막았다. 자기도 약해 빠진 주제에, 남의 아픈 곳을 정확히 찾아 콕콕 찌른다. 너무 분해서 하루카도 “지난해 시기타쓰제 때 징징대면서 수학가게에 매달린 게 누구였더라?”라고 반격해 줄까도 싶었지만, 하도 딱해서 꾹 눌러뒀다. 그 이후로 하루카는 슈이치의 잔소리를 오른쪽 귀로 듣고 왼쪽 귀로 흘리면서 옥수수를 따야 했다. 단, 소라를 시야 끝에 담아 두는 건 잠시도 잊지 않았다. 하지만 소라와 아스나의 대화는 거리상 들릴 듯 들리지 않았다. 속이 타서 옥수수를 따는 손놀림이 절로 거칠어졌다.

시야 끝에, 마키가 소라에게 말을 건네는 모습이 포착됐다. 슬그머니 다가가 합류하려다 또 슈이치에게 붙들리고 말았다. 어떻게든 슈이치에게서 벗어나려고 안간힘을 쓰는 사이, 소라는 다시금 아스나와 이야기를 나눴다. 하루카가 가까스로 소라와 이야기할 기회를 잡은 건, 옥수수 수확을 거지반 마쳤을 때였다. 그제야 슈이치의 감시에서 해방되었다. 소라는 우두커니 밭 옆에 쌓인 옥수수를 바라보았다. 여자 여우가 한눈을 판 사이, 하루카는 재빨리 소라 옆으로 가서 말을 건넸다.

"표정이 왜 그래? 무슨 문제 있어?"

소라는 피라미드처럼 쌓인 옥수수에서 시선을 거두고 하루카를 보았다. 눈길이 마주치자 하루카의 심장이 콩당 뛰었다. 그 눈은 남국의 바다를 닮아 아름답고 투명했다. 오로지 세상에 넘쳐나는 수학만 붙들고 있는 듯 불순물이 섞이지 않은 눈이었다. 얼굴에 묻은 흙마저 그 애의 순수함을 돋보이도록 거들었다.

"반성하고 있었어."

"반성?"

"응. 좀 더 효율적인 수확 방법이 있었을지도 모르잖아."

소라는 이번에는 수확을 마친 밭으로 눈을 돌렸다. 열매를 잃은 옥수숫대와 이파리가 높이 올라간 태양빛을 받아 진초록빛으로 일렁였다.

"소라, 어깨에 힘 좀 빼."

하루카는 밀짚모자를 만지작거리며 말했다.

장난스럽게 소라의 등을 팡팡 쳐 볼까도 싶었지만 장갑이 더러워서 그만두었다. 대신 최대한 환하게 웃어 주었다.

“지금은 효율이 좋고 나쁘고 그런 건 신경 쓰지 마. 친구들이랑 추억을 만들었잖아. 그게 중요한 거 아닐까? 수학으로 어떤 문제든 해결할지도 모르지만, 가끔은 딱딱한 거 잊고 떠들썩하게 보내는 것도 좋지 않을까?”

소라에게 말을 건네면서 동시에 자신을 달래듯, 하루카는 말을 뽑아냈다.

소라는 수학으로 세계를 구하기 위해 계속 전진하고 있다. 그러나 앞만 보고 달려가다 자칫 발밑의 돌멩이에 걸려 넘어질 수도 있다. 중요한 걸 잃고도 눈치채지 못할 수 있다. 함께 달리는 친구들과 멀어질지도 모른다. 때로는 멈춰 서는 것도 중요하다고, 하루카는 믿었다.

“그리고 있지, 이런 데까지 검은 옷 입고 오는 건 좀 아니지 않아? 검은색은 열을 흡수하잖아. 안 더워?”

“흐음…….”

지적을 받고 소라는 턱을 끌어당겨 자신의 옷을 내려다봤다. 오늘은 가슴에 원 포인트 로고가 박힌 검정색 긴소매 티셔츠. 긴소매는 벌레 대책이라 쳐도, 그 검은색은 보는 것만으로도 숨이 턱턱 막히는 것 같았다. 돌이켜 보면, 소라는 히가시오이소중학교에 다닐 때부터 한여름에도 고집스레 검정색 동복을 벗지 않았다. 미국에서 스카이프로 시기타쓰제 무대에 등장했을 때도 검은색 옷이었다. 그제 입었던 것도 검정이었고, 오늘도 검정.

검은색이 그렇게 좋은가.

그 괴상한 고집도 소라답다면 소라다웠다.

"흐응."

갑작스레 둘 사이에 걸린 다리를 제거하듯 불쑥 아스나가 끼어들었다. 여전히 챙모자 밑에서 헤실헤실 웃고 있다. 마치 가면이라도 뒤집어쓴 것 같다. 진짜 웃는 얼굴인지 가짜인지 의심스러웠다. 감정이 느껴지지 않는, 그래서 오싹 소름 돋을 정도로 기분 나쁜 웃음.

경계하는 하루카에게 아스나는 스스럼없이 말을 걸어왔다.

"뭐 대강 짐작은 했지만, 넌 소라에 대해 아무것도 모르고 있구나?"

"뭐?"

하루카는 엉겁결에 거칠게 되받았다. 가슴과 배 중간쯤이 심하게 수런거렸다. 하루카는 그것이 몸속 깊은 곳에서 올라오는 분노라는 걸 알아차렸다. 오랜만에 느끼는 감정이었다.

"무슨 소린지 통 못 알아듣겠는데."

"말한 그대로야."

"무슨 뜻인지 설명을 해 봐."

"싫거든. 모르면 모르는 채로 있든가."

하루카가 강한 어조로 다그쳐 물어도 아스나는 팔랑팔랑 가볍게 넘겨 버렸다. 나뭇잎 같은 계집애라고 하루카는 생각했다.

그리고 얇디얇은 나뭇잎이라면 상대하는 만큼 낭비라고.

하루카는 미간을 찡그리고 소라에게 눈을 돌렸다. 소라의 친구인 듯한 이 여자애가 뜻 모를 소리를 한다. 당연히 소라가 도와주겠지. 그렇게 믿어 의심치 않았다. 그런데 소라의 입에서 튀어나온 말은 하루카의 기대와는 달랐다.

"아스나, 하루카를 비난하지 말아 줘. 내 잘못이야. 내가 하루카한테 한 가지 거짓말을 했어."

어…….

하루카는 잠시 숨 쉬는 것도 잊었다. 아주 잠깐 시야에서 소리와 빛깔이 사라졌다. 하루카 주위만이 시간의 흐름에서 비켜 간 듯했다.

거짓말을 했어? 소라가 나에게?

수렁에 빠진 발을 움직이듯, 사고의 진행이 답답할 정도로 더뎠다. 게다가 어떤 사고 회로도 해결점으로 향하지 못한 채 부서진 장난감처럼 같은 곳을 뱅뱅 맴돌았다.

대체 무슨 말이지?

소리 내어 물어보고 싶었다. 하지만 목까지 차오른 의문을 그대로 삼켜야 했다.

"앗!"

옥수수 밭에서 짤막한 비명이 울렸다. 일제히 소리 난 쪽으로 눈을 돌렸다. 옥수수 이파리 사이에 마키가 오도카니 서 있었다. 오른손에 낫을 들고, 난감한 듯 두 눈썹을 축 늘어뜨렸다. 그리고 다음 순간, 하루카는 등줄기가 서늘해지는 것을 느꼈다. 낫을 들지 않은 왼쪽 장갑 끝에 빨간 점이 보였다. 그 빨간 점은 순식간에 면적이 넓어졌고, 이윽고 집게손가락 끝을 완전히 뒤덮었다. 뱀의 혀가 떠올랐다. 새빨간 피. 새빨간 빛깔이 하루카의 눈에 선명히 박혀 머리와 가슴을 무자비하게 뒤흔들었다. 하늘에서 내리쬐는 햇빛이 갑자기 뺨을 물어뜯는 것 같았다. 그리고 조금 전 소라가 한 말이 떠올랐다.

"내가 하루카한테 한 가지 거짓말을 했어."

하루카는 갑자기 현기증이 일어 그 자리에 주저앉고 말았다.

해2. 싸움의 결말은 계산했던 대로!

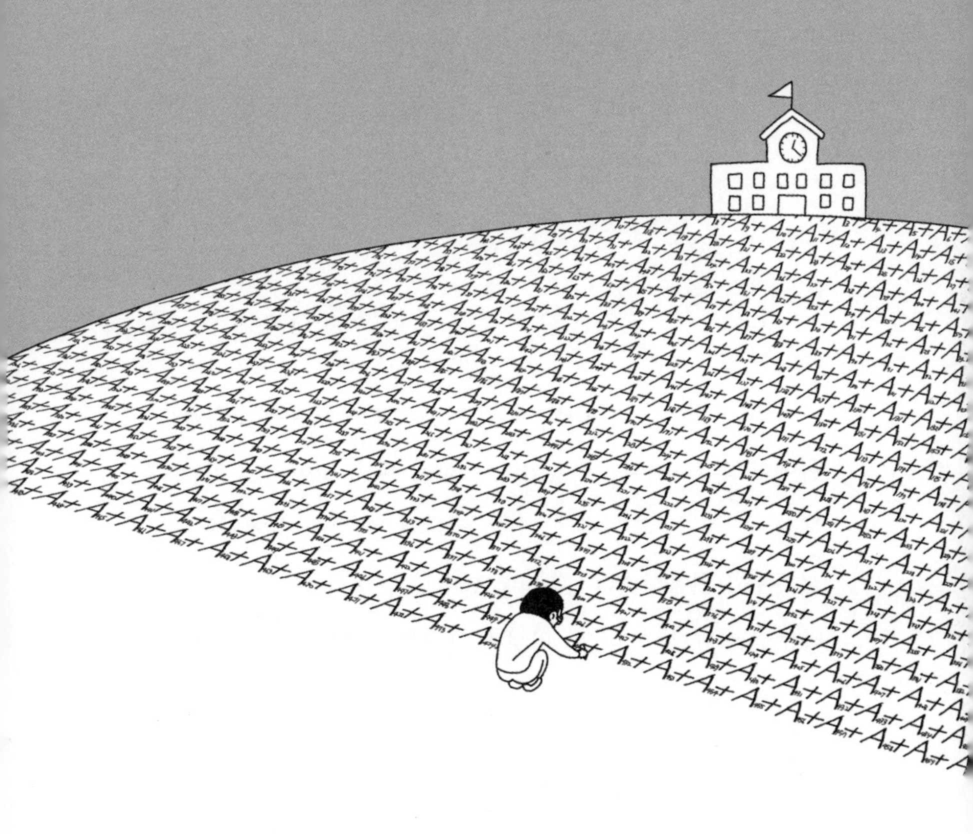

사귄 지 반 년 만의 첫 싸움이었다. 아스나는 어떤 감정도 얼굴에 드러내지 않는 타입이다. 이때도 예외 없이 평소처럼 헤실헤실 웃기만 했다. 하지만 웃는 얼굴과 반대로 내면에서는 거친 폭풍우가 휘몰아쳤다. 그 어떤 감정도 안으로 들어가는 순간 엉망으로 일그러져 본래의 형태를 알아볼 수 없었다.

화가 나는 건가? 그마저도 알 수 없었다. 단지 혼란스러울 뿐이었다.

아스나의 가슴속에 무엇이 들어 있는지, 같은 반 친구들은 아무도 모른다. 단 한 명을 제외하고는. 아침 조회가 시작되기 전, 아스나는 마음속에서 거칠게 휘몰아치는 폭풍을 꾹꾹 누른 채 같은 그룹 친구들과 깔깔대며 어제 본 연예 프로 얘기로 꽃을 피우고 있었다. 그리고 한 친구가 프로에 나온 누구누구가 멋있더라고 힘주어 말할 때, 다이치가 교실 안으로 들어왔다.

아스나는 그 모습을 시야 끝으로 낚아챘다. 다이치는 사흘 전이나, 일주일 전이나 한 달 전이나 똑같은 모습으로 반 아이 하나하나의 인사에 응했다. 그리고 책을 읽는 진노우치 머리를 뒤에서 쿡 찔렀다.

유일하게 여느 때와 다른 모습이었다.

다이치는 자리에 앉기 전이나 앉은 후에도 아스나 쪽에는 한 순간도 눈길을 주지 않았다. 부자연스러울 정도로 철저하게 외면했다. 아스나도 곁눈질만 할 뿐 시선은 던지지 않았다.

왜 이렇게 됐을까.

웃는 얼굴 안에서 가벼운 두통이 일었다.

원인은 두 가지였다. 지진이 일어날 때는 우선 조그만 P파가 온 다음 시간 차를 두고 커다란 S파가 오는 모양인데, 그와 똑같았다. 작은 원인은 자신이 제공했고, 큰 원인은 다이치가 제공했다고 아스나는 생각했다. P파가 온 건 지난주였다. 아스나는 친구에게 다이치가 도서관에 너무 자주 다닌다며 푸념을 했다. 순전히 웃자고 한 말이었다, 별 생각 없이. 그러자 다이치와 초등학교 때 같은 반이었던 여자애가 그 말꼬투리를 덥석 잡았다.

"다이치 걔, 첫사랑을 만나려고 도서관에 다닌 거 아니었나?"

그냥 흘려버릴 수 없는 말이었다.

첫사랑? 그게 언제 적 얘기야?

자세히 물어보고 싶었지만 그 여자애도 소문으로 도는 정도만 아는 듯했다. 뒤이어 나온 말도 하나같이 되는 대로 쏟아 내는 억측뿐이어서 한 귀로 듣고 한 귀로 흘려야 했다. 들은 얘기만으로는 소문에 불과한 건지 사실인지, 그마저도 판단이 안 섰다. 아스나는 하굣길에 직접 확인해 보기로 했다.

"도서관에 첫사랑 상대가 있는 거야?"

헤실헤실 웃는 얼굴로 하지만 단도직입적으로 물었다. 다이치의 시선이 좌우로 흔들렸다. 집게손가락으로 볼을 긁기도 했다. 다이치가 그렇게 허둥대는 모습을 아스나는 거의 본 적이 없었다.

"누가 그런 소릴 하디?"

"누가 했든 상관없잖아. 그보다 진짜야?"

"사랑은 무슨 사랑. 초등학생 때 일인데."

다이치의 걸음이 부자연스럽게 빨라졌다. 뒷모습만으로도 충분히 다이치가 동요하는 걸 느낄 수 있었다.

"흐응. 정말?"

"그럼, 정말이지. 게다가 다 지난 옛날 얘기라고."

"옛날 얘기? 그치만 우리 1년 전에는 초등학생이었거든?"

앞서 걸어가는 다이치의 등을 향해 그렇게 쏘아붙였다. 화난 건 아니었다. 좀 심술을 부려 보고 싶었을 뿐이다. 잠시 잠자코 걸어가던 다이치의 발걸음이 다시금 느려졌다.

"알았어, 말할게. 말하면 되잖아."

체념한 모양이었다. 여자 친구에게 자신의 첫사랑 이야기를 하는 기분은 어떨까?

'초등학생 때'라는 말을 들은 시점에서 아스나의 마음속에서 불타던 질투의 불꽃은 이미 약해졌다. 단지, 이 멋진 다이치에게도 귀여운 첫사랑이 있었다고 생각하자 몹시 거슬렸다. 아스나는 다이치의 말을 한 마디도 놓치지 않으려고 진지하게 귀를 기울였다.

"도서관에서 매주 토요일에 초등학생에게 책을 읽어 주는 프로그램이 있었어. 자원봉사자가 아동문학 명작을 읽어 주는."

"그 자원봉사자를 좋아한 거야?"

"좋아한 거 아니고. 그냥 책 읽어 주는 걸 들으러 다닌 것 뿐이야."

"그랬구나. 연상이었겠네?"

"어. 대학생이었어."

"대학생!"

너무 놀랐다. 정말 조숙한 초등학생이었구나 싶었다. 아스나는 스스로도 느낄 수 있을 만큼 평소보다 더 짙은 웃음을 지어냈다.

"자원봉사자들, 엄청 힘들거든. 저학년 개구쟁이들이 말을 좀 안 듣냐. 그래서 내가 매주 도와줬어. 짐도 옮기고 출석 카드에 도장도 찍고. 또 책 읽어 주는 목소리가 좋아서 가서 듣기도 하고."

"히야."

"왜 그래? 그런 게 아니라잖아."

다이치의 뺨이 살짝 붉어진 건, 차가운 겨울바람 때문만은 아닌 듯했다.

"그래서? 어떻게 됐어? 좋아한다고 말한 거야?"

"바보야, 그런 말을 어떻게 하냐. 그 누나는 대학 졸업하고 곧바로 취직했어. 자원봉사는 오래전에 그만뒀고. 안 본 지 1년 가까이 돼."

"연락처는?"

"몰라."

"그렇구나. 슬픈 사랑이네."

"그만 좀 해라. 그러니까 사랑 같은 거 아니라잖아."

다이치는 고개를 돌리고 다시 걷기 시작했다. 좀처럼 볼 수 없는 모습이었다. 아스나의 얼굴에 흐뭇한 미소가 번졌다.

그렇게 얼버무리지 않아도 괜찮아, 난 별로 신경 안 쓰니까.

만약 그 사랑이 이뤄졌다면 지금 나는 네 옆에 없었을 거잖아.

아스나는 빠른 걸음으로 총총히 걸어가는 다이치를 뒤쫓았다.

그렇다, 질투는 아니었다. 흐뭇하게 여겼을 뿐이다. 그때까지만 해도.

마음속 어딘가에 스스로도 의식하지 못하는 용해되지 않은 불순물이 남았던 건지도 몰랐다.

지난 일요일, S파가 왔다. 아스나는 전날 공들여 고른 스웨터 위에 더플코트를 입고 아침 일찍 역 앞 광장으로 나갔다. 그리고 인파를 피하듯 한쪽 구석에서 추위에 떨고 서 있었다.

다이치와 함께 전철을 타고 쇼핑 가기로 약속했다. 가까운 곳에서 데이트를 즐기는 타입인 다이치가 멀리 나가는 데 동의한 건 드문 일이었다. 아스나는 가슴이 설렜다. 15초마다 스마트폰으로 시간을 확인했고, 까치발을 들고 인파 속에서 다이치의 갈색 머리를 찾았다. 약속 시간이 지나도 다이치는 나타나지 않았다. 몸도 얼어붙기 시작했다. 약속한 시간에서 정확히 10분이 지나자 아스나는 다이치에게 전화를 걸었다.

"아, 지금 일어났어."

"모처럼 데이트하는 건데. 알람도 안 맞춰 논 거야?"

"맞춰 놨는데, 꺼 버렸나 봐."

"뭐, 너무해."

아스나는 전화기에 대고 그렇게 타박했다. 화는 나지 않았다. 데이트 시간이 줄어들겠지만 여기서 이러쿵저러쿵 말해 봐야 소용없는 일이다. 아무튼 1초라도 빨리 나오게 하자. 그렇게 생각했을 때였다. 다이치가 하품을 하면서 흘린 말을 아스나는 못 들은 척할 수가 없었다.

"어젯밤 전화 때문인가……."

무심코 나온 말일 수도 있었다. 하지만 그 말이 아스나의 마음 속 연못에 던져지자 커다란 파문이 겹겹이 일었다. 어젯밤, 둘이서 늦게까지 통화를 했다. 오늘 데이트 계획을 세우는 게 즐거워서 아스나는 그만 시간 가는 줄 모르고 재잘대고 말았다. 다이치가 굉장히 졸려 하는 눈치였던 것도 기억한다.

그렇다고 지금 그걸 변명거리로 이용하는 거야?

"뭐? 그럼 나 때문이라고?"

"어, 반쯤은."

다시 다이치의 하품이 전파를 타고 왔다. 가슴이 두방망이질 쳤다. 난 제 시간에 일어나 약속 시간에 맞춰 왔는데. 너는 사과도 안 해? 속이 부글부글 끓어올랐다. 그리고 1초 후에 뇌리를 가로지른 건 무슨 까닭인지 '첫사랑'이란 세 글자였다. 마음이 자신의 것이란 게 믿을 수 없을 정도로 짜증이 삐죽삐죽 올라왔다.

"아아, 그래? 그럼 잘 알았으니까, 계속 잠이나 자."

일부러 빈정거리듯 말했다. 그리고 다이치의 반응은 들을 것도 없이 전화를 끊어 버렸다. 순간, 주위의 풍경이 눈에 들어오면서 가벼운 현기증이 일었다. 역에 드나드는 사람들은 아무도 아스나에게 주의를 기울이지 않았다. 그것은 또 그것대로 으스스한 광경이었다. 이 세상에서 혼자만 외톨이로 느껴졌다.

아스나는 스마트폰 화면을 빤히 바라보고는 역을 떠나듯 걷기 시작했다. 아스나에게 남겨진 건 갑자기 여유로워진 일요일. 이제부터 뭘 하지? 아무 생각도 떠오르지 않았다.

집에 도착하자마자 곧장 방으로 들어갔다. 침대에 누워 스마트폰을 응시했다. 사과 전화나 문자를 기대하고 기다렸다. 밤까지 기다려도 다이치에게서는 끝내 소식이 없었다. 그뿐이었다. 사흘 동안 문자 한 통 주고받지 않았고, 교실에서는 눈도 한 번 마주치지 않았다. 완벽한 냉전 상태였다. 이런 이유로 싸우는 건 바보 같은 짓일까. 아니면 흔히 있는 일일까. 아스나는 그마저도 알 수가 없었다.

수업이 끝나고 의미 없는 종례도 끝나자, 아스나는 슬쩍 다이치의 자리를 곁눈질했다. 그 애는 친구 몇 명과 웃으며 이야기하고 있었다. 그리고 잠시 뒤에 진노우치의 머리를 가볍게 툭 치고는 교실을 나갔다. 역시 자석이 서로 밀쳐 내기라도 하듯 아스나에게 다가오는 일은 없었다. 슬슬 불안이 밀려왔다. 아스나는 혼자서 밖으로 나와 찬바람에 포르르 몸을 한번 떨고는 자신의 가슴에 물었다.

난 대체 어떻게 하고 싶은 거지?

머릿속은 혼란스럽기만 했다. 좋아하는데 먼저 말을 걸고 싶지는 않았다. 미운데 무시당하니 슬펐다. 자신의 생각이 모순이라는 것도 알고 있었다. 하지만 양쪽 다 진심인 것도 분명했다. 당장에라도 몸이 좌우로 갈라져서 각기 다른 방향으로 걸어갈 것만 같았다. 그런데 좌우로 갈라진 한가운데서 소망 하나가 고독하게 맴돌았다.

다이치가 사과했으면.

그럼 다 해결돼.

다 해결돼?

정말 그래?

"뭐? 그럼 나 때문이라고?"

"어, 반쯤은."

다이치가 하품과 함께 흘렸던 말이 뇌리에서 재생되었다.

반쯤은 내 탓. 그런가. 다이치와 만나 이야기하는 게 즐거워서 그토록 데이트를 기대했던 건데. 그것뿐인데. 정말 그뿐이었는데.

"그래, 역시 다이치가 나빠."

저녁 무렵, 거리를 걸으면서 아스나는 그렇게 혼잣말을 흘렸다. 내뱉은 하얀 입김이 말간 공기 속으로 녹아들었다. 멀찍이 보이는 석양에 반사된 빌딩 숲이 불붙은 양초처럼 하늘 밑에서 타올랐다.

바람이 불 때마다 통증이 느껴질 정도로 다리가 시렸다. 그럼에도 곧장 집으로 가고 싶지는 않았다. 텅 빈 그 집은 돌아갈 곳으로서의 매력이 없었다. 아스나는 자신의 집을 남몰래 '잠자는 곳'이라고 불렀다. 아스나의 집은 모자 가정이다. 아빠와 엄마는 오래전에 이혼해서 '사에키'라는 성도 엄마의 성을 따른 것이다. 초등학교 때 성이 바뀌었는데(일본은 결혼하면 아내가 남편의 성을 따른다. 따라서 이혼하면 여자는 다시 예전의 성을 쓰게 되고, 자녀도 엄마와 살게 되는 경우 엄마의 성을 따르게 된다-옮긴이), 그때는 놀림도 많이 받았다. 엄마가 직장 일로 바빠서 소풍 갈 때면 편의점에서 도시락을 사야 했다. 아빠가 양육비를 보내 준 덕분에 돈에 쪼들리지는 않았지만, 그래도 가족 여행을 할 정도의 여유는 없었다. 엄마는 갈수록 말수가 줄어들었다.

어느새 아스나는 늘 웃고 있었다. 놀림을 당해도 헤실헤실 웃으며 반응하지 않으면 상대는 제풀에 질려 버린다. 소풍 때에 편의점 도시락을 들고 가도 슬프지 않은 듯이 굴면 친구들도 괜한 신경을 쓰지 않는다.

웃고 지내다 보면 괴로운 일은 언젠가는 사라진다. '속 편한 가면'을 쓰면 대부분의 일은 흘려보낼 수 있다. 그건 무난하게 살 수 있는 방식이었다. 아스나는 자신이 텅 비어 가는 것을 느꼈다. 즐겁든 즐겁지 않든, 이렇게 주위에 맞춰 가며 잿빛 나날을 살아가겠지. 지금은 괴롭고 힘든 이 감정도 틀림없이 머잖아 사라지겠지. 사랑하지 않고, 꿈도 갖지 않고, 고독하게, 하지만 아무에게도 폐 끼치지 않고 죽어 가겠지. 진심으로 그렇게 여겼다. 엄마처럼 상처받고 괴로워하면서 살아갈 거면 차라리 지금 같은 삶의 방식이 백 배 낫다고.

그랬던 아스나의 생각이 변했다. 중학생이 된 올해, 다이치를 만나고부터.

첫눈에 반한 건 아니었다. 처음 봤을 때 '멋있다'고 생각한 건 맞지만 그것과 사랑은 별개였다. '잘생겼지만 좀 무섭고 입이 거친 애' 정도의 느낌이었다. 진심으로 좋아하게 된 건 입학하고 한 달쯤 지났을 때였다. 우연히 자전거를 타고 다이치네 집 뒷길을 지나가게 된 것이 계기였다. 2층 창문에서 뭔가가 떨어지더니 블록담 위에 털썩 착지했다. 아스나는 소스라치게 놀라 급브레이크를 밟았다. 담장 위의 인간과 눈이 마주쳤다. 한 손에 샌들을 든 다이치가 거기 있었다, 고양이 같은 자세로.

"오우, 마침 잘됐다! 미안한데, 자전거 좀 빌려 주라."

"어?"

당연하지만 아스나는 곤혹스러웠다. 다이치는 도로로 훌쩍 뛰어 내려오더니 발에 샌들을 꿰고는 얼굴 앞에서 합장하듯 두 손을 모으고 부탁했다.

"아님, 잠깐 태워 주든가."

"아, 저…… 대체 무슨 일……."

거기까지 말했을 때, 현관 쪽에서 거친 고함이 날아들었다. 아스나는 바짝 몸을 움츠렸다. 무슨 소리인지 알아들을 수는 없었다. 하지만 그 속에 담긴 분노만은 원하지 않아도 감지할 수 있었다. 다이치가 혀를 쏙 내밀었다.

"이키, 왔다! 뒤에 타, 얼른!"

"어, 타라니? 이건 내 자전거……."

"그런 거 따지지 말고."

더는 되받아칠 여유도 없었다. 블록담 너머에서 호랑이 같은 남자가 나타났고, 그와 거의 동시에 둘이 탄 자전거가 바람을 갈랐다. 다이치가 샌들을 신은 발로 페달을 밟았고, 아스나는 그 등을 꼭 붙잡았다. 돌아보니 호랑이는 잠시 따라오더니, 지쳤는지 더는 쫓아오지 않았다. 뭐라고 버럭버럭 소리쳤지만 금세 그 목소리도 들리지 않았다.

"저 사람 누구야? 왜 쫓기는 거지?"

"응? 아, 우리 아버지. 맨날 저래."

"많이 화 난 거 같은데, 뭘 잘못했는데?"

"그냥 내 인생에 태클을 걸잖아. 내 인생은 나만의 것. 설교 따위로 낭비할 수 없지."

페달을 밟으면서 다이치는 웃었다. 그 목소리가 하늘로 높이높이 올라가 온 동네로 퍼져 나가는 듯했다. 아스나도 엉겁결에 따라 웃었다.

그 후로 아스나는 다이치를 의식하게 됐다. 교실에서는 무의식적으로 다이치를 눈으로 좇았다. 그 애는 언제나 아이들의 중심에 있었고, 그 애가 하는 말은 사람의 가슴을 울렸다. 그 애 얼굴이 무서워 보였던 건, 풍부한 감정을 고스란히 드러내기 때문이었다. 아스나는 다이치의 얼굴을 면밀히 관찰하면서 그 사실을 알게 되었다. 그리고 그 애가 모두에게 신뢰를 받는 건, 안과 밖이 다르지 않기 때문이었다.

무엇보다 그 애는 자유로웠다.

기뻐할 때도 화낼 때도 괴로워할 때도 언제든 누구에게도 속박당하지 않고 행동했다. 언제나 자신이 살고 싶은 대로 살았다. 아스나는 흉내 낼 수 없는 삶의 방식이었다. 그 모습이 더없이 매력적이었다. 아스나는 1학기가 끝나기 전에 고백했다. 다이치는 많이 놀라는 듯했지만 기꺼이 받아 줬다.

"잘 부탁한다."

긴장했는지 약간 굳은 목소리로 그렇게 말했다. 그날, 다이치는 아스나의 벌어진 마음의 틈을 메워 주었다. 그 후로 아스나에게는 매일 꿈꾸는 듯한 시간이 이어졌다. 다이치의 시선이, 목소리가, 생각이, 오롯이 나에게 향해 있어. 그렇게 생각하는 것만으로도 레몬 향이 나는 온천탕 안에 둥둥 떠 있는 기분이었다. 다이치가 사랑하는 문학에 대해서는 가을이 끝나 갈 무렵에야 알게 되었다.

"다이치, 그거 무슨 책이야?"

어느 날, 아스나는 그렇게 물었다. 다이치가 항상 메고 다니는 검은 숄더백 안에 늘 똑같은 문고본이 들어 있다는 걸 전부터 알고 있었다. 다이치는 기분 좋은 듯 웃고는 가방 속에 손을 넣었다.

"아, 이거? 내가 제일 좋아하는 책. 아동문학의 걸작이지."

아스나는 커버에 싸인 그 책을 두 손으로 받아 들었다. 제목은 《모험가들 감바와 15마리의 친구》이었다. 용감한 쥐가 무서운 족제비에 맞서는 이야기라고 다이치는 설명해 주었다.

"다이치, 넌 이런 책을 좋아하는구나."

"어어. 이 책은 나의 바이블, 도서관은 나의 성지!"

다이치는 환하게 웃고는 문학의 매력에 대해 들려주었다. 어린 아이처럼 빛나는 그 눈은 하늘의 무수한 별을 모아 놓은 듯했다.

"난 도서관에는 거의 안 가는데."

아스나의 그 말에 다이치는 기절이라도 할 듯이 놀랐다.

"뭐? 그건 인생의 즐거움을 절반이나 잃는 거야. 할 수 없지. 내가 언제 한번 데리고 갈게."

아스나는 주저 없이 고개를 끄덕였다. 행복했다. 몇 시간이고 다이치의 목소리를 들으며 곁에 있고 싶었다. 몇 시간이고 다이치 옆에서 걷고 싶었다.

"그런데……, 결국 싸우고 말았어."

소리 내어 중얼거리자 하얗게 입김이 올랐다. 하늘 빛깔이 희미해지자 기분도 점점 가라앉았다. 생각하고 싶지 않은 건 으레 머리 주위를 뱅글뱅글 맴돌며 떠나지 않는다.

이런 일로 헤어진다면, 싸우고 이별한 엄마 아빠와 똑같은 거다. 아스나는 힘없이 머리를 흔들었다. 나쁜 방향으로 굴러가는 사고를 억지로 막아 버리려는 듯 걸음을 재촉했다. 발길은 자연스레 다이치와 함께 걷던 길로 향했다. 멀리 돌아가는 길이어서 하교하는 학생도 거의 마주칠 일이 없는 골목길. 곧장 걸어가면 도서관으로 이어진다.

다이치가 거기 있을지도 몰라.

아스나는 목도리에 얼굴을 묻은 채 멍하니 생각했다. 그러나 이내 도서관에서 자원봉사를 했다는 여대생 이야기가 떠올라 속이 뒤틀렸다. 찬 공기를 크게 들이마셨다 내뱉으며 마음을 가라앉혔다.

만나지 않으면 사과를 받을 수도 없다. 먼저 만나러 가는 게 자존심이 상하기도 하지만 다이치의 목소리가 듣고 싶다. 가장 좋은 방법은 도서관에서 우연히 만나 다이치가 먼저 사과하는 거다. 그럼 화해할 수 있을 테고, 돌아올 때는 둘이서 오랜만에 많은 이야기를 나눌 수도 있다. 그렇게 이상적인 전개를 상상하는 사이에 도서관 앞까지 왔다. 천천히 걸어왔으니 다이치보다 먼저 도착하는 일은 없겠지. 아스나는 자동문 안으로 들어가 본관 쪽으로 향했다.

"아직도 냉전 중이야?"

라운지 쪽에서 귀에 익은 목소리가 들려왔다. 아스나는 걸음을 딱 멈추고 재빨리 소리 나지 않게 기둥 뒤로 숨었다. 그리고 스마트폰을 만지작거리는 척하면서 몰래 라운지 쪽을 살폈다.

진노우치가 앉아 있었다, 늘 앉는 자리에. 책상에는 여느 때와 다름없이 공책이 펼쳐져 있었다. 그리고 그 맞은편, 의자 등받이에 몸을 기댄 채 두 손을 갈색 머리칼 뒤로 깍지 끼고 앉은 건, 다이치.

"어. 그게 좀 쪽팔려서."

다이치의 목소리는 간신히 알아들을 수 있을 정도였다. 라운지에는 그 밖에도 대여섯 명이 더 있었지만 아무도 다이치와 진노우치의 대화에 주의를 기울이는 것 같지는 않았다. 모두 책을 읽거나 수다 삼매경에 빠져 있었다.

진노우치가 다시 입을 열었다.

"사에키가 토라진 이유는 뭐야?"

"잠이 덜 깨서 나도 모르게 말이 심하게 나갔던 거지."

다이치는 천장을 올려다보고 떨떠름한 얼굴로 그렇게 말했다. 아스나는 조금 기뻤다. 일단은 다이치가 자신이 한 말에 대해 '심하다'고 인정했다. 평소에는 바보, 멍청이를 입에 달고 사는 다이치가 연락도 하지 않고, 학교에서는 무시로 일관하면서도 죄책감은 있었던 거다. 그렇다면 며칠 내로 사과할지도 모른다. 그렇게 생각하자 아스나는 얼마간 마음이 놓였다. 하지만 뒤이어 들려온 대화에 다시금 머리 위로 먹구름이 드리워졌다.

"화해하고 싶으면 빨리 사과하면 될 텐데."

"바보야. 그럴 순 없지."

입술을 일그러뜨리며 다이치는 절레절레 고개를 저었다. 아스나는 몸에서 힘이 쑥 빠져나가는 게 느껴졌다.

"잘 들어. '반쯤'이라고 한 건, 내가 좀 심하긴 했지만 걔한테도 어느 정도는 잘못이 있단 뜻이었어. 나만 일방적으로 사과하는 건 원만한 해결 방법은 아니라고 봐."

"흐음, 그런가."

진노우치는 납득한 듯 고개를 끄덕였다. 아, 납득하지 말아 줬음 좋겠다. 마음이 조급해진 아스나는 기둥 뒤에서 얼굴을 반쯤 내밀었다. 다이치는 이상한 것에 집착한다. 아니다, 남의 의견에 흔들리지 않는다는 점에서는 이 역시도 다이치답다고 할 수 있지만……. 먼저 사과하면 나도 사과할 텐데. 그럼 다시 전처럼 둘이서 다정하게 걸을 수 있을 텐데.

"좋아. 그럼 이렇게 하자."

별안간 진노우치가 얼굴 앞에 집게손가락을 치켜들었다. 그리고 미간을 찡그리는 다이치를 향해 뚱딴지같은 소리를 했다.

"내가 모든 수학력을 동원해서 사에키 쪽에서 사과하도록 해 볼게."

뭐……?

순간적으로 아스나의 뇌는 진노우치의 말을 이해하지 못했다. 그리고 이해한 후에도 그 말과 자신을 연결시킬 수가 없었다.

재가 무슨 소리를 하는 거야?

"아 진짜, 무슨 말인지 모르겠거든."

곧바로 다이치가 되받아쳤다. 그 말에는 아스나도 전적으로 동감이었다. 무슨 말인지 도통 이해할 수 없었다. 진노우치가 다시 입을 열었다.

"그럼 양쪽의 잘못을 수학적으로 계산해서 내가 사에키한테 전해 주지."

"멍청아, 누가 그러라고 가만둔대?"

"허락하든 말든 그건 나하고는 관계없는 일이야."

"거지 같은 자식!"

다이치는 힐끗 진노우치를 노려보았다. 그런데도 안경 소년은 태연한 얼굴로 손에 든 연필을 빙그르르 돌렸다. 라운지에 거친 목소리가 울렸다.

"어디 가?"

"집에!"

"잘 가."

"소라 너, 쓸데없는 짓 하지 마, 엉?"

"그건 장담 못하지."

진노우치에게 가시 돋친 말을 쏘아 대고, 다이치는 출입구 쪽으로 걸어왔다. 놀란 아스나는 재빨리 다른 곳으로 숨었다. 다이치는 바로 옆에 있는 아스나를 보지 못하고 그대로 지나쳐 갔다.

아스나는 자동문을 빠져나가는 다이치의 뒷모습을 잠자코 지켜보았다.

아스나는 잠시 망설이다 라운지로 들어갔다. 평소 같으면 다이치 없이 진노우치를 만날 이유가 없었다. 하지만 진노우치의 말이 가슴에 박힌 지금은 이것저것 따질 상황이 아니었다.

"내가 모든 수학력을 동원해서 사에키 쪽에서 사과하도록 해볼게."

"양쪽의 잘못을 수학적으로 계산해 줄게."

자세한 건 알 수 없었다. 아무래도 진노우치는 다이치를 위해 아스나에게 사과하도록 설득하려는 듯했다. 그것도 수학적인 방법으로.

아스나가 다가가자 진노우치는 금방 알아차렸다.

"아, 사에키."

"진노우치, 또 수학 공부해?"

"그래."

진노우치는 작게 고개를 끄덕이고 다시 공책으로 눈을 돌렸다. 아스나는 멋대로 조금 전 다이치가 앉았던 의자에 앉았다. 진노우치는 아랑곳하지 않고 계속 손을 놀렸다.

아스나는 진노우치 소라를 썩 좋아하지 않았다. 늘 수학 공부만 하는 모습이 왠지 따뜻함이라곤 없을 것 같았다. 분명 아스나를 타이르기 위해서도 굉장히 냉혈적인 방법을 준비하고 있을 터이다. 생각만 해도 싫었다. 그래서 더더욱 '무서운 것일수록 보고 싶다'는 심정에서 얘기나 한번 들어 볼 셈이었다.

"아 참. 방금 전까지 시라이시가 여기 있었는데. 오면서 못 봤어?"

"아니, 못 봤는데."

아스나는 헤실헤실 웃으며 대답했다. 표정 변화가 없으면 거짓말하기도 쉽다. 아니나 다를까, 진노우치는 조금도 의심 없이 "그래."라고 대답할 뿐이었다. 공책 위에서는 연필이 엄청난 속도로 춤을 추었다.

얘가 어떻게 나올까?

아스나는 경계하면서 진노우치의 다음 말을 기다렸다.

머릿속으로 작전을 세우는 건가? 지금 저 공책 위에서는 무슨 일이 일어나고 있는 거지? 나를 설득하기 위한 작전을 짜는 거야? 아니면 다이치와 나, 둘 중 어느 쪽이 나쁜지 계산하든가?

우리 너머로 맹수를 바라보는 심정과 비슷했다. 보고 싶지만 만지고 싶지는 않다. 무슨 생각을 하는지 알고 싶지만 공감하고 싶지는 않다. 아스나에게는 어차피 할 일도 없었다. 인내심 있게 기다리기로 했다. 그러나 아무리 기다려도 진노우치는 입을 열지 않았다. 그동안 라운지는 아스나와 진노우치를 제외하고는 전부 다른 사람들로 바뀌었다. 째깍째깍 시계 초침이 울렸다. 거기에 이따금 자동문 열리는 소리가 섞였다.

진노우치는 마치 아스나 따위는 애초부터 존재하지 않았던 듯 계산에 몰두했다. 적극적으로 나올 줄 알았는데. 다이치를 위해 발 벗고 나설 줄 알았는데.

혹시 평소처럼 공부하는 건가?

생각이 거기에 미치자 어깨에서 힘이 쑥 빠져나갔다. 갑자기 자신이 바보 같아졌다. 아, 내가 지금 뭐 하는 거지. 아스나는 작게 한숨을 쉬고는 일어났다.

그때였다. 주머니에 있는 스마트폰이 부르르 떨었다.

"어?"

화면을 본 아스나는 엉겁결에 중얼거렸다.

"다이치한테 문자 왔네."

진노우치는 잠깐 얼굴을 드나 싶더니 이내 공책으로 눈길을 떨어뜨렸다. 손은 여전히 멈추지 않고 움직였다. 그 애는 입을 작게 움직여 한마디 툭 내뱉었다.

"응, 그래."

관심이 없다기보다 예상했기 때문에 놀라지 않는다는 말투였다.

문자 내용은 매우 간단했다. 할 얘기가 있다, 지금 만나고 싶다. 이모티콘 하나 없이 딱딱한 다이치스러운 문자. 헤어지자고 하면 어쩌지. 그런 불안을 안고 나갔지만 그런 걱정은 필요 없었다. 다이치는 역 앞 광장에서 아스나의 얼굴을 보자마자 다짜고짜 고개를 숙였다.

"미안했다."

단도직입적인 사과였다. 아스나도 그 사과에 곧바로 사과로 답했다. 다이치의 얼굴에 웃음이 번졌다. 마음이 놓이는 모양이었다. 다이치는 만약 자신만 사과하게 되면, 앞으로 둘의 관계에도 좋지 않을 거라고 생각한 모양이었다.

"난 남자만 참는 일방적인 관계는 싫어. 한쪽만 계속 참다 보면 둘의 관계는 틀어질 수밖에 없으니까."

다이치는 그렇게 억누르지 않고 자신의 감정을 솔직히 드러냈다. 아스나는 마음이 따뜻해지는 게 느껴졌다. 진심으로 다이치와 화해해서 다행이라고 생각했다. 그리고 먼저 사과하지 않은 것이 후회됐다. 사소한 것에 얽매였던 자신이 유치한 어린아이처럼 느껴졌다.

"화해했다니, 잘됐다."

어느 날 방과 후, 도서관 라운지에서였다. 다이치가 책을 고르러 간 사이에 진노우치는 아스나에게 그렇게 말을 건넸다.

"혹시 네 계산대로 된 거야?"

"응. 그렇게 말하면 시라이시가 어떻게 나올지 예상했거든."

진노우치는 대수롭지 않게 대답했다.

"나는 연애에 대해서는 잘 몰라. 하지만 시라이시가 연애와 수학을 연결시키고 싶어 하지 않는다는 건 알고 있었지."

그래서 일부러 우리 문제에 개입하는 척했던 거구나. 아스나는 그제야 진노우치의 의도를 알아차렸고, 동시에 깜짝 놀랐다. 진노우치가 아스나에게 '수학적으로' 작용한다는 걸 알면 다이치는 그걸 저지하려고 들 거다. 구체적으로 말하면, 먼저 화해하려고 할 것이다. 다이치의 성격을 속속들이 알지 못하고는 절대 덤빌 수 없는 시도였다. 왠지 분했다. 진노우치가 자신들의 문제를 해결한 거 같아서 영 찜찜하기도 했다. 그런 생각을 하는데…….
진노우치가 얼굴 근육을 거의 움직이지 않고 담담하게 덧붙였다.

"시라이시가 나한테 뭘 상담한 적은 거의 없었거든. 그만큼 너랑 화해하고 싶은 마음이 간절했다고 봐. 이상한 걱정거리가 방해했던 거 같긴 한데, 처음부터 사과할 생각이었던 거야. 그랬으니까 내가 등을 밀어 주자마자 곧바로 사과했지."

견원지간인 진노우치에게 고민을 털어놓았다는 건, 다이치가 어지간히 궁지에 몰려 있었다는 증거인 셈이다. 진노우치는 또 거기에 확실히 응해 준 거고. 그것도 다이치의 자존심을 건드리지 않는 방법으로.

"진노우치, 너 꽤 괜찮은 애다."

그 말에는 사과의 의미가 담겼다. 그동안 진노우치란 애를 잘못 봤는지도 몰랐다. 아직은 더 알고 싶은 정도는 아니지만 까닭없이 싫어하지는 말아야겠다고 생각했다. 진노우치는 놀랐는지 안경 속의 눈을 조금 크게 떴다. 창밖에서 비쳐드는 햇살에 안경

렌즈가 번쩍 빛났다.

"아, 너 볼 때마다 궁금했는데."

"어?"

"너는 왜 맨날 웃고 다녀?"

그 진지한 물음에 아스나는 순간적으로 말문이 막혔다. 설마 진노우치가 그렇게 물을 거라곤 예상 못했다. 왜냐고? 솔직하게 대답하려면 아스나의 집이 모자 가정이란 것, 몹시 힘들었던 지난 시간이며 웃고 있으면 상처 받지 않는다는 걸 깨달은 것까지 죄다 이야기해야 한다. 아스나는 적당히 얼버무리기로 했다.

"나도 모르겠어. 그냥 원래 잘 웃어."

"흐음."

복잡한 표정으로 진노우치는 고개를 갸웃거렸다. 그러고는 "이상하네."라고 중얼거리고 혼잣말을 하듯 계속했다.

"사람은 기쁠 때나 즐거울 때 웃는 줄 알았는데."

그럼 당연하지. 그렇게 받아치려다 역시 참았다. 어쩐지 이 애에게 덥석 달려들었다가는 귀찮아질 것 같았다.

"미안, 기다렸지?"

때마침 다이치가 소설책 몇 권을 품에 안고 라운지로 들어왔다. 아스나는 뛰는 가슴을 억누르며 웃는 얼굴로 그 애를 맞았다. 그리고 진노우치가 던진 의미심장한 말은 까맣게 잊었다.

다이치와 아스나는 화해한 이후로 한동안은 전과 다름없는 일상을 이어 갔다. 달라진 것이라면 다이치가 교무실로 호출받는 빈도가 좀 더 늘어난 정도일까. 엄청난 일을 저질러서가 아니라 일상의 사소한 사건이 누적된 탓이었다.

학교 건물 뒤 펜스 사이로 빠져나가 편의점에 다녀오거나, 교복 상의가 아닌 파카를 입고 오거나. 보통은 그 자리에게 주의를 받고 끝날 일이었다. 하지만 다이치는 그 주의를 진지하게 받아들이지 않았고, 그 결과는 늘 교무실 호출이었다.

물론 다이치는 호출에 응하지 않았다. 당연한 일이지만 선생님은 집으로 연락했고, 다이치는 부모의 설교를 피해 밖으로 뛰쳐나가 추위에 떨다가 밤이 이슥해서야 돌아갔다. 그럼에도 또래 사이에서의 평판은 굉장히 좋았으니, 어른들 눈에는 다이치가 곱게 보일 리 없었다. 아스나는 그런 다이치가 은근 자랑스러웠다.

아스나는 종종 집에서 도망쳐 나온 다이치와 데이트를 즐겼다.

"지겨운 설교 따위 들을 시간 있으면 책 한 권이라도 더 읽겠다."

어느 날, 아스나가 싸 들고 간 도시락을 우적우적 먹으며 다이치는 그렇게 투덜거렸다.

"그건 다 어른들의 자기만족이야. 단지 '혼냈다'는 사실이 필요할 뿐인 거지. 나를 위한 생각은 털끝만치도 안 해."

그런가. 다이치의 말이 맞는 듯도 틀린 듯도 했다.

다이치는 요즘 들어 빈번히 집을 빠져나왔고, 밥도 제대로 못

먹고 다니는 눈치였다. 낙엽을 싣고 떠도는 겨울바람은 매서웠다. 체육공원의 벤치는 햇볕은 따사로우나 바람막이가 될 만한 거라곤 아무것도 없다. 하지만 다이치와 함께 있을 수만 있다면 이런 추위쯤은 거뜬히 견딜 수 있었다.

아스나는 달걀말이를 입으로 가져가는 다이치에게 말을 건넸다.

"계속 이러면 선생님한테 미운털 박혀서 성적 제대로 안 나올 텐데."

"상관없어, 그깟 성적. 수업도 잘 듣고, 책도 읽잖아. 머릿속 지식은 쑥쑥 늘어나고 있으니까, 성적표 같은 장식품 따위 필요 없다고."

"그치만……."

입시는 어쩌려고, 하고 말하려다 역시 관뒀다. 다이치에게 생각이 없을 리 없다. 자신이 걱정할 만한 일은 없을 것이다. 그보다는 도시락 맛이 어떨까 궁금했다.

"맛있어?"

"먹을 만해."

"다시는 도시락 안 싸 와."

"농담이야, 장난 아니게 맛있어. 잘 먹었다."

다이치는 얼굴 앞에서 손을 모으고는 도시락 뚜껑을 닫았다. 그리 대단한 건 아니지만 다이치에게 도움이 된다는 사실이 아스나는 진심으로 기뻤다.

요리 공부도 좀 해 볼까.

다이치가 그걸 발견한 건 그로부터 일주일쯤 지났을 때였다.

다이치는 도서관에서 어린이 책 다섯 권을 빌려 여느 때처럼 라운지로 왔다. 이미 날이 저문 때문인지 진노우치는 없었고, 대신 그 애의 고정석이나 다름없는 책상에 오도카니 남겨진 물건 하나가 있었다.

아스나가 다가가 그걸 집어 들었다. 손바닥 크기의 검은 전자계산기였다.

"소라 거야."

다이치는 보자마자 단언했다.

"어쩌다 놓고 갔나 보네."

아스나는 내심 어이가 없었다. 아무것도 없는 책상 위에 이 정도 까만 물건이 있다면 오히려 챙겨 가지 않는 게 더 어려울 텐데. 참 어지간히 덜떨어진 애라고 생각했다. 그걸 못 본 척 내버려 둘 정도로 아스나도 못돼먹지는 않았다. 다이치가 챙겼다가 내일 학교에서 건네주면 되겠지 싶었다. 당연히 다이치도 같은 생각일 줄 알았다.

하지만 아니었다.

"그 덜떨어진 녀석 집은 내가 알아. 성가시긴 한데, 지금 갖다 줘야겠다."

1초의 망설임도 없이 다이치는 재빨리 몸을 틀었다. 아스나는 놀라 외투 주머니에 계산기를 넣고 다이치를 뒤따라갔다.

에이, 뭐야!

얘는 왜 자청해서 싸움 상대에게 다가가는 거지?

아스나는 다이치와 나란히 걸으며 속으로 그렇게 투덜거렸다. 스페인의 투우사마냥, 일부러 소 앞에 자신을 노출시키면서 싸움을 즐기는 건가. 아니면 진노우치 쪽이 투우사이고, 다이치는 무턱대고 망토를 향해 돌진할 뿐인가.

"내일 갖다 주지, 속으로 그랬지?"

다이치는 아스나의 머릿속을 꿰뚫어 본 듯이 말했다. 아스나는 내심 화들짝 놀라면서도 평소처럼 대답했다.

"아닌데."

하지만 다이치는 믿는 것 같지 않았다. 그 애 말은 언제나처럼 아스나보다 한 발 앞서 나갔다.

"가끔은 이렇게 하는 것도 좋잖아. 잠깐 들렀다 가자."

멋진 제안이었다. 아스나는 대답 대신 다이치의 팔에 매달렸다. 둘은 서로 몸을 기대듯하고 걸었다. 겨울 찬바람도 느끼지 못할 만큼 아스나는 행복했다. 그렇다, 그건 행복이었다. 그런데 둘이서 걷는 행복의 길 앞에 묘한 광경이 펼쳐졌다.

"어? 진노우치?"

먼저 발견한 건 아스나였다. 이어서 다이치가 미간을 모았다.

진노우치는 외투 차림으로 하얀 입김을 내뿜으며 아파트 입구에서 서성였다. 건물 사이를 빠져나가는 바람이 요괴의 흐느낌처럼 으스스하게 울어 댔다.

"저건 소라네 아파트인데."

"왜 들어가지 않는 거지?"

둘이서 고개를 갸웃거렸다. 마침 진노우치도 둘을 보았는지, 안경 속의 눈이 조금 커졌다. 다이치는 아스나의 손을 놓고 진노우치에게로 뛰어갔다.

"야, 여기서 뭐 하냐?"

"지금은 집에 들어가지 않는 게 좋을 거 같아서."

진노우치에게서는 영문을 알 수 없는 대답이 돌아왔다. 몇 발짝 늦게 따라온 아스나는 할 말을 잃고 굳어진 채 서 있었다.

"아, 또야."

다이치는 별로 놀라는 기색도 없이 중얼거렸다. 염려가 형태로 되어 나온 듯 입에서 새어 나온 입김이 하얗게 변했다. 진노우치의 콧방울과 귓바퀴가 빨갰다. 아스나는 버려진 상자 속의 강아지를 상상하며 숨을 죽였다.

문3. 소라의 거짓말을 찾아라

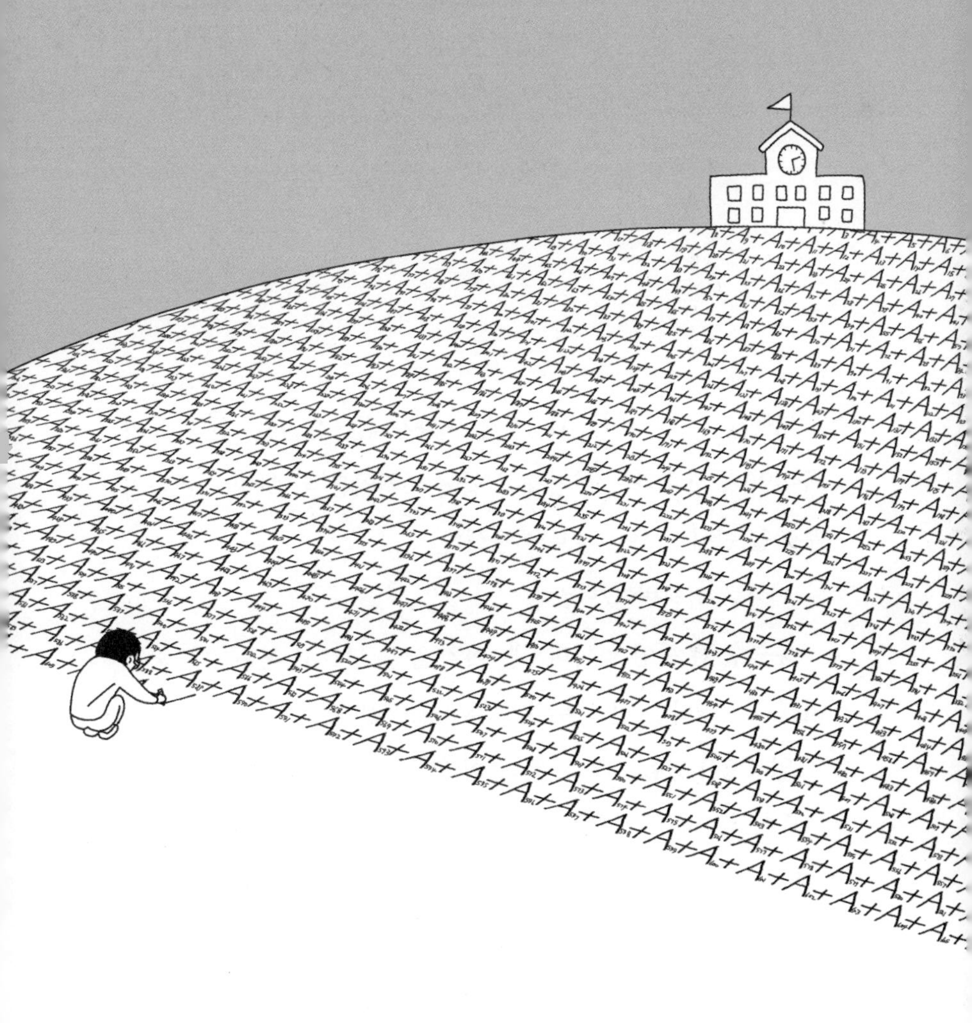

피를 흘린 건 마키인데, 정작 중환자 취급을 받은 건 하루카 쪽이었다. 하루카는 현기증이 일어 주저앉은 뒤 하필 아스나의 부축을 받아 나무 그늘로 이동했다.

"어이쿠, 일사병인가 보다."

옥수수 밭 주인 할아버지는 어쩔 줄을 모르고 허둥댔다. 구급차를 부르겠다는 걸 하루카가 한사코 말렸다.

"일사병이 났을 때는 수분과 미네랄을 섭취해야 해."

슈이치는 매우 심각한 얼굴로 그렇게 말하고는 스포츠 음료를 자그마치 열두 병이나 사 왔다. 음료수값은 나카테가와 할아버지가 내준 모양이었다. 걱정해 주는 건 고맙지만 대형 페트병을 소라와 나누어 들고 온 슈이치를 보자 하루카는 머리가 더 지끈거렸다. 하루카는 나무 그늘 밑에서 휴식을 취하면서 천천히 페트병 하나를 절반쯤 비웠다. 그리고 얼마간 현기증이 가셨을 무렵 마키가 왔다. 마키는 "여차." 하고 하루카 옆에 앉았다.

"한 병 마셔도 돼?"

"그럼 물론이지."

"땡큐."

마키는 비닐 봉투 안에 볼링 핀처럼 서 있는 페트병 가운데 하나를 꺼내 들었다. 그래도 열 병이나 남았다. 그걸 혼자서 다 마신다면 아마 또 다른 병에 걸려 쓰러질지도 모른다.

"귀찮게 해서 미안해."

"무슨 소리야, 하나도 안 귀찮거든."

마키는 음료수를 한 모금 마시고는 가볍게 기지개를 켰다. 그리고 볼링 핀처럼 서로 기대듯 서 있는 페트병으로 시선을 돌렸다.

"으응, 우리가 제대로 대응 못하고 우왕좌왕한 거지. 다들 놀랐나 봐. 이럴 땐 역시 가케루가 있어야 하는데."

"가케루? 여기서 걔 이름이 왜 나와?"

그만 하루카의 말투가 거칠어지고 말았다. 그런데도 마키는 동요하는 기색 없이 손 안에서 페트병 뚜껑을 굴리며 조근조근 말했다.

"가케루는 어느 상황에서든 이성적으로 행동하잖아. 음료수를 열두 병이나 사 오지도 않았겠지?"

인정하고 싶지는 않지만 마키의 말이 옳았다. 가케루는 문제적 상황에 직면해도 언제든 태연하게 적절히 대처한다. 그 냉정함 덕분에 하루카도 도움을 받은 적이 여러 번 있었다. 오늘은 야구부 연습 때문에 올 수 없다고 했던가. 그렇다고 소라와 슈이치의 대응에 불만이 있는 건 아니지만 어쩌면 가케루가 있었다면 좀 더 든든했을지도 모른다.

"근데 이상하다. 소프트볼 연습 때는 한 번도 일사병으로 쓰러진 적 없었잖아. 혹시 은퇴한 뒤로 마음이 느슨해진 거 아냐?"

"그럴지도 모르지."

하루카는 열을 식히려고 페트병을 목에 갖다 대면서 마음속으로 가볍게 고개를 끄덕였다. 머릿속에서 다른 생각이 삐죽 얼굴을 내밀었다 사라졌다.

실제로는 더위 때문에 쓰러진 게 아니라고 생각했다.

"나는 하루카에게 한 가지 거짓말을 했어."

소라의 그 한마디가 망치처럼 하루카의 머리를 탁 내리쳤고, 곧바로 마키의 피를 본 탓에 머릿속 혼란이 한계에 달했던 것이리라. 홍수에 둑이 무너지듯. 게다가 이상한 건 마키도 마찬가지였다. 하루카는 마키의 손가락 끝을 훔쳐봤다. 붕대를 감은 왼쪽 집게손가락이 두 배쯤 굵어져 있었다. 우연히 장갑에 구멍이 뚫렸고 또 휘두른 낫이 우연히 그곳을 스쳤던 모양이다. 다른 사람이었다면 어쩌다 그랬겠지, 하고 넘길 수도 있다. 그러나 누구보다 조심성 많은 마키, 절대 실수할 것 같지 않은 마키이기 때문에 고개를 갸우뚱할 수밖에 없었다.

"마키, 너 역시 이상해."

하루카는 잠시 머뭇거리고는 말했다. 마키는 아무런 대꾸도 없이 그 맑은 눈을 밭으로 돌렸다. 중학생 세 명과 나카테가와 할아버지가 수확이 끝난 옥수숫대를 뽑아 낫으로 밑동을 자르고 있었다.

"바쁜데도 무리해서 온 거지? 힘든 일 있으면 말해. 들어 줄 수는 있으니까."

마키는 잠자코 페트병을 입으로 가져갔다. 초록 이파리 사이에서는 소라와 슈이치가 한 손에 낫을 들고 굵은 옥수숫대와 씨름하고 있었다. 뜨거운 바람에 실려 둘의 대화가 귓전에 와 닿았다.

"소라, 힘 좀 써. 상식적으로 남자 중학생은 노인이나 여자보다 힘이 세단 말이야."

"그건 아는데, 잘 안 돼. 역학적으로 좀 더 좋은 방법이 없을까?"

"머리 쓸 생각 말고 직접 손을 움직여. 그게 훨씬 쉽게 몸에 익어. 생각해 봐. 악기도 그렇고 수영도 그렇고 다 그렇잖아? 농작물도 다르지 않을 거라고 생각해. '백 번 걱정하는 것보다 한 번 해 봐라.' 그런 말은 이럴 때 쓰는 거라고."

"그럼 너 하는 거 보고 따라 해 볼게."

소라는 옥수숫대에 박혀 뽑히지 않는 낫을 일단 그대로 두고,

슈이치의 손을 유심히 관찰했다. 과학 실험이라도 하는 듯 진지한 눈빛이었다. 슈이치는 슈이치대로 소라가 자신을 따라하겠다니 흐뭇했던지 자신만만한 얼굴로 낫을 휘둘렀…… 지만, 낫은 옥수숫대 밑동에 박힌 채 움직일 생각을 안 했다.

"어? 참, 이상하다. 왜 잘 안 되지?"

"흐음, 역시 어려운 거구나."

소라와 슈이치, 둘 다 난감한 표정이었다. 하루카는 그만 픽 웃고 말았다. 저 둘이 대화하는 모습은 쉬 볼 수 없는 광경이다. 지나치게 진지해서 헛도는 점이 서로 닮은 듯도 했다.

그나저나 소라에게 이상한 점이 있는 것 같지는 않았다. 그럼 아까 그 말은 대체 무엇이란 말인가.

"저 둘, 좀 재미있다."

제 무릎을 끌어안은 채 마키가 큭큭 웃었다.

"게다가 끝까지 자기다움을 놓지 않는 것 같아서 좀 멋져 보이기도 하고."

곁눈으로 보자 마키는 눈이 부신 듯 눈을 가늘게 뜨고 있었다. 멋지다. 그 말은 소라와 슈이치에게는 도무지 어울리지 않는 단어였다.

"마키, 너도 멋져."

"멋지긴 뭐가."

마키는 곧바로 고개를 저었다. 겸손이 아니라 진심으로 그렇게 생각하는 듯했다. 그 눈동자에 한여름 한낮에 어울리지 않는 그림자가 깃들어 있었다. 하루카는 무슨 말이든 해 주고 싶었지만 목이 콱 메어 남은 스포츠 음료를 한 모금 마셨다. 노랑과 검정 줄무늬, 철도 건널목 차단기 색깔을 닮은 벌 한 마리가 시야를 가로질러 갔다.

"무슨 일이 있었는지는 모르지만."

이웃 밭으로 사라지는 벌을 바라보며 하루카는 나무에 몸을 기댔다.

"힘든 일 있으면, 좀 기대도 되잖아?"

한쪽 눈으로 다시금 마키의 반응을 살폈다. 마키는 잠시 어리둥절한 얼굴이더니, 몇 초쯤 지나자 갑자기 입을 막고는 푭 하고 웃음을 터뜨렸다. 그러고는 뚱딴지같은 소리를 했다.

"하루카, 너 소라랑 닮아 가."

"에엑?"

하도 어이가 없어서 하루카는 저도 모르게 괴상한 소리를 지르고 말았다. 그 소리가 드넓은 파란 하늘로 울려 퍼진 것 같아 움찔했지만 다행히 작업하는 사람들에게는 들리지 않은 모양이었다. 소라와 슈이치는 여전히 굵직한 옥수숫대와 씨름하고 있었다. 마키는 동요하는 하루카에는 아랑곳없이 갑자기 진지한 눈빛으로 돌아보았다. 하루카가 마음을 가다듬고 물었다.

"닮다니, 어떤 점이?"

"직선적인 점, 인가?"

마키는 웃었고, 하루카는 잠시 할 말을 잃었다.

"으악, 벌이다!"

갑자기 비명 소리가 들렸다. 하루카와 마키가 놀라 밭으로 눈을 돌리자 조금 전에 날아간 벌이 소라 주위를 붕붕 맴돌았다. 슈이치는 놀라서 홱 물러섰고, 소라는 자신을 중심으로 위성처럼 맴도는 벌을 목만 움직여 관찰했다. 크기로 보아 말벌인 듯했다. 만일 쏘이기라도 한다면 단순히 아픈 걸로 끝나지 않을 텐데. 하루카는 그대로 몸이 굳어진 채 침만 꼴깍 삼켰다. 불길한 날갯짓 소리가 고막을 흔들었다. 아까는 멀리 날아갔겠지 싶어 신경 쓰지 않았는데, 벌이 저렇듯 인간에게 다가갈 때는 매우 위험하다.

"움직이지 마!"

나카테가와 할아버지의 목소리가 긴박하게 울렸다. 소라는 표정 변화 없이 고개만 한 번 끄덕했다.

벌이 검은 색깔에 달려든다는 건 상식인데, 잰 어쩌자고 검은 옷을 입고 와서……. 하루카의 머릿속은 소 잃고 외양간 고치느라 한창이었다.

제발 소라가 벌을 자극하지 않길. 하루카는 마음속으로 기도하면서 소라에게서 눈길을 떼지 않았다. 다행히 소라는 고개만 돌릴 뿐 몸은 옴쭉도 하지 않았지만, 벌이 변덕을 부려 공격하지 않을 거라고 장담할 수도 없는 노릇이었다.

10초쯤 지나자 벌은 마침내 소라 주위를 선회하는 게 지겨웠던지 요란한 날갯짓 소리와 함께 이웃 밭으로 넘어갔다. 벌의 위협이 사라지자 지켜보던 일동은 휴우 하고 가슴을 쓸어내렸다. 나카테가와 할아버지는 그 10초 동안에 10년은 늙어 보였다. 하지만 정작 위험에 노출됐던 당사자는 말짱한 모습이었다. 방금 전 위험 따위 아무것도 아니었던 듯 태연자약하게 틀어진 안경을 고쳐 쓰고 있다.

"벌이 저렇게 빨리 움직이는 건 몰랐네. 시속으로 치면 얼마나 될까?"

소라의 그 말은 일어서려던 하루카를 도로 앉게 만들었다. 걱정이 되어 달려가 보려던 마음이 싹 가셨다.

저 애와 내가 닮았다고? 대체 어디가!

옥수수를 따 낸 옥수숫대와 이파리는 밭에 묻어 두면 거름이 된다. 하루카는 땅 파는 거라도 거들려고 했지만, 슈이치가 부득부득 환자는 쉬어야 한다고 주장하는 통에 끝까지 나무 그늘에 앉아 있어야 했다. 뻘뻘 땀 흘리며 작업하는 친구를 보는 건 죄스럽기도 하고 어쩐지 약간의 소외감도 느껴졌다.

수확 작업이 끝나자 태양은 가장 높은 곳에 올라가 있었다. 나무 그늘이라 직접 햇볕을 쬐지는 않는다지만 바닥에 반사된 열이 피부에 쩍쩍 달라붙어 덥기는 매한가지였다. 가만히 있어도 체력이 상당히 소모되는 게 느껴졌다.

열두 병이었던 스포츠 음료는 다 같이 나눠 마시자 금세 동이 났다.

“오늘 고생 많았다. 너희 덕분에 일손을 덜었구나.”

나카테가와 할아버지는 작업을 마친 다섯 명의 중학생에게 싱글벙글 웃으며 고마움을 전했다. 등 뒤로 펼쳐진 밭은 완전히 벌거숭이가 된 채 짙은 갈색 흙이 훤히 드러나 있었다. 몇 시간 전까지 옥수수 밭이었다는 사실이 거짓말 같았다.

“얘들아, 아이스크림 하나씩 먹어라.”

나카테가와 할아버지가 편의점 봉지를 들어 올렸다. 뜻밖의 선물에 아이들의 눈이 반짝거렸다. 작업이 끝나 갈 무렵에 나카테가와 할아버지의 모습이 보이지 않더니 편의점에 아이스크림을 사러 가신 모양이었다. 아이들은 감사 인사를 하고 아이스크림을 하나씩 받아 들었다. 가장 흔한 수박 모양 아이스바였다.

“소라, 어땠어? 재미있었어?”

하루카가 수박바를 먹으면서 물었다. 소라는 잠시 신기한 듯 수박바의 뾰족한 끝 부분을 관찰하고는 얼굴을 들었다.

“응. 생각보다 쉽지 않았지만 소중한 경험이었어. 마키랑 슈이치랑 얘기할 기회도 있었고.”

무표정이라 쉬 가늠할 수는 없지만 만족한 모양이었다. 하루카는 휴우 숨을 내쉬었다. 도중에 작은 사고는 있었으나 이 기획은 얼추 성공이었다. 다만 하루카의 마음에는 여전히 풀어야 할 문제가 두 가지 남아 있었다.

"소라, 내일 시간 있어?"

"내일……, 오전에는 낼 수 있을 거야."

소라는 표정을 바꾸지 않은 채 아이스바를 한 입 베어 먹었다. 반듯한 이등변삼각형의 꼭짓점이 사라지고 찌그러진 잇자국이 남았다. 제아무리 소라라도 삼각형 아이스바를 삼각형 그대로 먹지는 못하는 모양이다.

"다행이다. 마키한테 상담 좀 해 주자고. 10시쯤 학교로 올래?"

"알았어. 수학가게 일이구나."

"그래."

하루카는 달뜬 목소리로 대답했다. 동시에 마음속에서는 무턱대고 좋아만 할 수도 없는 또 하나의 자신이 있었다. 하루카는 마키의 상담뿐 아니라 또 하나의 의문에 대해서도 소라의 대답을 들어야 했다.

소라가 도쿄로 떠나기 이틀 전.

딱히 기대했던 건 아니지만.

둘만의 데이트, 그런 청춘다운 시간은 보낼 수 있을 것 같지 않았다.

다음 날 토요일, 하루카와 소라는 마키의 고민을 해결하기 위해 3학년 1반 교실에 와 있었다. 둘은 구석진 창가 자리에 책상을 사이에 두고 마키와 마주앉았다. 교실이란 평소에는 활력에 넘치는 만큼 학생이 없으면 더더욱 독특한 쓸쓸함이 감돈다. 삐뚤빼뚤 흐트러진 40여 개의 책상과 의자는 버려진 듯이도 보였다. 칠판에는 종업식 날의 당번 이름이 지워지지 않은 채 그대로 남아 있다. 앞으로 한 달 가까이, 그대로 남아 있을 것이다. 어느 교실에선지 취주악부의 연습 소리가 나직나직이 들려왔다.

지난해 매주 월요일 방과 후에 열었던 수학가게도 이런 분위기였던가. 하루카는 인적 없는 학교의 공기를 들이마시며 지나간 날을 그리워했다.

아니, 그리워하려 했지만.

"넌 왜 왔어?"

"응?"

노골적으로 달갑지 않은 표정으로 묻는데도 아스나는 헤실헤실 웃을 뿐이었다. 교복 차림의 하루카와 마키와는 달리 물론 사복, 너덜너덜 찢어진 청바지와 하얀 바탕의 로고 티, 게다가 허리에 체크무늬 셔츠를 둘러맸다. 뻔뻔하게 마키 옆 책상에 턱을 괴고 느긋하게 앉은 걸 보아하니, 적극적으로 참여할 생각인 듯했다. 햇볕은 커튼이 막아 주었지만 대신 바람이 없어서 교실 안은 사우나 같았다. 마키의 짧은 커트 머리 밑으로 땀이 한 줄기 흘러내렸다. 그 옆에서 아스나는 책받침으로 우아하게 얼굴에 부채질을 했다.

"왜 오면 안 돼? 소라의 수학가게란 게 어떤 건지 보고 싶어서 왔는데."

"어어, 방해만 하지 않는다면 괜찮아."

하루카는 마지못해 그렇게 대답했다.

아직까지도 이 여자애가 소라와 어떤 관계인지는 모른다. 하지만 무턱대고 쫓아낼 수도 없는 노릇이었다. 소라를 보니 여느 때와 마찬가지로 검은 옷에, 여느 때처럼 공책과 연필을 꺼내 놓고 기다리고 있다. 며칠 전 임시 영업 때처럼 페트병에 든 음료수도 챙겨 왔다. 순간, 이렇게 조바심을 내는 자신이 이상한가 싶었으나 황급히 고개를 흔들어 그 생각을 떨쳐 냈다.

아스나가 어떤 사람이든 적어도 '내가 모르는 소라'를 아는 인물임에는 분명하다. 나중에 천천히 이야기를 들어 볼 필요가 있다. 그럼 그때 소라가 내뱉었던 수수께끼도 풀릴 게 분명하니까. 지금은 마키의 고민을 해결하는 게 우선이다. 하루카는 일시적으로 아스나의 존재를 의식 밖으로 내던져 두자고 마음먹었다.

"그럼, 마키. 네 이야기를 들어 보자."

소라는 서론도 없이 곧장 본론으로 들어갔다. 마키는 약간 당황한 듯했으나 마키 역시 직선적으로 돌진하는 타입이라 소라의 시선을 정면으로 맞받으며 입을 열었다.

"사실은 요즘 엄마 아빠랑 사이가 좋지 않아."

"흐음, 부모님과?"

"응. 밥 먹을 때 외에는 얼굴을 안 보고 지내. 엄마 아빠는 내 얼굴만 보면 잔소리하고, 그럼 나도 따박따박 말대꾸를 하거든. 그래 봐야 시간 낭비잖아?"

"그렇지. 감정에 휩쓸려 싸우는 건 비생산적이지."

깊숙이 고개를 끄덕이며 동의하는 소라. 다 이해한다는 그 표정이 어쩐지 소라와 어울리지 않았다. 마키의 가지런한 두 눈썹이 괴로운 듯이 일그러졌다.

"그래서 거의 대화를 하지 않고 지내. 벌써 두 주 정도나 됐어."

"두 주."

하루카는 마키의 말을 나직이 되풀이했다.

두 주 전이라면 은퇴 경기보다 일주일도 더 전부터다. 정확히 여름 방학이 시작된 날. 언제나 바쁘게, 게다가 거의 하루 온종일 밖에서 보내다시피 했던 건, 혹시 집에 돌아가기 싫은 게 원인이었을까. 그렇게 심각한 상황인 걸 전혀 눈치채지 못했다니.

숨기고 있었나. 하루카는 가슴이 무너져 내리는 듯했다. 그리고 마키 옆에 앉은 아스나는 예상 외로 무거운 화제였던지 한 마디도 끼어들지 않고 책받침으로 부채질만 했다. 단, 그 속을 알 수 없는 미소만은 여전히 얼굴에 딱 붙인 채. 하루카는 그 애의 존재는 계속 무시하기로 했다.

"부모님과 사이가 나빠지게 된 계기는? 무슨 일이 있었어?"

소라가 턱에 손을 가져가며 물었다. 마키는 입술을 일그러뜨렸다.

"있었지, 물론."

"그래? 괜찮다면 말해 줄래?"

"통신 첨삭 때문에."

마키는 어렵게 대답했다. 하루카는 엉겁결에 고개를 갸우뚱했다. 물론 마키가 통신 첨삭을 하는 건 알고 있었다. 한 달에 두 번 정도 우편으로 답안을 주고받으며 수험 프로그램을 지도받는다. 그런데 그것과 부모님과의 냉전 사이에 무슨 관계가 있는 거지?

"엄마 아빠가 나 때문에 화가 났어. 내가 과제를 안 해서."

마키는 책상 위에 올려놓은 손을 꽉 쥐었다.

"은퇴 경기다 뭐다 해서 바빴거든. 특히 6, 7월은 도저히 통신 첨삭 과제할 시간을 낼 수가 없었어. 나도 수험생이고, 공부가 중요하다는 건 알지. 근데 나한테는 연습이 먼저였어."

꼭 이기고 싶었거든. 마키는 나직이 덧붙였다. 하루카는 그만 숨이 멎어 버릴 정도로 놀랐다. 그 경기에, 그 타석에 걸었던 마키의 기대가 어느 정도였는지 고스란히 느껴졌다. 뚜껑을 닫아 꼭꼭 숨겨 뒀다고 여겼던 아쉬움이 하루카의 마음에도 되살아났다.

"그 일로 경기 며칠 앞두고 아빠한테 된통 혼났어. 비싼 돈 내고 하면서 이렇게 소홀히 할 거면 당장 그만두라고. 그리고 그 자리에서 통신 첨삭을 해지해 버렸어. 엄마는 대신 학원에 다니래. 너무하지? 꼭 경기 앞두고 그래야 되느냐고. 그리고 돈 얘기를 들고 나오면 할 말 없잖아."

가볍게 농담하듯 마키의 얼굴은 웃고 있었지만 목소리의 떨림마저 숨기지는 못했다. 하루카는 대꾸할 말을 찾지 못했다. 그건 마키가 혼자서 떠안고 온 무거운 짐이었다. 소프트볼 동아리 주장으로서 그리고 외동딸로서 누구도 대신해 줄 수 없는 마키만이 질 수 있는 짐이었다.

"나한테는 학원보다 통신 첨삭이 맞는데 엄마랑 아빠한테는 그게 안 통해. 동아리 활동 끝났으니까 이제부터 열심히 하겠다고 사정해도 안 들어줘. 엄마 아빠 친구의 자식들도 다 학원에 다니니까 불안할 수도 있겠다 싶긴 한데."

마키는 괴로운 듯이 떨어지는 땀방울을 닦았다. 커튼 너머로 요란한 매미 소리가 파고들었다. 하루카는 마키의 상황을 머릿속으로 정리해 봤다. 통신 첨삭은 스스로 공부 시간을 확보해서 계획적으로 과제를 처리해야 한다. 한편, 학원은 그런 수고는 하지 않아도 된다. 책상에 묶인 거나 다름없으니 계획 따위 세우지 않아도 저절로 공부량이 늘어나게 된다. 그러니 같은 돈을 지불한다면 학원이 낫다. 마키의 부모님은 그렇게 판단한 것일까.

“난 엄마 아빠한테 신뢰받지 못한다는 생각이 들어.”

마키의 말이 화살처럼 가슴에 와 콕 박혔다. 아니다, 화살은 마키의 가슴에 박혔을 것이다. 마키의 아픔이 하루카의 가슴에도 그대로 전해 오는 듯했다.

“마키, 그런 일이 있는 줄은…….”

“응. 더구나 공부도 그렇게 소홀히 한 주제에 경기도 나 때문에 졌잖아. 그것도 되게 힘들다.”

스스로를 비웃는 듯한 말투였다. 숨이 막혔다. 그날, 그때의 광경이 머릿속에 재생되었다.

투아웃. 마키가 무리하게 2루로 뛰다가 아웃, 그리고 경기 종료.

마키 탓.

아니다. 마키 탓이 아니다.

하지만 말할 수 없었다. 만약 말해 버리면 마음속에서 ‘마키 탓’으로 여기고 있다고 고백하는 거나 다름없었다.

그리고 그런 걸로 고민하는 자신이 싫었다.

“그랬구나. 무슨 이야기인지 알았어.”

느닷없이 내내 잠자코 듣던 소라가 천천히 입을 열었다. 무거운 분위기 따위 개의치 않는 모습으로 연필 꽁무니로 흘러내린 안경을 밀어 올렸다.

“밀린 과제는 처리할 수 없을 정도로 분량이 많아?”

"어? 첨삭 과제?"

마키는 약간 놀란 듯하더니 곧장 고개를 옆으로 흔들었다.

"아니, 그렇게 많지는 않아. 열심히 하면 어떻게든 할 수 있어."

"그럼 설득 방법의 문제인가. 밀린 과제 양은 구체적으로 알고 있고?"

이어서 또 질문. 마키가 처한 괴로운 상황에도, 떠안고 있는 무거운 짐에도 전혀 관심 없는 말투였다. 동정이나 위로의 말 따위는 일체 없었다. 단지, 해결을 위한 최단 루트로 돌진할 뿐이었다. 합리적일 테지만 동시에 잔인하기도 했다.

"소라 좀! 아무리 그래도 너무 서두르는 거 아냐?"

하루카는 소라와 마키 사이로 손을 뻗어 둘의 대화를 가로막았다.

"마키는 이야기하고 싶지 않은 것까지 힘들게 말했어. 그러니까 그렇게 연달아 질문하지 않는 편이……."

"이런 식으로 해도 괜찮아."

이번에는 거꾸로 하루카의 말이 잘렸다. 하지만 말허리를 자른 건 소라도 마키도 아니었다. 목소리의 주인에게 눈을 돌리자 마키 옆에서 아스나가 조용히 웃고 있었다.

"소라는 다 이해하고 있거든."

의미심장한 말투였다. 하루카의 배 속 깊은 곳에서 분노가 부글부글 끓어올랐다. 방해하지 않는다는 조건이었는데 하필 이럴 때 끼어들다니. 진심으로 쫓아낼까도 싶었다. 하지만 하루카가 무슨 말을 하기도 전에 소라가 입을 열었다.

"좀 무례했지? 미안해."

소라는 진지한 얼굴로 고개를 숙였다. 그리고 이마가 책상에 닿을락 말락 한 상태로 돌처럼 굳어져 버렸다. 입은 보이지 않았다. 목소리만 울렸다.

"하지만 이해해 줬으면 좋겠어. 내가 어중간하게 위로해 봐야 마키한테는 도움이 안 돼. 우리가 대신 슬퍼해 준다고 마키의 무거운 짐이 가벼워지는 것도 아니고. 나는 심리학적인 상담 능력은 없어. 하지만 수학적인 능력은 있어. 내게는 수학밖에 없으니까."

매우 직설적인 말이었다.

자신이 갖고 있는 것과 갖고 있지 않은 것. 그 양쪽을 정확히 알기에 뽑아낼 수 있는 말이었다. 목소리는 계속 울렸다.

"한 번 일어난 일은 바뀌지 않아. 아무리 후회해도 경기 결과는 바뀌지 않는다고. 그렇다면 지금 생각해야 할 게 자연스레 좁혀져."

하루카는 망연히 소라의 뒤통수를 바라보았다. 잔인해 보였다. 피도 눈물도 없는 것 같았다. 그것이 바로 누구보다도 앞만 보고 스스로에게 엄격하게 살아온 소라의 모습이었다.

"고개 들어, 소라."

마키가 말하자 소라는 기계처럼 삐거덕삐거덕 움직이며 근육을 폈다. 마키는 그런 소라를 보고 피식 웃고는 이내 진지한 표정으로 돌아갔다.

"나도 친구들한테 넋두리나 하려고 이 자리에 앉은 건 아냐. 동정이나 공감, 그런 거 말고 해결책이 필요해."

"알았어. 그럼 힘껏 도울게."

소라는 안경을 꾹 밀어 올렸다.

누구보다도 잔인해 보이지만 실은 누구보다도 부드러웠다. 하루카는 그런 소라의 엄격함을 처음 보았다.

"수치를 말해 봐. 내가 반드시 너를 도울 거야."

매미 소리가 와그르르 밀려드는 여름 교실에서 소라는 그렇게 소리 높여 선언했다.

"그럼 과제는 매월 두 번 받아서 아무 때나 반송하면 되는 거지?"

"응."

"그리고 지금은 세 달치 과제가 밀린 거고?"

"그래, 맞아."

소라가 그렇게 확인하자 마키는 분명하게 고개를 끄덕였다. 그야말로 소라와 마키다운 낭비 없는 대화였다. 돌이켜 보면 지난해 시기타쓰제 때 2학년 2반이 성공할 수 있었던 것도 마키가 척척 일을 처리한 덕분이다. 하루카는 새삼스레 마키처럼 되고 싶다고 생각했다.

잠시 생각에 잠긴 듯 잠자코 있던 소라는 정리가 됐는지 재빨리 공책에 수치를 적어 넣었다.

과제=2회/월

밀린 과제의 양=3달분

공책에 적힌 수치를 보고 하루카가 물었다.

"소라, 이걸로 뭘 구하려고?"

"지금 밀린 과제와 앞으로 보내올 과제, 그것을 합한 분량을 수험 전까지 마칠 수 있도록 계획을 세울 거야."

소라의 두 눈이 반짝 빛났다. 그 계획서를 보여 주면서 부모님을 설득할 작정인가. 부모님이 이해해 준다면 마키는 그동안 해왔던 대로 통신 첨삭을 계속할 수 있고, 가족 간의 관계도 개선될 터이다. 엎질러진 물을 다시 주워 담을 수는 없어도 껄끄러운 집안 분위기를 바꿀 수는 있다.

하지만 그렇게 단순한 방법만으로 해결할 수 있을까.

하루카가 그런 의문을 품은 것과 거의 동시, 아니나 다를까 마키는 눈썹을 축 늘어뜨리고 어렵게 입을 열었다.

"미안해, 소라. 그 방법은 이미 써 봤어."

소라도 공책에서 얼굴을 들고 마키의 눈을 바라봤다. 그리고 그 말의 의미를 곰곰이 음미하는 듯 잠자코 생각에 잠겼다. 마키는 힘없이 고개를 저었다.

"근데 소용없었어. 정확하게 계산했다고 말했는데도 믿어 주지 않더라."

"흐음."

소라는 살짝 손으로 턱을 짚었다. 제안한 해결책을 이미 시도해 봤다니 이런 경우는 수학가게 영업 개시 이래 처음이다.

"계획 세운 거, 말로 설명드렸어?"

"어?"

의외의 질문이었는지 마키가 눈썹을 치켜세우고 되물었다. 하루카도 질문의 의도를 알 수가 없었다.

"어, 엉. 말로 했지. 계산해서 나온 결과를 정확하게 설명한 것 같은데."

"너희 부모님은 지금 감정적인 상태야. 그런 상황에서는, 안타깝지만 논리적인 말도 통하지 않을 때가 많지."

소라는 천천히 페트병에 손을 뻗어 수분을 보충했다. 그 말에는 하루카 역시 찔리는 게 많았다. 수학가게 점장 대리인 만큼 조심은 하지만 그래도 더러 실수할 때가 있다. 그런데 머리로는 자신의 잘못을 인정해도 마음이 인정하지 못할 때가 있다. 상대가 가족일 때면 특히나 더.

근데 좀 이상하다? 감정이란 거 소라가 가장 버거워하는 부분인데, 소라의 말에 묘한 설득력이 있어.

"이상하다는 표정인데?"

아스나가 불쑥 하루카의 얼굴을 들여다보았다. 하루카는 시선을 피하며 고개를 저었다.

"무슨, 아냐."

"소라는 말싸움에 대해서는 일가견이 있어."

아스나는 자기 혼자만 모든 것을 알고 있다는 듯이 웃었다. 하루카는 그게 분해서 미칠 지경이었다. 한편, 소라는 아스나가 한 말에 대해서는 대꾸도 없었다. 연필 꽁무니로 관자놀이를 톡톡 칠뿐이었다.

"설득하려면 되도록 부모님의 마음이 편안할 때를 봐서 해야 돼. 또 하나, 단순하고 강력한 방법으로 설명할 것."

"마음이 편안할 때…… 알았어, 해 볼게."

"그래. 그리고 부모님이 알기 쉽게 시각적으로 전달하는 것도 방법이야. 과제의 양을 그래프로 그릴 테니까 그걸 사용해 봐. 반 달을 한 단위로 하고 한 단위의 과제량을 a라고 해 보자(단, 과제는 단위의 말일에 받는다). 예를 들면 지금은 세 달분, 다시 말해서 6 단위분의 과제가 밀려 있으니까 그 양은 $6a$."

과제=2회/월

밀린 과제의 양=3달분=$6a$

소라는 앞의 식에 $6a$라는 새로운 수치를 추가했다. 그러고는 줄을 바꿔 계속 적어 나갔다.

"이대로 아무것도 하지 않으면 x단위 후에 밀린 과제의 양 y는 이렇게 나타낼 수 있어."

$$y=a[x]+6a$$

하루카의 심장이 쿠궁 뛰었다.

그건 본 적이 있는 정도가 아니었다. x를 둘러싸고 마주한 스테이플러 심 같은 기호. 그것은 하루카에게는 특별한 기호였다.

"이 기호는 우리에게 아주 소중해."

"우리에게?"

소라의 말에 마키는 미간을 모았다. 얼굴에서 불이 나는 것 같아 하루카는 슬며시 눈길을 돌렸다. 소라는 어떻게 아무렇지도 않게 저렇게 오그라드는 말을 할 수 있을까. 대담한 건지 둔한 건지. 그건 그렇고, 설마 이 상황에서 저 기호가 등장할 줄은…….

"나는 처음 보는 기호인데 무슨 의미야?"

"응, 가우스 기호야. 의미는 괄호([ ]) 안의 수를 넘지 않는 최대 정수."

$[2]=2$

$[1.5]=1$

$[3.14]=3$

페이지의 여백에 새로운 수식이 스르르 늘어섰다. 가우스 기호를 이해하기 쉽도록 소라가 구체적으로 예를 들어 적은 것이다. 괄호 안의 수를 넘지 않는 최대의 정수. 즉, 가우스 기호로 둘러싸이면 어떤 수도 정수로 바뀐다는 것. 1.5는 1이 되고, 3.14는 3이 된다. 1.5를 넘지 않는 정수 중에서 최대는 1이고, 3.14를 넘지 않는 정수에서는 3이 최대이기 때문이다. 다시 말해 $[x]$는 반드시 정수가 된다는 말이다. 거기까지는 지난해에 소라에게 배웠던 터라 하루카도 이해할 수 있었다.

"그런데 왜 가우스 기호를 사용하는 거지?"

"소수를 제외시키려고."

하루카의 질문에 소라는 시원스럽게 대답했다. 캐치볼이라도 하듯 자연스럽고 막힘없이 답변이 돌아왔다.

"예를 들면, 1.5단위가 경과했을 때 보내온 과제의 양은? 1단위 때와 변함없이 a지? 과제는 한 달에 두 번밖에 오지 않으니까 말이야. 그리고 2단위가 된 순간 과제의 양은 $2a$가 되는 거지."

입과 손이 따로 떨어진 생물처럼 소라의 입과 손이 거침없이 움직였다. 제트코스터에 매달린 기분으로 하루카는 공책 위에 나타나는 수식을 응시했다.

$x=1.5$

$a[x]=a$

$x=2$

$a[x]=2a$

"여기에 원래 밀린 과제의 양 $6a$를 더하면, x단위 후에 밀리는 과제의 양이 돼. 이게 바로 그 식이야."

소라는 연필로 $y=a[x]+6a$를 가리켰다.

$a[x]$가 앞으로 받을 과제의 양이고, $6a$가 밀린 양이라는 말인가.

하루카는 이해했다는 표시로 고개를 끄덕여 보였다. 이어서 마키도 고개를 세로로 흔들었다. 여전히 헤실헤실 웃는 아스나는 그 표정만으로는 이해를 한 건지 못한 건지 역시 알 수가 없었다.

"그리고 말이야, 가우스 기호를 사용한 식의 그래프는 모양이 좀 재미있어. 하루카는 알 거야."

틀어진 안경을 연필로 바로 잡고 소라는 빙긋 웃었다. 그 애의 손이 추억이 절절한 그 그래프를 슥슥 그려 나갔다.

띄엄띄엄 떨어진 계단처럼 보이는 그것. 1년 전에 소라가 그려 줬던 그래프였다. 그리고 헤어질 때 하루카가 마음을 담아 보낸

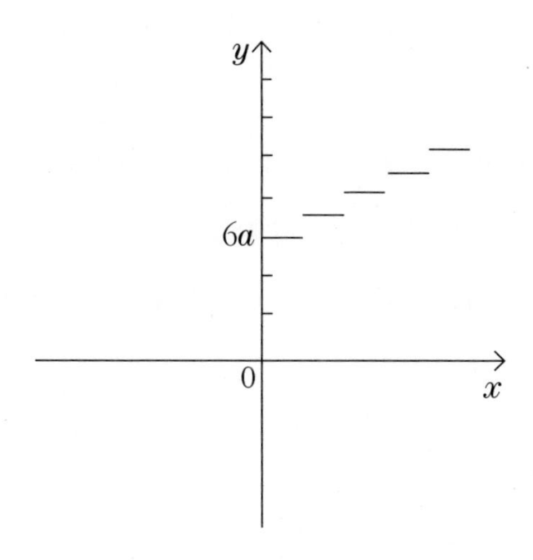

그래프이기도 했다. 한 번 헤어지더라도 다시금 함께 걸을 수 있기를, 그런 비밀스런 소망을 담은 소중한 그래프였다. 당연히 그런 내막까지는 알 리 없는 마키는 단지 감탄한 듯 눈을 휘둥그레 뜰 뿐이었다.

"우와! 이렇게 이상한 그래프가 다 있구나."

"아까도 말했지만 별안간 y가 증가하기 때문에 그래프가 뚝뚝 끊어져. 이걸 불연속함수라고 해. 어때 재미있지?"

어린애처럼 천진난만한 표정으로 설명하는 소라. 저렇게 말하는데 어떻게 재미없다고 부정할 수 있을까. 마키는 허둥거리며 "어, 응. 재밌어."라고 대답했다. 공감을 얻은 때문일까 소라의 얼굴이 만족스러워 보였다. 그리고 퍼뜩 생각난 듯 물었다.

"근데 마키 넌 혼자 계산했을 때 가우스 기호는 쓰지 않았어. 그렇지?"

"아, 응, 맞아. 아까도 말했지만 난 이런 식, 처음 봤거든."

마키는 공책에 나란히 늘어선 수식을 손가락으로 덧그렸다. 그랬다. 마키는 과제를 소화하기 위한 일정을 스스로 이미 한 번 계산했었다.

"그러니까, 사실은 꼭 이런 식으로 생각하지 않아도 풀 수는 있다는 거지."

소라는 태연자약한 얼굴로 그렇게 단도직입적으로 말했다. 순간적으로 어리둥절했지만 이어진 소라의 설명을 듣자 절로 고개가 끄덕여졌다.

"하지만 그래프를 그리려면 반드시 가우스 기호가 필요해. 다시 말하지만 이번 목적은 부모님을 설득하는 거야. 중요한 건 프레젠테이션이지. 단순히 답만 내서 되는 게 아니라고."

프레젠테이션.

그 단어에는 어쩐지 어른스러운 울림이 있었다.

다시 말해 이번 목적은 문제를 푸는 것이 아니라 푼 문제를 부모님에게 설명하는 것이다. 그렇다면 그래프가 있는 게 훨씬 수월하다. 문제 자체는 그래프를 사용하지 않고도 풀 수 있지만 설명하는 데에는 그래프가 없으면 안 된다.

"x단위 후에 밀린 과제 양은 알았지? 그럼 그다음 단계로 넘어가서 네가 과제를 처리하는 페이스를 식으로 나타내 볼게."

$$y=anx$$

소라의 말이 끝날 즈음 공책 아래쪽에 새로운 수식이 추가되어 있었다. 어디선지 본 듯도, 난생 처음 보는 듯도 한 수식. 소라는 연필 끝으로 수식을 톡톡 두드렸다.

"좀 특이한 형태지만 일차함수야. $y=ax$에서 a가 an으로 치환됐을 뿐이지. 그래프는 직선이고."

말을 마친 소라가 가우스 기호 그래프 옆에 덧그려 넣은 건, 수없이 보아 온 일차함수 그래프였다. 원점을 지나는 직선. 가장 심플한 그래프.

"근데 이 n은 뭐지?"

하루카는 떠오른 의문을 숨김없이 드러냈다. 질문할 때마다 한 걸음씩 시간이 뒷걸음질 치는 것만 같았다. 하지만 실제로 그런 일이 일어날 리 없다. 눈앞의 그래프와 마찬가지로 시간은 뒷걸음질 치는 일 없이 곧장 앞으로 나아간다.

"마키가 과제를 처리하는 페이스가 '평소의 n배'라는 말이야."

모두가 이해할 수 있게 소라는 천천히 말했다.

"보통 사람은 1단위에 과제 a를 처리하니까, x단위 계속한다면 처리할 수 있는 과제는 ax. 이 페이스에 n배를 하면 x단위에 처리할 수 있는 과제의 양 y는 $ax \times n=anx$가 되는 거지."

하루카는 머릿속으로 소라가 제시한 정보를 정리했다. 수학을 싫어하던 때에 비하면 그 정도 작업쯤은 아주 수월하게 할 수 있다. 단, 멍하니 있다가 혼자만 뒤처지는 건 지금도 여전하다. 과제를 처리하는 페이스가 평소와 같다, 다시 말해 평소의 페이스면 $y=ax$. 평소의 두 배면 $y=2ax$, 세 배면 $y=3ax$.

그래서 n배일 때는 $y=anx$가 되는 건가.

하루카가 거기까지 생각했을 때였다. 별안간 소라가 양쪽 집게손가락을 교차시켰다. 그 가느다란 손가락이 소리 없이 모아지는 것을 보자 공연히 가슴이 뛰었다.

"이제 두 개의 그래프를 합체시켜 보자."

소라는 왼쪽 집게손가락으로 오른쪽 집게손가락을 탁 쳤다.

"이 두 개의 그래프가 도중에 교차한다고 해 봐. 그럼 그 교차점이 나타내는 게 뭘까? 바로 '밀린 과제의 양'과 '처리한 과제의 양'이 딱 같아지는 지점이야."

밀린 과제의 양과 처리한 과제의 양.

속말로 중얼거리자 안개처럼 흐릿했던 윤곽이 하루카의 눈앞에 또렷이 떠올랐다.

"어어……, 과제를 전부 끝냈을 때라는 거야?"

"정답."

소라는 연필로 공중에 커다랗게 동그라미를 그렸다. 그러고는 마키를 돌아보았다.

"마키, 과제는 언제까지 끝내고 싶어?"

"글쎄, 입시 직전까지 가면 힘들 테니까 12월 말까지."

"12월 말이면 앞으로 5개월. 그럼 10단위인가(과제를 단위의 말일에 받으므로 마지막 10단위 째의 과제는 받지 않게 된다)."

소라는 주위에 겨우 들릴 정도로 작게 중얼거렸다. 그리고 잠시 연필심 끝을 빤히 보고는 갑자기 왼손에 자를 들었다. 자는 또 언제 꺼낸 걸까. 스으윽 스으윽 스으윽 미끄러지는 소리와 함께 공책 위에 몇 개의 선이 그어졌다. 여자아이 셋은 말없이 그 모습을 지켜보았다. 1분쯤 지나자 이질적인 두 개의 그래프가 교차된, 무척이나 기묘한 그림이 완성됐다. 계단과 급경사가 도중에서 겹쳐진 듯한 모양이었다.

하루카는 무심하게 그 그림을 바라보았다. 소라가 다시 입을 열었다.

"흐음. $n=1.5$, 그러니까 페이스는 평소의 1.5배야."

"뭐!"

하루카와 마키가 거의 동시에 소리쳤다. 흐름을 읽을 수가 없었다. 갑자기 n의 값이 어떻게 산출된 거지? 공책에는 계산한 흔적도 없는데. 소라가 어떤 단계를 생략하고 머릿속으로 계산을 마친 건가? 그렇다면 왜? 머릿속에서 몇 가지 의문이 소용돌이쳤다. 지난해까지의 하루카였다면 아마도 그 혼란의 파도에 삼켜진 채 수학의 바다에 빠져 익사했을 것이다. 하지만 하루카는 지

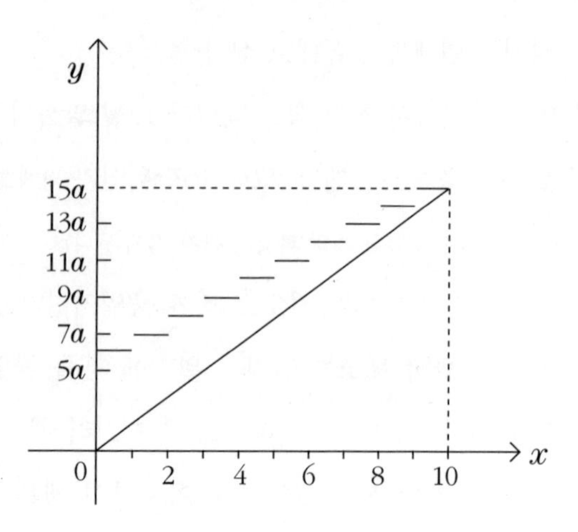

금 파도에 흔들리지 않고 냉정하게 상황을 분석하고 있다. 몇몇 의문은 냄비 속에 넣은 조미료처럼 녹아들었고 그것이 섞여 하나의 답에 이르렀다.

해답은 이미 눈앞에 있었다.

"아하! 그래프를 읽은 거구나."

"그래, 바로 그거야."

소라의 얼굴에 놀라움이 배어 있었다. 하루카는 슬며시 생긋 웃었다.

그렇게 놀랄 거 뭐 있어. 다 네가 가르쳐 준 건데. 나도 이제 수학 좀 하거든.

하루카는 다시 공책 위의 그래프에 눈길을 떨어뜨렸다. $y=a[x]+6a$와 $y=anx$. 두 종류의 그래프가 교차하는 점의 좌표가 적혀 있어서 이것을 보면 n도 산출할 수 있다.

한편, 마키는 아직 완전히 이해하지 못한 눈치였다. 소라가 연필로 그래프를 가리키면서 설명했다.

"봐, x가 10 증가하는 동안 y가 $15a$ 증가하지? 그 말은 x가 1 증가하는 동안 y는 $1.5a$ 증가한다는 말이야. 다시 말해 1단위 동안에 a의 1.5배를 처리하는 페이스라는 거지."

"으음. 아, 그렇구나. 그래서 어려운 계산을 할 필요가 없는 거구나."

마키는 소라의 공책에 그려진 그래프를 손가락으로 살짝 덧그렸다. 그래프란 모형과도 같다. 주의 깊게 관찰하면 까다로운 식을 생략할 수 있거나, 계산만으로는 보이지 않는 것을 발견할 수도 있다. 여전히 계산 실수가 잦은 하루카는 평소 그래프를 많이 활용한다.

한편, 아스나는 마키 옆에서 물끄러미 그래프를 보면서 여전히 말없이 팔랑팔랑 부채질만 할 뿐이었다. 말이 없다는 건 이해했다는 표시인가?

소라는 그런 아스나는 무시하고 설명을 이어 나갔다.

"그럼 1.5배는 어느 정도인지 보자. 가령, 지금까지 하루에 세 시간 공부했다고 하면 1.5배는 4.5시간. 그러니까 4시간 30분이야."

4.5시간/일

소라는 맨 밑줄에 그렇게 추가로 써 넣고는 눈을 치켜뜨고 마키를 보았다. 문자 그대로 살피듯이. 시선을 느낀 마키는 곧바로 이를 드러내고 히죽 웃었다. 오랜만에 보는 구김살 없는 웃음이었다.

"할 수 있어."

마키가 말했다. 주저 없는 말투였다.

"하루카는 더 열심히 공부했어. 나도 할 수 있어."

하루카는 갑작스레 자신의 이름이 튀어나오자 당황스러웠다. 마키가 설마 그런 말을 하리라곤 예상 못했다. 수학가게 점장 대리가 된 이후로 하루카는 피나는 노력을 했다. 특히 지난해 여름 방학의 기억이라곤 동아리 활동과 수학 공부가 전부였다. 덕분에 2였던 수학 성적을 마침내 4까지 끌어올릴 수 있었다. 당연하다고 생각했다. 오히려 소라의 뒤를 잇기에는 아직도 부족하게만 느껴졌다. 하지만 다른 이들의 눈에는 좀 다르게 보였던 모양이다.

"나도 지지 않을 거야."

마키가 하루카의 눈을 똑바로 바라보았다. 내내 언니처럼 동경해 왔던 마키에게 그런 말을 듣자 민망했지만 또 조금은 자랑스러웠다.

"그럼 이제 준비는 다 된 거네."

하루카와 마키가 이야기하는 모습을 지켜보고 나서 소라는 손에 들고 있던 연필을 뱅글 돌리며 말했다.

"마키, 이제부터는 너한테 달렸어. 부모님 마음이 편안할 때 이야기를 꺼낼 것. 그리고 n의 값도 꼭 1.5배를 고집할 필요는 없어. 이 그림을 보면서 부모님과 함께 이상적인 페이스를 찾으면 돼."

"고마워, 소라."

마키는 그렇게 말하고 스마트폰을 꺼내 공책의 그림을 찍었다. 찰깍. 셔터 소리가 상쾌했다.

"마키, 그리고 말이야."

"어? 왜?"

"네 탓이 아니야."

위로하는 소라. 하루카는 의자에서 펄쩍 뛰어오를 뻔했다. 동아리 멤버 모두가 애써 피해 온 그 말을 조심성 없이 꺼낸 것이다. 하루카는 그대로 몸이 굳어져 마키를 보았다. 그러나 걱정했던 일은 일어나지 않았다. 이상했다. 분명 상처를 건드렸을 텐데 마키가 아픔을 느끼는 것 같지 않았다. 단지 어리둥절한 모습이었다.

"나는 그 상황에서 달린 용기를 칭찬하고 싶어."

경기 끝난 직후 소라는 그렇게 말했다. 소라의 말은 꾸밈이 없기 때문에 더더욱 불필요하게 에두르지 않고 곧장 상대방의 마음에 가 닿는다.

하루카도 이제는 말할 수 있을 것 같았다. 아니, 지금밖에 기회가 없다고 생각했다.

"나도 그렇게 생각해. 누구 탓도 아니었어."

목에 걸린 것도 가슴을 답답하게 한 것도 단번에 사라졌다. 그날은 도저히 할 수 없던 말이다. 조금 늦었지만 소라 덕분에 분명하게 말할 수 있었다.

"둘 다, 고마워."

마키의 얼굴에 어깨에서 짐을 하나 내려놓은 듯한 안도감이 떠올랐다. 하루카는 알 수 있었다. 이제 마키는 괜찮다는 걸.

푹푹 찌는 교실 안에 사이다 같은 침묵이 사뿐히 내려앉았다. 공책 위의 수식이 소리 없이 노래하는 듯했다. 문제를 해결한 후의, 그 특유의 분위기. 하루카는 그 시간이 참 좋았다.

그런데.

짝짝짝.

그 공기를 외부에서 흩뜨려 놓듯 무례한 박수 소리가 침묵을 깨 버렸다.

"아하! 수학가게란 게 이런 거구나."

변함없이 얼굴에 엷은 웃음을 붙인 채 아스나는 느리게 박수를 쳤다. 여운을 빼앗긴 하루카가 입을 비죽였지만 아스나는 그런 하루카에게는 눈길조차 주지 않았다.

"수학의 힘으로 고민을 상담한다. 말로만 들었을 때는 반신반의했는데, 직접 보니까 믿음이 가는데."

"그거 참 고맙네."

소라와 아스나 사이에 끼어드는 모양새로 하루카는 일부러 빈정거리듯 그렇게 한마디 던졌다. 그런데도 아스나는 전혀 언짢은 기색이 없다. 속내를 읽을 수 없는 엷은 웃음만 날리고 있을 뿐이다.

정말 소름 끼치는 애다.

하루카는 갑자기 소름이 돋아 부르르 몸서리를 쳤다. 소라는 음료수를 한 모금 마시고는 "아, 그렇지." 하고 중얼거렸다.

"너는 수학으로 누군가를 돕는 거, 처음 봤지?"

"응. 다이치한테 들은 적은 있지만."

아스나가 책받침을 가방에 넣었다. 하루카는 잠자코 미간을 찡그렸다.

다이치?

이 둘의 공통의 친구인가?

"걔는 맨날 화를 냈지. 세상은 문제만 푼다고 변하는 게 아니라고."

"용서해 줘. 수학을 싫어해서 그랬던 거니까."

"정말 귀가 따가울 지경이었어."

소라와 아스나는 하루카와 마키는 개의치 않고 둘만의 대화를 이어 나갔다. 하루카는 불끈불끈 치밀어 오르는 화를 꾹 누른 채 지켜보는 수밖에 없었다. 마키도 아스나 옆에 앉아 조용히 분위기를 살피고 있었다.

아스나는 한동안 하루카가 모르는 이야기를 늘어놓더니 갑자기 소라에게 물었다.

"그래서? 이제 오이소에서 해결해야 할 문제는 다 끝낸 거야?"

"응, 이제 다 끝났어."

소라는 매우 소중한 것을 다루듯 공책을 덮었다. 탁, 소리가 뭔가를 자르는 소리로 들리고 갑자기 발밑에 커다란 구멍이라도 뚫린 것 같았다. 얼른 발밑을 살폈다. 당연한 일이지만 거기는 교실 바닥이었다.

"약속은 지킬게. 도쿄에 가자."

소라의 두 눈에 강한 의지가 깃들었다. 하루카는 깜짝 놀라 벽시계를 보았다. 어느새 정오가 다 돼 가고 있었다.

"아, 그만 가야겠다."

소라는 시계를 보고는 서둘러 연필은 가슴 주머니에, 공책과 자와 페트병은 가방에 넣었다. 가지 마, 하마터면 그렇게 말할 뻔했다. 이미 알고 있던 일이다. 소라가 시간을 낼 수 있는 건 오늘 오전뿐이란 걸.

그리고 내일은 도쿄로 떠나는 날.

타임업이었다.

바로 2, 3분 전까지 같은 문제를 가지고 씨름했는데, 이제는 하루카와 소라의 마음이 1초 지날 때마다 서서히 멀어지는 느낌마저 들었다.

"고마워."

유리창으로 가로막힌 듯 멀리서 소리가 났다. 하지만 소라는 바로 옆에 있었다. 하루카는 뭐라고 대꾸해야 할 줄 모르고 허둥댔다. 소라의 눈이 조금 가늘어졌다.

"하루카, 덕분에 오이소에 있는 동안 정말로 즐거웠어."

"응……."

아릿한 목을 움직여 간신히 그렇게 대답했다. 둘 사이로 정적이 퍼져 나갔다. 잠시 후, 하루카는 말없이 일어났다.

결국 소라는 아무 말도 해 주지 않았다.

아니, 그렇지 않다.

내가 아무 말도 할 수 없었던 거다.

소라가 교실을 나간다. 아스나가 뒤쫓아 간다. 하루카는 잠자코 둘의 뒷모습을 지켜보았다.

따라가면 되잖아. 어차피 정문까지 가는 길은 같으니까.

마음속에서 누군가가 중얼거린다.

왜?

다른 누군가 되묻는다.

그 물음에는 아무도 대답해 주지 않는다.

이튿날 일요일, 하루카는 온종일 축 늘어진 채 멍하니 시간을 흘려보냈다. 이제 소라는 오이소에 없다. 이미 흘러가 버린 시간을, 이미 올라가 버린 계단을 생각하며 베개에 얼굴을 묻었다. 그렇게 일요일이 지나고 어느새 월요일이 되었다.

물론 여름 방학이라 수업은 없다. 학원에도 다니지 않고, 동아리도 은퇴했으니 딱히 할 일도 없었다. 책상에 앉아 교과서를 펼쳐 봐도 정말로 일본어로 쓰였는지 의심스러울 정도로 내용이 눈에 들어오지 않았다. 하루카는 교과서를 덮어 버리고는 교복으로 갈아입고 학교로 향했다. 햇볕이 쨍쨍 내리쬐었지만 몸의 기능이 마비된 듯 크게 더워도 느끼지 못했다.

학교가 이토록 칙칙한 잿빛이었던가. 기억이 가물가물했다. 하루카는 반쯤 무의식 상태로 계단을 올라가 교실 쪽으로 향했다. 인기척이 없는 복도는 쥐 죽은 듯 조용했다. 폐교에 잘못 들어온 듯한 기이함을 느끼며 둥둥 떠가듯 걸었다.

하루카는 3학년 3반 교실 앞에서 걸음을 딱 멈췄다. 남학생 하나가 교실 창가에 기대어 있었다. 큰 키에 까까머리, 그 낯익은 뒷모습을 보며 조용히 교실 안으로 들어갔다.

발소리를 들었는지 남자애가 돌아보았다. 예상대로 가케루였다. 반소매 와이셔츠에 교복 바지 차림, 발밑에는 평소 들고 다니던 것보다 훨씬 작은 가방이 놓여 있다.

"어어, 너냐."

"여기서 뭐 해?"

"그냥 운동장 좀 보고 있다."

통명스럽게 대답하고 가케루는 다시 창밖으로 눈을 돌렸다. 하루카도 곁으로 다가가 그의 시선을 따라 좇았다. 운동장에서는 축구부원들이 연습하고 있었다.

지금, 가케루가 왜 여기 있지? 오늘은 야구 경기가 있는 날인데.

"너 경기는?"

"없어. 어제 졌거든."

"그래."

하루카는 냉담하게 대꾸했다. 약간 의외였지만 크게 놀랄 일도 아니었다. 야구부라고 영원히 이길 수만은 없다. 언젠가 반드시 끝이 오는 법. 단지 그게 어제였을 뿐이다.

"수고했어."

"어."

가케루의 반응도 쿨했다. 가케루는 평소와 다름없었다. 패배로 인한 충격, 그런 건 느껴지지 않았다. 동급생 여자애한테 위로를 받았으니 쑥스러워하거나 좋아하는 내색이라도 하면 좀 좋아. 아, 진짜 귀염성이라곤 눈곱만큼도 없는 녀석.

가케루는 차가운 표정 그대로 흑백의 공을 쫓아다니는 아이들을 바라보며 한마디 흘렸다.

"우리가 저렇게 좁은 곳을 뛰어다녔구나."

감상에 젖어 있는 가케루라니, 뜻밖이었다. 누군가 숏을 날렸지만 공은 골대를 맞고 튕겨 나왔다.

"우리 학교 운동장이 좁다는 건 전부터 알고 있었잖아?"

"그래, 그래서 우리는 매일 싸웠던 거고."

그때를 떠올리듯 가케루는 눈을 가늘게 떴다. 그리고 갑자기 무슨 생각을 했는지 주위를 빙 둘러보았다. 교실에는 둘 이외에는 아무도 없다. 개미 새끼 한 마리도 없다. 책상과 의자 40여 개가 말없이 놓여 있을 뿐이다.

"중학교 생활도 다 끝났네."

"아직도 반년 남았어."

"끝난 거나 마찬가지야. 나한테는 야구가 곧 중학교 생활이었으니까."

몹시 극단적인 주장이었지만 무턱대고 내던지는 말 같지는 않았다. 실제로 10월의 시기타쓰제가 남아 있고, 그 후로도 학교생활은 졸업식 때까지 계속된다. 하지만 그런 일들이 무의미하게 여겨질 정도로 가케루에게 야구란 중요했을 것이다.

"하지만 너는 고등학교에 가도 야구 계속할 거잖아?"

"그렇지. 넌 소프트볼 안 할 거냐?"

"몰라."

"흐응."

최소한의 대답. 다른 때 같으면 발끈했을 테지만 오늘은 이 무뚝뚝함이 오히려 고마웠다. 하루카는 가케루 옆에 선 채 계속 패스로 이어지는 공을 잠자코 눈으로 좇았다. 운동장은 정말 작아 보였다.

"중학교 생활에서 남은 게 하나도 없어."

가케루는 누구에게랄 것도 없이 그렇게 중얼거렸다. 하루카는 아무런 대꾸도 하지 않았지만, 가케루 역시 딱히 맞장구쳐 주길 기대하는 것 같지는 않았다. 그냥 입에서 나오는 대로 뱉어 내는 듯했다.

"난 주장으로서 야구부를 이끌어 왔어. 그래서 얻은 건 지구 대회 상장 세 개가 전부지. 그것도 내 이름이 박힌 것도 아니고. 아마 지금쯤 동아리 방 한구석에 처박혀 있겠지. 아 진짜, 눈에 보이는 형태로 남은 건 아무것도 없네."

"그럴지도 모르지."

하루카는 안타깝지만 맞는 말이라고 생각했다.

운동으로 고등학교에 갈 거라면 모를까, 동아리 활동을 한다 해서 중학교 생활에 직접적으로 도움이 되는 것은 아니다. 지구 대회에서 우승을 하든 1회전에서 패배하든 학교에서의 일상은 변함없이 계속된다. 하루카네 소프트볼부도 그렇다. 그날 야에자키중학교와의 경기에서 이겼더라도 수험에는 아무런 영향도 없을 거고, 인생도 변하지 않을 것이다. 하루카는 아빠와 엄마의 중학교 시절 동아리에 대해 거의 아는 게 없다. 가족 간에도 그러한데, 아마 어른이 되면 중학교 시절 경기의 승패 따위는 화제에 오르지도 않겠지.

"그치만 나는 눈에 보이지 않는 게 더 소중하다고 생각해."

하루카는 맑고 푸른 하늘을 올려다보면서 그렇게 말했다. 가케루도 같은 곳을 보았다. 야구에 대한 가케루의 마음이 어떤 것인지 하루카는 알지 못한다. 마찬가지로 하루카의 마음도 남들은 모를 것이다. 마음에 품은 아쉬움이며 친구들과의 관계, 수학 가게와 소라에 대해서도.

가케루는 잠시 생각에 잠긴 듯하더니 피식 웃으며 말했다.

"그럴지도 모르지."

그리고 하루카에게 눈을 돌려 그제야 쌀 한 톨만큼의 관심이 생겼는지 물었다.

"근데 넌 여기 왜 온 거냐?"

"그냥 좀. 아무것도 하고 싶지 않아서 나와 봤어."

"흐응, 무슨 일 있었어?"

"아니, 별일 아냐."

귀찮아서 대충 얼버무리자고 생각했다. 그러나 동시에 교실을 나가던 소라의 뒷모습이 뇌리를 스쳤다. 심장을 끈으로 묶고 꽉 꽉 조이는 듯 가슴이 아파 왔다. 하루카는 견딜 수가 없어서 지그시 가슴을 눌렀다.

"아냐, 말하는 게 좋겠다. 좀 들어 줘."

"에잇, 할 수 없지."

가케루는 귀찮은 듯이 창가에 기대고 선 채 턱을 괴었다. 이 녀석한테 매너 없다고 불평하는 건, 매미에게 시끄러우니까 조용히 하라고 말하는 거나 마찬가지로 무의미하다. 하루카는 가케루의 매너 따위 개의치 않고 가까이에 있는 의자에 앉아 가슴에 맺힌 것을 띄엄띄엄 꺼내 놓았다.

도쿄에서 왔다는 아스나에 대해서. 아무래도 그 애는 하루카가 모르는 소라에 대해 아는 듯하다는 것. 약속에 대해서. 수수께끼인 채로 가 버린 소라에 대해서. 머릿속에 떠오르는 대로 이야기해 나갔다. 이야기의 흐름도 뒤죽박죽이어서 듣기 힘들었을 터이다. 그럼에도 가케루는 하루카의 말이 끝날 때까지 끼어들지 않고 조용히 귀 기울여 주었다.

"소라가 너한테 거짓말을 했다고……."

얼추 이야기를 듣고 나서 가케루는 까까머리를 벅벅 긁었다.

"참 이해가 안 되네. 그 녀석만큼 과하게 솔직한 인간도 드물다, 너?"

"나도 그런 줄 알았지."

반사적으로 고개를 끄덕이고는 다시 고개를 저었다.

"그러니까 더 충격이지."

하루카의 입에서 힘없이 목소리가 새어 나왔다. 가케루에게는 약한 모습을 보이고 싶지 않았지만 허세 부릴 기력도 없었다. 확고하다고 믿었던 발밑이 지금은 사정없이 흔들리고 있으니까.

"그럼 넌, 정말로 소라가 거짓말했다고 생각해?"

"응. 본인이 그렇다니까."

"그럼 거짓말했다 치고. 어떤 거짓말을 했을 거 같아?"

"잘 모르겠어. 적어도 수학에 관련된 거짓말은 아닐 것 같아."

"정말로 그렇게 생각해?"

살피는 듯한 말투였다. 창밖에서 바람이 들어왔지만 가케루의 머리칼은 바람에 흔들릴 정도로 길지 않다.

"정말로 그렇게 생각하냐니, 무슨 뜻이야?"

"소라는 수학에 대해선 강한 신념을 가지고 있어. 그렇지?"

머릿속에서 자신의 생각을 이끌어 내듯 가케루의 말투는 신중했다.

"그러니까, 더더욱 한번 입에 담은 건 쉽게 굽히지 못하겠지."

"그럴까?"

"어. 그 녀석이 거짓말을 했다면 자신을 속박하는 거짓말이지 않을까?"

자신을 속박하는 거짓말. 생각해 본 적도 없다. 가케루는 가끔 어려운 말을 할 때가 있다. 잘난 형과 끊임없이 비교당해 온 탓에 마음 한 부분만 앞서 어른이 돼 버린 듯한, 그런 일면을 더러더러 드러낸다. 이때도 그랬다.

"왜 그렇게 생각해?"

"남자란 그런 거니까."

"아, 그래."

하루카는 관심 없는 양 적당히 맞장구쳤지만 속으로는 가케루의 말이 맞는 것 같다고 생각했다. '남자니까'라든가 '여자니까'라는 식의 표현은 싫어하지만, 때로는 그런 식의 잣대를 들이대지 않으면 이해할 수 없는 것도 있다. 둘은 한동안 말이 없었다. 하루카는 바람에 머리칼을 나부끼며 멍하니 의자에 앉아 있었고, 가케루는 그대로 운동장을 바라보았다. 서로의 존재마저 잊은 듯한 완벽한 침묵이 흘렀다.

그리고 얇은 막으로 씌워진 정적을 살그머니 걷어 내듯 하루카가 나직이 중얼거렸다.

"있지."

"응?"

"가케루 넌 좋아하는 사람 없어?"

"없어."

"그럼 있었던 적은?"

"그런 걸 물어 뭐 하게?"

창밖으로 시선을 돌린 채 가케루는 도리어 그렇게 되물었다. 뭘 어쩌겠다는 생각은 없었다. 하루카에게서 대답이 없자 가케루는 천천히 어깨 너머로 돌아보았다. 목덜미의 땀이 햇빛을 받아 빛났다. 진주처럼 아름답게.

"아까 말했잖아. 뭐 하나 남은 게 없다고."

눈을 가늘게 뜨고 가케루는 작게 웃었다. 그 표정을 보자 이유는 알 수 없었지만 가슴이 죄어들었다. 기쁘거나 즐거워서 웃는, 그런 단순한 웃음이 아니었다. 그 웃음 하나로 하루카는 모든 것을 알 수 있었다. 아니, 알아 버렸다.

"그랬구나."

사실은 좀 더 일찍 눈치챘어야 했다. 아니면 영원히 모른 채 있어야 했다.

"미안."

"웬 사과냐. 꼭 내가 차인 것 같잖아."

"아, 그런가."

하루카는 그렇게밖에 대꾸할 수 없었다. 그동안 보아 온 숱한 가케루의 모습이 휙휙 뇌리를 스쳐 갔다. 숲으로 들어간 공을 함께 찾아 준 가케루. 아치 설계를 도와준 가케루. 스윙 방법을 가르쳐 준 가케루.

언제나 무뚝뚝했다. 하지만 언제나 하루카 편이었다.

"왜 우냐?"

"안 울어."

"우네, 뭐."

"아냐, 안 운다고."

하루카는 북받쳐 오르는 울음을 참으며 거칠게 두 눈을 북북 닦았다. 가케루의 시선은 여느 때와 달리 부드러웠다. 그래서 한

층 더 마음이 괴로웠다. 운동장에서 이따금 축구부원이 내지르는 소리가 들려왔다. 속 편한 매미가 망가진 라디오 소리처럼 울어 댔다.

아니다, 아니다.

아무것도 모른 채 맘 편히 지냈던 것은 내 쪽이다. 연신 눈을 북북 문지르자 눈물과 땀이 뒤섞인 눈가가 쓰라렸다.

아스나에 대한 질투심. 그건 아주 사소한 것으로 여겨졌다.

질투심에 사로잡혀 있을 때가 아니었다. 그건 사치스런 고민이었다. 가케루의 괴로움에 비하면 아주 작은 것이었다.

"쫓아가."

"뭐?"

"소라를 쫓아가라고. 그날처럼."

가케루가 웃었다. 한쪽 입술이 올라가고 하얀 이가 드러났다. 여느 때와 같은 다부진 얼굴이었다. 이 애는 강하다. 나보다 훨씬, 훨씬 더.

"응."

그렇다면 나도 웅크리고 있을 수만은 없다. 무너져 내리던 마음이 빛에 둘러싸여 본래의 형태로 되돌아갔다. 다시 눈물을 훔치고 나서 슬그머니 손바닥에 눈길을 떨어뜨렸다. 모래로 세워진 중학교 생활이 시간이라는 파도에 떠밀려 금방이라도 사라지려 했다. 가케루의 말대로 나중에는 아무것도 남지 않을 것이다.

이대로 있으면 아무것도 남지 않는다.

환상이었다고 해 둘 수는 없다.

아무것도 남지 않는다 해서 없었던 것으로 할 수는 없다.

"찾아볼게."

"찾아?"

"소라가 어떤 거짓말을 했는지 찾아볼게."

"그래. 그런데, 단서는 있고?"

"그건."

하루카는 머뭇거리다 고개를 떨구었다. 여기서 걸음을 멈출 수는 없다. 후회하고 싶지 않다. 잠시 생각하고는 앞으로 나아가기로 결심했다.

소라를 위해서도. 나 자신을 위해서도. 그리고 가케루를 위해서도.

이대로 멈출 수 없다.

"있어."

하루카의 목소리는 작지만 힘이 있었다.

"단서는 내 머릿속에 있어."

가케루는 혼잣말처럼 "그래."라고 되풀이하고는 다시 운동장으로 시선을 옮겼다. 이미 평소의 차가운 무표정으로 돌아와 있었다. 하루카는 두 다리에 힘을 꾹 주고 벌떡 일어났다.

상대가 수학이란 걸 안 이상.

등을 보이고 도망치거나 겁먹고 멈춰 서지는 않을 것이다.

"수학은 절대 우리를 배신하지 않아."

언제였던가. 소라가 들려줬던 말이 머릿속에 떠올랐다가 사라졌다.

문 앞으로 걸어가던 하루카가 살짝 돌아보았다. 가케루는 여전히 창가에 기댄 채 밖을 내다보았다. 왠지 그 등이 조금 작아 보였다.

바람이 얼굴을 스치자 눈가가 따끔거렸다.

"가케루."

지금에야 깨달았어. 얘도 나의 절친한 친구라는 걸.

지금까지도 그랬고, 앞으로도 그럴 것이다. 언제까지나.

"고마워."

가케루는 돌아보지 않고 대답 대신 오른손을 흔들었다. 여느 때의 무뚝뚝한 반응이었다.

언제부터였을까. 이렇게 긴 시간 동안 도서관에 틀어박혀 지낸 게.

무수한 책 사이를 걸으며 하루카는 생각했다.

책이란 수백 년, 수천 년의 역사가 축적되어 만들어지는 것이다. 인간의 번영과 쇠퇴를 지켜보며 여전히 꿋꿋한 자태로 우뚝 서 있는 고목처럼, 책은 인간 세상의 과거를 모조리 흡수하여 활자라는 형태로 비축해 놓은 것이다.

하루카는 수학 서가에서 두 손에 들 수 있는 만큼 책을 뽑아 들었다. 그리고 서가 가까운 곳에 자리 잡고 그 책을 모조리 읽었다. 중학교 도서실과는 달리 죄다 어른 대상 도서뿐이었다. 하루카에게는 매우 어려웠지만, 가까스로 거기 나온 식과 정리 중 소라에게서 배운 것과 배우지 않은 것만은 알 수 있었다.

그것은 홀로 하염없이 수학의 숲을 걷는 것이었다. 길은 험했고, 적절한 도구도 지식도 없는 하루카에게는 세 발짝 앞으로 나아가는 것도 힘에 부쳤다. 드디어 걷기 쉬운 길을 발견했나 싶으면 갑자기 길옆에서 짐승이 뛰어나오는 바람에 놀라 엉덩방아를 찧기도 한다. 그리고 쭈뼛쭈뼛 일어나 위험하지 않음을 확인한 후에 다시 걸음을 내딛는다.

이 숲에서 찾는 열매는 단 하나, 소라가 내뱉은 거짓말의 단서. 가케루와 이야기를 나눈 그날부터 당장 찾아 나섰다. 하루카는 도서관 한쪽 구석에 틀어박혀 오로지 수학 관련 책을 읽는 데 몰두했다.

소수. 무한. 우주.

리만 가설. 푸앵카레 추측. 오일러의 정리.

소라가 들려준 지식이 마치 길잡이가 된 듯, 수학의 숲 여기저기서 빛을 비춰 주었다. 그중 하나는 가짜일 터다. 빛을 내뿜는 마법의 열매처럼 보이나 실은 그저 낡아빠진 전구에 불과할 것이다. 하루카는 주의 깊게 응시하며 소라의 거짓말을 가려내려고 안간힘을 썼다. 그러나 몇 권을 읽어 봤지만 소라의 설명과 모순되는 내용은 어디에도 없었다.

"방법이 잘못된 건가."

시멘트 블록처럼 두툼한 책을 덮으면서 하루카는 작게 중얼거렸다.

"아니면 내 머리가 너무 나쁜 탓?"

솔직히 원인은 둘 중 하나일 듯했다. 중학교 도서실과 달리 시립 도서관은 규모가 큰 데다 비치된 책도 대부분 매우 두툼하다. 게다가 내용은 죄다 어려운 수학 용어로 쓰여 있어서, 지도 없이 보물찾기에 나선 거나 다름없었다. 하루카는 다시금 깊이도 알 수 없는 어두운 숲 속으로 들어갔다.

도서관 폐관 시간을 알리는 음악이 흘러나오자 하루카는 얼굴을 번쩍 들었다. 창밖의 하늘은 이미 남빛으로 변해 있었다. 도서실을 나오자 머리가 띵했다. 미지근한 바람이 기분 나쁘게 볼을 쓰다듬고 지나갔다. 띄엄띄엄 서 있는 가로등을 따라 집으로 돌아오는 발길을 서둘렀다.

"다녀왔습니다."

"어서 와. 늦었네?"

"네. 도서관에서 공부했어요."

"그랬구나. 수험생이니까 공부해야지."

엄마 얼굴에 웃음이 올랐다.

"조금만 기다려. 저녁 맛있는 거 해 줄게."

"네."

하루카는 미안한 마음이 들었다. 지금 하는 공부는 수험에 전혀 도움이 되지 않는다. 맛있는 밥을 먹고 그 영양분으로 뇌를 쓰는 건 순전히 자신의 개인적인 고집을 위해서다.

하지만 죄책감 때문에 굴복할 수는 없다.

하루카는 꼭 찾아야 했다.

소라의 한 가지 거짓말을.

저녁밥 먹기 전에 잠시, 하루카는 자신의 방에서 휴식을 취했다. 문득 가케루 생각이 났다. 라인이라도 보낼까 하고 스마트폰을 만지작거리다 결국은 할 말을 찾지 못하고 도로 내려놓았다.

다음 날도 하루카는 아침부터 도서관에 틀어박혀 있었다. 모르는 이들 눈에는 뭔가에 홀린 듯이 보였을지도 모른다. 그 정도로 한눈팔지 않고 닥치는 대로 수학 관련 도서를 탐독했다. 중학교 수준인 하루카의 지식으로는 읽기 힘든 책도 많았다. 하지만 그래도 좋았다. 자신에게 낯선 수학이라면 소라에게 배운 적 없는 수학이라는 것. 곧 소라의 거짓말과는 관계없는 책일 테니까.

문제는 들은 거 같기도 하고 아닌 거 같기도 한, 알쏭달쏭한 내용들이었다. 한 번쯤 본 적이 있는 길인 듯도, 처음 지나는 듯

한 기분도 든다. 그런 길에 잘못 들어섰다간 두 번 다시 제자리로 돌아오지 못할 수도 있다. 참을성 있게, 착실하게 복잡하고 기괴한 미로 같은 길을 한 발 한 발 나아가야 한다. 한 권을 다 읽고 나면 등에 바위라도 짊어진 것처럼 피로가 엄습해 왔다. 가도 가도 목적지가 보이지 않았다.

이틀째에도 단서는 찾지 못했다.

그리고 사흘째.

하루카는 여전히 양옆에 수학 책을 탑처럼 쌓아 놓고 씨름했다.

"어, 하루카?"

주위에 들리지 않을 정도로 작은 목소리였지만, 하루카는 워낙 책에 몰두하고 있던 터라 귀에 대고 풍선이라도 터뜨린 것처럼 소스라치게 놀랐다. 하마터면 의자에서 펄쩍 뛰어오를 뻔했으나 반사적으로 얼굴만 들었다. 까만 긴 머리칼에 호리호리한 몸매. 싸늘함마저 느껴지는 눈동자로 내려다보고 서 있는 건 사토미였다. 그리고 그 한 발짝쯤 뒤에서 두 개의 가방을 들고 서 있는 건 슈이치였다.

하루카는 이 둘을 아주 오랜만에 만난 기분이었다. 하지만 사토미와는 수학가게가 임시 영업한 날 교실에서 만났고, 슈이치와는 함께 옥수수 수확을 했다. 고작 일주일 전인데 수십 년이 흐른 듯 아득하게 느껴졌다. 그만큼 하루카는 요 며칠 동안 생각이 많았다. 과도한 학습 몰입은 시간을 쭉쭉 늘리는 작용이 있는 모양이다.

"어? 너희 둘, 여기서 뭐 해?"

"당연히 공부하지, 수험생인데."

즉각 슈이치의 대답이 돌아왔다. 무슨 그런 당연한 걸 묻고 그래, 라는 듯 입술까지 삐죽 내밀었다. 하루카는 작게 한숨을 내쉬었다. 사토미와 슈이치는 어릴 때부터 이웃에 살면서 친하게 지내 온 소꿉친구다. 사토미가 학교에 나가지 않게 된 것도 슈이치를 포함한 묘한 삼각관계 비슷한 것이 원인 중 하나였다. 서로 호의를 갖는 것 같기에 철썩 같이 사귀는 줄 알았는데. 슈이치가 겁쟁이인지, 아니면 사토미가 애를 태우는지, 둘은 여전히 친한 소꿉친구로 지내는 모양이었다. 둘 다 그런 관계에 딱히 불만은 없어 보여서 하루카도 그저 지켜볼 뿐이었다. 결국엔 어떻게든 되겠지만.

"야야, 사토미. 너도 하루카를 좀 본받아라. 봐, 저렇게 책을 많이 읽잖아."

도서관 실내인 까닭에 슈이치의 목소리는 속삭이는 듯했다. 그러자 사토미가 하루카의 양옆에 쌓인 책을 흘끗 보고는 "아, 네에." 하고 건성으로 대꾸했다.

"그래도 넌 1학기 성적은 나보다 못했잖아. 하루카를 본받아야 할 사람은 내가 아닌 거 같은데?"

"윽, 그야 그렇지만. 체육하고 미술에 발목 잡혀서 그런 거지.

입시 치루는 다섯 과목은 최상의 성적이었어. 수험 공부는 아무 문제없이 잘되고 있다고."

"그래? 그치만 입시에는 내신 성적도 들어가니까 2학기는 실기 과목에도 신경 좀 쓰는 게 어때?"

사토미가 놀리 듯이 쏘아붙이자 슈이치는 금세 풀이 푹 죽었다. 히가시오이소중학교에서 슈이치를 말로 구워삶을 수 있는 사람은 아마도 사토미 한 명뿐일 것이다.

"얼른 가서 자리 맡아 놔."

"아, 그렇지. 그럼 저쪽에 가 있을게."

그렇게 작은 소리로 대답하고 슈이치는 사토미의 가방까지 두 개를 들고 책장 사이로 사라졌다. 고지식하고 말 많은 슈이치도 사토미 앞에서는 어른스러웠다.

아니, 머슴 같았다. 갑자기 슈이치가 딱해 보였다. 사토미가 사라지는 슈이치의 등을 잠자코 지켜보았다. 가슴 주머니 밖으로 나온 핸드폰 줄은 거대한 닭꼬치 구이였다. 역시 이해 불가한 센스다.

"지난번에는 고마웠어."

"아, 응. 아버지 괜찮으셔?"

"그냥저냥. 덕분에 밤에는 잠을 잘 잘나 봐. 우리 아빠 진짜 소심하거든."

"그래, 잘됐다."

하루카는 가슴을 쓸어내렸다. 적어도 재검사 전에 쓰러질 걱정은 없어진 것이다. 사토미가 검은 머리칼을 쓸어 올렸다. 그 머릿결이 부러울 정도로 윤기가 좔좔 흘렀다.

"나도 나름 알아봤어. 소라 말대로 그 검사에서는 건강한 사람도 꽤 많이 재검에 걸리나 봐."

"반대 경우보다 차라리 나은 거지. 병이 난 걸 놓치면 더 큰일이잖아."

하루카는 살짝 미소 지었다. '베이즈의 정리'였던가. 소라가 틀린 적은 없지만, 계산한 대로 이렇게 일이 잘 풀리면 역시 흐뭇해. 거기까지 생각한 하루카는 콕콕 쑤시듯 가슴이 아팠다. 기억 속에서 타다 남은 불씨가 조그만 자극으로 되살아나더니 뱀의 형상을 하고 몸부림쳤다.

소라가 실수할 리는 없다. 하지만 소라는 거짓말을 했다. 상상과는 다른 현실이 하루카를 초조하게 했다. 더구나 사토미의 말에 하루카는 가슴을 망치로 얻어맞은 듯했다.

"참, 그 소식 들었니? 아오이랑 고스케 선배 얘기."

"어, 무슨 얘기?"

"그 둘, 헤어질지도 모른대."

"뭐!"

순간, 하루카는 도서관이란 사실도 잊고 벌떡 일어났다. 사토미가 입에 손가락을 대는 걸 보고는 얼굴을 붉히며 얼른 자리에 앉았다. 충격은 쉬 사라지지 않고 하루카를 뼛속까지 뒤흔들어 놓았다.

"대체 왜? 그렇게 사이좋아 보였는데."

"설마 우리 앞에서 싸우기야 했겠니? 암튼 고등학생이랑 중학생은 생활 리듬이 잘 맞지 않나 보더라."

사토미가 속삭이듯 설명했다. 아오이 본인에게도 들은 적이 있다. 얼굴 볼 기회가 많이 줄었다고. 요전에 교실에서 봤을 때는 헤어질 것 같은 낌새는 전혀 보이지 않았는데.

하루카는 지끈거리는 이마에 손을 짚었다.

"사토미, 넌 알고 있었어?"

"전혀. 나도 깜짝 놀랐어."

"그렇지?"

자신의 목소리가 몹시 쌀쌀맞게 들렸다. 머리가 터질 것 같았다. 올라오는 구토증을 가라앉히려고 고개를 흔들었다. 책상이 좌우로 흔들흔들했다.

하루카는 한숨 섞어 목소리를 흘렸다.

"왜지? 커플이 헤어지는 거야 뭐, 흔한 일이겠지만."

"응."

"막상 내 친구가 그런 상황이라니까, 슬프다."

"그러게."

"특히 그 둘은 영원히 사랑할 줄 알았는데."

하루카는 자신의 일처럼 가슴이 찢어지는 듯 아팠다. 아니, 실제로 자신과 관계없는 건 아니다. 강 건너 불이 아닌 거다. 바로 옆집이 불타고 있는 거다. 연애는 불안정하다. 하루카는 새삼 그 사실을 절감했다.

"근데 하루카, 넌 뭐 해? 무슨 연구라도 하는 거야?"

"어? 아, 응, 그냥 좀."

하루카는 얼른 표정을 바꾸고 적당히 얼버무렸다. 하지만 사토미는 재빨리 하루카의 얼굴을 살피고는 놀란 목소리로 말했다.

"눈 밑에 다크서클 좀 봐. 하루카, 너무 무리하는 거 아냐?"

예리하다.

하루카는 움찔했다.

아니면 한눈에 알아볼 만큼 자신의 얼굴이 꺼칠해진 걸까. 하루카는 창피해서 황급히 화제를 돌렸다.

"아 참, 슈이치도 무리하는 것 같던데. 바쁘단 얘기 들었거든."

하루카는 슈이치가 사라진 쪽을 보았다. 실제로 소문으로 들은 슈이치는 눈코 뜰 새 없이 바쁜 모양이었다. 시기타쓰제 준비위원장에, 게다가 취주악부 지휘자로서 마지막 연주회 연습도 하고 있다. 물론 수험생이기도 하고.

사토미는 훗 하고 작게 웃을 뿐이었다.

"슈이치? 걔는 괜찮아. 지가 좋아서 하는 거니까."

싸늘한 무시가 아닌, 신뢰감 없이는 할 수 없는 말이었다.

"근데 넌 안 그래 보이거든."

하루카는 숨이 턱 멎었다. 마음속 깊은 곳을 노크당하는 기분이었다.

나는 좋아서 하는 것처럼 보이지 않나?

그럼, 나는 뭘 위해서 이러고 있는 거지?

마음속에서 자신에게 물었으나 답은 어디에서도 들려오지 않았다. 하루카는 잠자코 고개를 떨구었다. 사토미의 작은 한숨 소리가 들렸다.

"아니, 비난하는 건 아니고. 그냥, 그때랑 비교하면 지금은 무서운 얼굴을 하고 수학과 씨름하는 거 같아서."

"그때?"

"응. 달과의 거리를 측정할 때."

얼굴을 들었다. 지난해 10월 시기타쓰제. 수백 명의 관중이 지켜보는 가운데 무대를 점령하고 지구와 달의 거리를 측정했다. 분명 하루카의 인생에서 수학의 즐거움을 가장 크게 느낀 시간이었다.

근데 그때와 비교하는 건, 좀 극단적인 거 같은데…….

"난 무슨 일이든 애매한 채 내버려 두는 게 싫어. 좋아하는지 싫어하는지도 모르고 가다가 도중에서 넘어질지도 모르잖아. 하루카, 넌 어때?"

"나? 나는……."

하루카는 답을 할 수가 없었다. 물론 수학은 좋아한다. 그런데 지금 내가 수학과 씨름하고 있는 건가. 아니면 단지 자기만족을 위해 열심히 헛발질을 하고 있을 뿐인가. 숲속에서 갈 곳을 잃은 기분이었다. 사토미는 가슴 주머니에 늘어뜨린 닭꼬치 구이 핸드폰 줄을 한 손으로 만지작거렸다.

"내 눈에는 네가 뒷걸음질 치는 것처럼 보여. 앞으로 나가고 싶지 않은데, 발만 억지로 움직이는 느낌이랄까."

하루카에게만 들리도록 사토미는 속삭이듯 말했다. 그럼에도 조용한 도서관 안에서는 하루카의 고막을, 가슴을 흔들어 놓기에 넘칠 만큼 충분히 큰 소리였다.

"몰라."

그 목소리가 사토미에게까지 들렸을까. 누구에게 한 말인지 그마저 애매했다. 귀가 따끔거릴 정도의 침묵에 공기마저 흐름을 멈추었다.

그렇게 한 1분쯤 있었을까. 문득 머리 위로 쌀쌀맞은 목소리가 내려왔다.

"그럼, 난 간다."

사토미는 몸을 빙글 돌렸다. 하루카로선 그 차가움이 고마울 따름이었다. 미주알고주알 캐물어 왔다면 머리가 둘로 빠개졌을 것이다. 아마도 사토미가 하루카를 위해 마음을 써 준 것이리라. 하루카는 슈이치가 사라진 곳을 향해 걸어가는 사토미의 뒷모습을 멍하니 바라보았다.

예전에 자신이 도움을 줬던 여자애. 지금은 오히려 그 애의 걱정거리가 되어 있다. 한심함을 느낄 기력조차 없었다.

좋아서 하는 것처럼 보이지 않는다.

머릿속으로 그 말을 곱씹었다.

모르겠다. 분명 지금 이 상황을 즐기는 건 아니지만, 그동안에도 힘들었던 적은 많았다. 가령, '연애 부등식'을 만들 때도.

$$X < PY_1 + (1-P)Y_2$$

1년 전 그 부등식에 다다르기까지 하루카와 소라는 무진 애를 썼다. 그리고 식이 완성되자마자 곧바로 이별. 단순히 '즐거웠다'는 말로는 표현할 수 없는 일이 연이어 일어났다.

하지만 해냈다.

칭찬받는 길은 아니었는지도 모르지만. 결코 똑똑한 방법은 아니었는지도 모르지만. 하루카와 소라의 수학가게는 가장 멀찍이 떨어져 있음직한 연애와 수학, 두 가지를 연결해 냈다.

연애와 수학.

연애와, 수학?

앗, 조금 전에 본 듯한…….

짚이는 게 있었다. 하루카는 옆에 쌓아 놓은 책 더미에서 두세 권을 뽑아 휘리릭 목차를 훑어봤다. 마침내 그 비슷한 항목을 발견하고는 팔랑팔랑 책장을 넘겼다. 그 책《세계사 속의 수학》에는 18세기에 쓰인 〈숙녀를 위한 뉴턴 철학〉의 한 구절이 인용되어 있었다.

나는 이렇게 생각해요. 시간·공간의 거리의 역 제곱에 비례한다는 것을 애정에도 적용할 수 있지 않을까 싶거든요. 그러므로 8일 동안 떨어져 있으면 애정은 첫날의 64분의 1로 줄어 버리는 거죠.

그것은 책 속에 등장하는 후작 부인의 대사였다. 연인 사이더라도 둘 사이의 거리가 두 배가 되면 애정은 $\frac{1}{2^2}=\frac{1}{4}$이고, 거리가 세 배로 멀어지면 애정은 $\frac{1}{3^2}=\frac{1}{9}$이 되는 것이다. 시간적인 거리든 공간적인 거리든 상관없이.

"애정은 거리의 역 제곱에 비례한다."

하루카는 자신의 귀에만 겨우 들릴 만큼 작게 중얼거렸다. 그러고는 고개를 살짝 갸우뚱했다.

"그건 아닌 것 같은데."

아니, 아니었음 좋겠어. 마음속으로 그렇게 덧붙였다. 이 주장대로라면 원거리 연애는 불가능하다. 하물며 하루카와 소라는 오이소와 보스턴, 거리로 치면 1만 킬로미터나 떨어져 있으니까.

1만 킬로미터 떨어져 있으니 1킬로미터일 때에 비하면 애정은 $\frac{1}{10000^2}$.

1억분의 1?

그런 얼토당토않은 일이 있을 리 없다.

둔한 두통을 털어 내듯 머리를 좌우로 흔들고는 재빨리 그 앞뒤 부분을 훑어보았다. 수학 전문 서적이 아닌 역사 계통의 책이어서 비교적 술술 읽혔다.

이 《세계사 속의 수학》이란 책에도 쓰여 있다. 18세기에 살았던 많은 여성들은 수학을 공부한 적이 없었던 모양이다. 그래서 알기 쉽게 이런 '비유담'을 삽입했다고 했다. 역시 후작 부인의 생각이 옳다고 볼 수는 없었다. 물론 하루카도 알고 있다. 사람은 감정적인 이야기를 쉽게 이해한다. 평범한 사람들은 가슴이 두근거리는 이치에 대해서는 쉽게 이해하지 못해도 "그것이 좋다는 감정이다."라고 들으면 납득한다.

그렇다, 평범한 사람은.

소라는 평범한 사람과는 다르다. 그런 모호한 세계조차 수학으로 명확히 설명하려고 드는 사람이다. 이 세상에 수학으로 설명할 수 없는 것은 존재하지 않는다는 걸 보여 주려는 듯이.

하루카는 책을 탁 덮었다. 그러고는 일어나서 기지개를 켜고 다시금 수학 책이 진열된 서가 사이로 들어갔다.

소라는 말했다. 이 세상에 수학으로 풀 수 없는 문제는 없다고. 어떤 문제든 자기 힘으로 풀겠다고. 하루카는 그 말을 꼭 붙들고 여기까지 걸어왔다. 소라를 뒤따라왔다.

정말 의미 있는 거야?

마음 한구석에서 또 다른 자신이 말을 건넨다.

소라의 거짓말을 찾는 거, 그거 부질없는 짓 아니냐고?

혼란스러웠다. 여기서 발버둥 치고 있는 의미. 소라의 거짓말을 찾는 이유. 가케루의 부드러운 미소. 중요하다고 생각했던 것. 확실하다고 믿었던 것. 그 모든 게 혼란스러웠다.

"응?"

그때였다.

책장 한 귀퉁이에 눈길을 잡아끄는 것이 있었다. 그 책은 모든 사람에게 잊힌 듯 책장 끝으로 밀려나 있었다. 남색 책등, 은색 글씨, 수수한 장정. 하루카는 그 책의 제목에 강하게 이끌렸다.

"불완전한, 수학?"

가슴이 두방망이질 쳤다. 숨을 쉴 수가 없었다.

믿었던 것이 무너졌다거나 하는 차원이 아니었다. 그 책을 발견한 순간, 하루카의 세계는 뒤집히고 말았다.

"내 눈에는 네가 뒷걸음질 치는 것처럼 보여."

사토미가 한 말이 번쩍 떠올랐다.

차라리 보지 못했으면 좋았을걸, 하루카는 진심으로 그렇게 생각했다.

해3. '진노우치'가 '소라'가 된 날

"아버지하고 어머니, 지금 대판 싸우는 중이야. 이럴 때 집에 들어가면 나까지 말려들어."

진노우치는 다이치와 아스나에게 자신이 아파트 앞에서 서성거리는 이유를 그렇게 설명했다. 바람은 발톱을 바짝 세운 듯 매서웠다. 진노우치는 주머니에 손을 푹 집어넣은 채 잔뜩 움츠리고 서 있었다. 그 애를 향해 다이치가 한숨 섞어 말했다.

"그렇다고 여기 이러고 있으면 어떡해. 감기 걸려."

"꼭 감기에 걸린다고 단정할 수도 없지."

"거지같은 자식. 이런 때까지 개똥 같은 논리 내세울래? 너 감기 걸려서 학교 못 나오면, 누가 프린트 집에 갖다 줄 거 같냐? 이리 와."

짜증스러운 듯 다이치는 소라의 팔을 확 잡아끌었다. 그리고 억지로 끌고 가는 모양새로 가로등 밑을 처벅처벅 걸어갔다. 아스나도 황급히 그 뒤를 쫓아갔다. 몇 분쯤 걸어가자 패스트푸드점이 나왔다. 자동문 안으로 들어가는 순간 딴 세상인 양 따뜻한 공기가 그들을 맞아 주었다. 셋이서 적당한 자리를 찾아 앉자 그제야 정신이 들었다.

"야, 오늘은 내가 쏜다. 고마운 줄 알아라."

다이치가 뜨거운 코코아 세 잔을 테이블 위에 내려놓았다. 아스나는 "우아, 고마워!"라고 소리치고 곧바로 코코아 잔에 손을 뻗었다가 너무 뜨거워서 얼른 손을 떼었다.

한편, 진노우치는 고개를 살짝 떨구고 코코아에서 피어오르는 김을 물끄러미 바라볼 뿐이었다.

"코코아가 그렇게 신기하냐?"

"응. 단맛 나는 따뜻한 음료는 별로 마셔 본 일이 없거든."

다이치의 물음에 진노우치는 그렇게 진지하게 대답했다. "이야." 하고 적당히 맞장구친 다이치는 코코아를 한입 마시고는 의아한 듯이 계속 물었다.

"그런데? 부모님은 뭣 때문에 싸우시냐?"

"딱히 큰 이유가 있는 건 아냐."

"이유도 없는데 싸워?"

"응, 이유도 없는데 싸워."

진노우치는 독이라도 들었는지 확인하듯 코코아 잔을 살짝 입에 가져다 댔다. 다이치는 어깨를 으쓱했지만 아스나는 아직도 어떤 상황인지 가늠이 되지 않았다.

"우리 아버지는 굉장히 괴짜야. 수학 교수인데 한번 문제를 생각하기 시작하면 엄청 예민해져서 아무것도 아닌 일에도 화를 내. 조그맣게 얘기해도 시끄럽다고 버럭버럭 소리치고 그래."

진노우치는 남 얘기하듯 말했다. 아스나가 몰래 눈짓을 하자 다이치는 잠자코 고개를 끄덕였다. 다이치는 전부터 사정을 알고 있었던 모양이다.

"그러니까 어머니도 스트레스가 쌓이겠지. 얼굴은 피곤에 절어 있고, 입만 열면 불평이 쏟아져 나와. 내가 집에 있으면 나한테 화풀이를 다 하고."

"너 그래서 밖에서 공부하는 거구나."

"응. 수학 공부하러 나간다고 하면 아무 소리 안 하니까."

아스나는 "흐응." 하고 입을 비죽 내밀었다. 아들보다 몇 배나 더 힘든 아버지인 듯했다. 그런 사람과 살다 보면 스트레스가 쌓일 것이고, 그걸 누구에게라도 풀고 싶을 것이다. 아스나는 진노우치와 그 어머니에게 슬그머니 동정심이 일었다.

"진노우치, 아침에도 일찍 등교해서 공부하던데. 힘들겠다."

"익숙해지면 힘들 것도 없어."

진노우치는 태평한 얼굴로 그렇게 말했다. 아스나도 더는 할 말이 없었다. 아스나는 잠자코 자신의 코코아 잔을 입으로 가져갔다. 달달한 코코아일 테지만 맛이 느껴지지 않았다. 셋은 잠시 말없이 마주보았다. 패스트푸드점 안은 적당히 혼잡했고, 여기저기 테이블에서 교복 차림의 중고생이 이야기꽃을 피웠다. 저들은 저렇게 시간을 보낸다. 아무 일도 일어나지 않은 일상에 대해 떠들어 대며 깔깔거리고 껄껄댄다. 그렇게 오늘 하루에 만족하고 또 내일을 향해 나아갈 것이다.

매일은 그렇게 되풀이된다. 아스나는 그것이 싫었다. 여자애끼리 나누는 친분이며 공감 따위가 싫었다. 동의하고 싶지 않은데 "맞아, 맞아."라고 고개를 끄덕여야 하고 흥미도 없으면서 "진짜?"라며 호들갑을 떨어야 하는 분위기에 슬슬 넌덜머리가 나기 시작했다. 그것도 헤실헤실 웃으며 지내게 된 원인 가운데 하나다.

주위에서는 끊임없이 잡음이 날아들었다. 아스나가 그것에 진저리를 칠 무렵, 갑자기 진노우치가 공책을 꺼냈다.

"뭐야, 공부하려고?"

"아니. 궁금한 게 있어서."

진노우치는 오른쪽 집게손가락을 들었다. 아스나와 다이치도 그 손가락이 가리키는 끝으로 눈을 돌렸다. 입구에는 자동문만 있을 뿐 특별히 눈에 띄는 것은 없었다.

"뭐야, 뭐가 있다고 그래?"

“메뉴판.”

진노우치는 눈썹 하나 까딱하지 않고 대답했다. 그러고 보니 입구에 커다란 메뉴판이 걸려 있었다. 햄버거와 감자튀김 사진이 실물보다 두 배쯤은 맛있어 보였다.

진노우치는 급하게 공책에 숫자를 적어 넣었다.

“주문 조합에 따라 가격과 칼로리가 어떻게 변하는지 흥미롭지 않아?”

“아니, 별로.”

아스나는 솔직하게 대답했다. 별로라기보다 그런 데에는 아예 관심조차 없다. 하지만 진노우치의 이런 습관이 부모님의 싸움을 피해 밖에서 공부하는 동안 생긴 건가 생각하자 조금은 마음이 아팠다. 직접적으로 부정했음에도 진노우치는 딱히 불쾌한 기색도 없었다. 단정한 글씨로 세 자릿수의 숫자를 적어 나가더니 갑자기 안경 속 두 눈을 가늘게 떴다.

“가격은 다 적었는데, 칼로리는 글씨가 너무 작아서 안 보여. 시라이시, 넌 보여?”

“너 바보냐? 말이 되는 소릴 해야지.”

다이치는 즉각 그렇게 면박을 주었다. 아스나도 뚫어지게 쳐다봤지만 보이지 않았다. 눈이 나빠서가 아니라 거리가 너무 멀었다.

“할 수 없지. 가까이 가서 적어 와야겠어.”

“야, 잠깐. 민폐잖아. 생각 좀 해 봐.”

다이치는 일어서려는 진노우치의 어깨를 꾹 눌러 다시 앉혔다. 메뉴판은 출입문 옆에 걸려 있다. 용건도 없이 거기에 자리 잡고 있으면 자동문은 열린 채일 테고, 그럼 차가운 바람이 계속 들어올 것이다. 그런 행위는 영업 방해나 마찬가지다. 아쉬운 표정이 역력한 진노우치. 그 모습을 보며 다이치는 무슨 생각을 했는지 히죽 웃었다.

"그럼. 이걸 써 보든가."

다이치는 자신의 가방을 부스럭부스럭 뒤져 플라스틱 안경집을 꺼냈다. 그걸 열자 검은 테 안경이 들어 있었다. 아스나는 고개를 갸우뚱했다.

"그거, 다이치 거야?"

"어엉. 집에서 쓰는 거야. 촌스러워서 밖에 나올 때는 렌즈 껴."

진노우치에게 안경을 건네며 다이치는 부끄러운 듯이 그렇게 말했다. 어느 모로 봐도 은제 피어스에 검은 테 안경은 어울리지 않았다. 그동안 안경 쓴 모습을 한 번도 못 본 것은 그래서였구나.

"흐음. 고마워."

진노우치는 다이치에게서 안경을 받아 들고 다양한 각도에서 관찰했다. 그러고는 두 손으로 들고 자신의 얼굴로 가져갔다.

어? 잠깐.

진노우치는 이미 안경을 쓰고 있는데.

아스나가 말을 하기도 전에 진노우치는 다이치의 안경을 써 버렸다. 정확히는 자신의 안경 위에 다이치의 안경을 갖다 댔다.

"어때?"

"으응, 미안한데 안경을 두 개 써도 잘 안 보여."

"아, 그래? 에잇, 뭐야."

아쉬워하는 다이치와 진노우치.

아니, 당연한 거 아닌가. 다이치는 잘생긴 데다 박식하고 운동신경마저도 최고인 남자 친구지만 종종 이렇게 덜떨어진 모습을 보인다. 게다가 머리 좋은 진노우치 역시, 굳이 시험해 볼 것까지도 없이 단번에 알 수 있을 텐데. 아니면 자신의 상식이 이상한 건가 싶어 아스나는 순간 불안해졌다.

"그렇지! 이리 줘 봐."

다이치는 자신의 안경을 돌려받고는 진노우치의 안경까지 얼굴에서 벗겨 갔다. 그러자 진노우치는 "앗." 하고 작게 소리치고는 눈만 끔뻑끔뻑했다. 아스나가 멍하니 바라보는 앞에서 다이치는 진노우치의 안경을 썼다. 은색 테에 안경알은 작았다.

"우앗, 이거 왜 이러냐!? 세상이 막 비뚤어진다!"

"렌즈 낀 데다 쓰니까 그렇지."

"아, 맞다."

다이치는 웃으며 아스나에게로 얼굴을 돌렸다. 그러고는 잔뜩 폼을 잡듯 한 손으로 살짝 안경테를 잡았다. 아스나는 그 모습을 보자 가슴이 뛰었다.

"이거 괜찮은데, 이 정도 디자인이면 밖에 쓰고 다녀도 되겠지?"

"그럼! 진짜 멋있어."

아스나는 진심으로 칭찬했다.

"에이, 쑥스럽게."

다이치는 쑥스러웠던지 곧바로 안경을 진노우치에게 돌려줬다. 사진을 찍어 두지 못한 게 아쉬웠다. 다이치는 무슨 생각을 했는지 자신의 검은 테 안경을 다시 진노우치에게 건넸다. 진노우치는 다시금 안경을 잠시 관찰하고는 얼굴에 썼다.

"어, 생각보다 잘 보여. 나랑 도수가 비슷한가 본데."

"그래?"

"응. 좀 크긴 하지만."

진노우치는 흘러내린 안경을 연필 꽁무니로 밀어 올렸다. 그걸 본 다이치는 입을 크게 벌리고 와하하하 웃었다.

정말 모르겠어.

아스나는 다이치와 진노우치를 번갈아 보며 생각했다.

대체 얘네 둘은 사이가 좋은 거야, 나쁜 거야.

"아, 그리고 시라이시, 사에키, 오늘 고마웠어."

진노우치가 까만 테 안경을 다이치에게 돌려주며 말했다. 여전히 무표정이었지만 목소리는 편안했다. 아스나는 그런 진노우치를 보며 만날 다투는 부모님과 사는 것도 힘들겠구나 싶었다. 좀 별난 구석이 있긴 하지만 가여웠다.

"야, 정나미 떨어지게 그럴래? 생색내려고 한 것도 아닌데. 앞으로도 할 얘기 있거든 편하게 말해라."

멋쩍은 듯 콧방울을 긁는 다이치. 빚을 만들지 않겠다는 건가. 과연 다이치다운 말이었다. 그리고 진노우치는 그런 다이치의 마음을 이미 알고 있었다는 듯 쿨하게 대꾸했다.

"응, 알았어."

"그래그래, 그래야지. 그리고 난 너한테 문학이 얼마나 훌륭한지 반드시 알게 하겠어."

"나도 바라는 바야. 나도 너한테 반드시 수학의 힘을 보여 줄 거야."

역시 야구나 테니스를 즐기는 사람들의 세계에서나 나눔 직한 대화였다. 스포츠맨십이란 단어가 딱 어울렸다. "문학파와 수학파가 스포츠맨십에 따라 싸워." 혹 누군가에게 그런 말을 해도 믿어 줄 거 같지 않았다.

"그리고 하나 더. 전부터 얘기하려고 했는데, 나는 널 이름으로 부르는데 넌 왜 날 성으로 부르는 거냐?"

다이치가 입을 조금 삐죽였다. 그게 불만이었구나. 귀엽다.

"그건 생각도 안 해 봤는데. 상대에 대해 알면 뭐라고 부르든 상관없는 거 아냐?"

"바보 같은 자식, 완전 다르지. '시라이시'는 네 글자고, '다이치'는 세 글자. 당연 짧은 쪽이 부르기 쉽지."

다이치가 오른쪽 손가락 네 개, 왼쪽 손가락 세 개를 세워 보였다. 참 독특한 주장이다.

"아 진짜, 왜 솔직하게 말하지 않는 거야. 친한 상대가 계속 성으로 부르니까 싫은 거잖아?"

"윽."

아무래도 정곡을 찌른 모양이다. 다이치는 민망했던지 얼굴을 돌려 버렸다.

진노우치는 아스나와 다이치의 대화를 곱씹어 천천히 삼키기라도 하듯 한동안 꼼짝 않더니, 마침내 헤죽 웃고는 고쳐 말했다.

"오늘 고마웠어, 다이치, 아스나."

"그러니까 고맙단 말은 필요 없대도 그러네. 아, 아스나 너도 앞으로는 소라라고 불러라."

"네에."

아스나는 한 손을 들어 올리고 대답했다.

역시 이 둘은 사이가 좋은 거다. 전혀 의견이 맞지 않는데도 사이가 좋다니, 조금 신기하다. 아니면 단순히 '싸울 정도로 사이가 좋다'는 건가. 진노우치, 아니 소라는 아무 일도 없었다는 듯 코코아 잔을 입으로 가져갔다. 아스나도 식기 전에 마시려고 코코아 잔을 들었다.

"화장실 좀 갔다 올게. 큰 거!"

다이치는 벌떡 일어나 그렇게 말하고 웃었다. 아스나는 대꾸도 않고 들어 올렸던 코코아 잔을 잔 받침 위에 도로 내려놓았다. 분위기 좋았는데, 완전 망쳤다.

다이치는 콧노래를 흥얼거리면서 화장실 쪽으로 걸어갔다. 테이블에는 당연히 아스나와 소라 둘만이 덩그러니 남겨졌다. 갑자기 주위 중고생의 말소리가 귀에 들어오기 시작했다. 소라는 말없이 코코아를 홀짝이고는 공책을 탁 소리 나게 덮었다. 칼로리 계산은 일단 포기한 모양이다. 소라와 아스나는 테이블을 사이에 두고 마주앉아 있었다.

어쩌지, 갑자기 할 말이 없어졌어.

"으응, 진노…… 아니지, 소라 넌 다이치랑 안 지 오래됐어?"

아스나가 침묵을 견디지 못하고 물었다. 이럴 때는 함께 아는 사람을 화젯거리로 삼는 게 최고다. 코코아 잔을 내려다보던 소라의 시선이 아스나에게로 옮겨졌다.

"응. 초등학교 3학년 때부터 쭉 같은 반이었어."

"그렇구나. 다이치, 초등학교 때 어땠어?"

"지금이랑 별로 다르지 않았던 거 같은데. 입이 좀 거칠긴 했지만 말 걸기도 쉬웠고, 잘생겼고, 친구들도 다이치를 믿고 따랐어. 그래서 6학년 때는 반장도 했고."

소라는 한 마디 한 마디 진중하게 말을 고르는 듯했다. 간직해 둔 기억을 부서지지 않도록 살그머니 꺼내고, 한편으로는 되도록 정확하게 전달하려는 듯했다. 아스나는 그런 소라를 보며 성실한 애라고 생각했다.

"출석 번호가 붙어 있어서 학교에서도 아는 척은 하고 지냈는데, 처음으로 제대로 이야기했던 건 아마 도서관이었을걸."

"어, 그 도서관?"

"응. 나는 부모님 싸움을 피해 도서관에 갔고, 다이치는 설교에서 도망쳐 왔지."

"둘이 비슷한 처지였구나."

"흐음, 그런가?"

"그래, 그렇잖아."

아스나는 웃으면서 그렇게 대꾸했다. 물론 스스로 불씨를 뿌리는 다이치와 달리, 소라에게 튀는 불똥은 부모님 탓이란 걸 아스나도 안다. 그럼에도 이 둘을 '비슷한 처지'라고 말하고 싶었다.

"어른들한테 다이치는 아주 골칫거리일 거야."

"그렇겠지. 온몸으로 간섭을 거부하니까. 그 애를 속박할 수 있는 사람은 아무도 없을 거야."

두 손으로 코코아 잔을 든 소라의 표정이 진지했다. 남자 친구를 칭찬하는 말에 좀 민망하기도 했지만 한편으로는 기분이 으쓱해졌다.

이제 다이치와 소라가 친한 사이임에는 의심의 여지가 없다.

그래서 더더욱 아스나는 궁금했다.

"소라, 넌 왜 맨날 다이치랑 싸워?"

건전지 수명이 다한 듯, 소라의 움직임이 잠시 완전히 멈추었다가 다시 움직였다. 뜻밖의 물음이었을까. 하지만 묻지 않을 수 없었다. 정말로 궁금했으니까. 아스나는 마른침을 삼키며 대답을 기다렸다. 소라는 살짝 손을 턱에 대고 부드럽게 말했다.

"감정적인 면에서는 언제나 다이치가 옳아."

"뭐?"

반사적으로 되묻고 아스나는 그대로 굳어졌다. 뜻밖의 대답을 들어서가 아니다. 오히려 그 반대다. 비슷한 말을 들은 적이 있다.

아, 똑같아.

다이치도 전에 소라와 똑같은 말을 했다.

"논리적으로 옳은 건, 그 자식이야."

언제였던가, 소라와 아옹다옹하는 다이치에게 투덜거리자 그렇게 말했었다. 무슨 말이야, 라고 묻는 아스나에게 다이치는 이렇게 설명해 줬다.

"아마도 실제로 소라는 세계의 구조를 만드는 쪽 사람일 거야."

세계의 구조. 무슨 뚱딴지같은 소리인가 싶었다.

"하지만 그 구조가 제대로 작동하기 위해선 나 같은 사람이 무대 앞에 나서야 해. 뜨거운 열정으로, 수학을 이해하려 들지 않는 무리를 움직일 수 있는 사람 말이야."

아스나는 기억에 의지해 소라에게 다이치의 말을 전했다.

"다이치는 그렇게 말하던데. 무슨 말인지 이해는 안 되지만."

"흐음."

팔짱을 끼고 앉아 있는 소라의 표정이 복잡해 보였다.

다이치는 소라가 옳다고 여긴다. 소라는 다이치가 옳다고 여기고. 그럼에도 얼굴만 마주치면 불꽃 튀는 말다툼이다. 왜 그렇게 복잡해진 거지? 궁금한 아스나는 잠자코 소라의 말을 기다렸다.

이윽고.

"딱 한 번 다이치 집에 놀러 간 적이 있어."

육중한 돌문을 천천히 열듯 소라는 진지하게 입을 뗐다. 주위의 떠들썩한 목소리 중에서 이상하게 자분자분한 단 하나의 목소리였다.

"다이치 방에는 아동문학 책만 있는 게 아니었어. 나쓰메 소세키(일본 근대소설의 아버지이자 국민 작가로 칭송받는 소설가로 우리나라에도 《나는 고양이로소이다》, 《도련님》 등 여러 작품이 번역되었다-옮긴이)와 아쿠다가와 류노스케(일본 문학사에서 가장 위대한 작가 중 한 사람으로 평가받는 소설가로 35세의 나이에 요절했다. 우리나라에도 《라쇼몽》, 《거미줄》 등의 작품으로 알려져 있다-옮긴이)의 책도 있었어."

"어, 그런 책은……."

"맞아. 한 세기 전의 소설이야. 또 미스터리나 역사소설, 청춘소설, 직업에 관련된 소설도 있었던 것 같고."

아스나는 머리가 핑핑 돌았다. 다이치가 즐겨 읽는 것은 〈무민〉시리즈와 《톰 소여의 모험》, 《소년 탐정단》 같은 책이었다. 아동문학 아닌 책을 읽는 건 본 적이 없었다.

그런데.

소라가 다이치의 그런 이미지를 무자비하게 깨뜨렸다. 소라는 등받이에 몸을 기댄 채 계속했다.

"나도 한 권 추천받았어. 모리 오가이의 《기러기》였을 거야. 읽어 봤는데 이해를 못하겠더라."

"모리 오가이? 들어 본 적은 있는 거 같은데."

"응. 1800년대 후반부터 1900년대 전반에 활약한 문호야. 《기러기》에 수식이 등장하니까 읽어 보라면서 추천해 줬는데, 수식은 소설 맨 끝에 딱 한군데 나왔어. 내가 감쪽같이 속은 거지."

아스나는 물론 《기러기》가 어떤 소설인지는 모른다. 다이치가 '수식이 나온다'는 사실만으로 추천했을 리는 없고, 분명 좋은 소설일 터이다. 자신이 좋아하는 것을 타인과 공유하고 싶은 마음은 아스나도 이해할 수 있을 것 같았다. 그러고 보니 나도 추천받은 책이 있었던 거 같은데. 아마 《빨간 머리 앤》이었을 거다. 그간 독서와는 담쌓고 지내 왔지만 시험 삼아 한번 읽어 볼까.

흘끔 어두운 창밖을 보고 나서 소라는 테이블 위에서 손깍지를 꼈다.

"다이치는 무턱대고 아동문학을 고집하는 게 아냐. 어린이 책과 어른 책, 그 두 분야의 책을 다 읽어 보고 어린이 책을 선택한 거지. 아마 수학도 마찬가지일 거야."

"수학도 마찬가지라고? 무슨 소리야?"

"대부분의 사람은 수학을 모르기 때문에 믿을 수 없다고 말하지. 근데 다이치는 달라. 모든 걸 이해한 다음에 문학을 선택한 거야."

그 말은 결국.

머릿속이 혼란스러웠음에도 아스나는 필사적으로 정보를 정리했다. 하지만 의문만 뭉글뭉글 피어오를 뿐 확실한 답은 하나도 떠오르지 않았다.

다이치가 수학을 이해했어?

"논리적으로는 그 녀석이 옳아."

그 말이 다이치의 진심이었단 거야? 그럼 왜 맨날 소라의 말에 반박하는 거지?

아스나는 납득이 되기는커녕 더 혼란스러웠다. 소라는 들고 있는 연필 끝을 빤히 바라보았다.

"나는 다이치한테 수학이 사람에게 도움이 되는 증거를 수없이 보여 줬어. 아마 수학이 옳다는 것도 이해했을 거야. 결국 다이치는 수학을 이해한 데다 문학의 힘을 믿는 거지. 그래서 모든 논리를 다 내던지고 나한테 마음으로 다가오는 거고. 문학을, 특히 아동문학이 지닌 매력을 전하려고."

"마음으로 다가간다."

아스나는 그 말의 의미를 붙잡아 보려고 애썼지만 손을 뻗자 연기처럼 사라져 형태로 남는 건 하나도 없었다. 자신이 소라의 말을 이해할 수나 있을까, 그마저도 가늠이 되지 않았다.

"아, 미안. 이해가 잘 안 되지?"

아스나의 마음을 꿰뚫은 듯 소라가 물었다. 표정 변화가 전혀 없는데도 마음을 꿰뚫어 보다니, 그건 아스나에게는 진기한 경험이었다. 소라는 잠시 생각하고는 불현듯 조금 전까지 다이치가 앉았던 빈 의자로 눈을 돌렸다. 거기엔 다이치가 늘 메고 다니는 검은 숄더백이 있었다.

"아마 오늘도 가져왔을 건데 《모험가들 감바와 15마리의 친구》 문고판. 그 책 다이치가 항상 가방에 넣고 다니지?"

"아, 그래. 이유는 모르지만 늘 그 책을 가지고 다니던데. 엄청 좋아하나 봐."

"그거 선물받은 책이야. 도서관에서 자원봉사 하던 누나한테."

"뭐!"

아스나가 내지른 작은 비명은 주위의 소란에 먹히고 말았다. 자동문이 열리고 손님과 더불어 들어온 찬바람이 가게 안의 공기를 휘저어 놓았다. 아스나는 얼굴에서 헤실헤실 웃음이 지워졌을지도 모르겠다고 생각했다. 다이치와 사귄 지 반년이 지났지만, 그런 이야기는 들은 적이 없었다.

아스나는 바람이 잦아들기를 기다렸다 입을 열었다.

"그 누나, 다이치 첫사랑이라는……, 책 읽어 줬던 사람?"

"첫사랑? 흐음, 그건 잘 모르겠고."

소라는 애매하게 고개를 갸웃거렸다. 그리고 기억을 더듬듯이 연필로 관자놀이를 눌렀다.

"그 누나가 자원봉사 일을 그만두던 날, 매번 들으러 와 줘서 고맙다고, 선물한 모양이야. 벌써 1년 전쯤 일이지."

소라의 말 한 마디 한 마디가 마치 카메라 플래시를 터뜨리는 것 마냥, 아스나를 그 자리에서 옴쭉도 못하게 만들었다. 자원봉사자 언니에 대해서는 전에 다이치에게 들어 알고 있다. 매주 토요일, 도서관에서 초등학생 대상으로 책을 읽어 주던 여대생. 다이치는 그 사람의 목소리를 매우 좋아했다. '도와주는 김에'라는 핑계로 매주 거르지 않고 그 언니가 책 읽어 주는 걸 들었다고 했다. 얼굴도 이름도 모르는 남자 친구의 첫사랑 상대. 대학 졸업과 동시에 자원봉사도 그만뒀다는데, 선물까지 남겼다니. 방심할 수 없는 사람이다. 왠지 찜찜하고 불쾌했다.

소라는 손안의 연필을 빙그르르 돌리며 말을 이었다.

"다이치가 아동문학의 재미에 눈을 뜨게 된 건 그 누나 덕분이야. 아동문학이란 '어린이가 읽는 책'이 아니라 '어린이도 읽을 수 있는 책'인 모양이야. 그러니까 어른이나 어린이, 그 중간에 해당하는 중학생, 누구나 읽을 수 있는 책인 거지."

"모든 연령 대상이란 거야?"

"맞아. 그래서 다이치는 초등학교를 졸업한 지금까지도 어린이 책에서 졸업하지 않으려는 거야."

표정 변화 없이 소라는 담담하게 말했다. 아스나의 동요 따위는 아랑곳하지 않는 듯했다.

당연하다. 앤 사랑 같은 거 해 본 적 없을 테니까.

"그런 이유로 다이치가 아동문학에 집착한다는 거니?"

"응. 그 누나를 통해 알게 된 아동문학의 매력을 나한테 전부 전달하기 전에는, 아마 포기하지 않을걸."

"그럼 그런 식으로 받아치지 말고, 그만 인정하면 되잖아?"

"그럴 순 없어. 나한테도 신념이란 게 있으니까. 이론적으로 정확히 납득이 될 때까지, 줄기차게 다이치 얘기를 들을 생각이야."

그렇게 말하고 소라는 입을 다물었다. 그리고 무슨 중대한 비밀이라도 감춰진 듯, 물끄러미 연필심을 관찰했다. 목에 걸린 게 가슴으로 턱 떨어진 기분이었다. 듣지 않는 게 좋았을까, 잠시 갈피를 잡을 수 없었다. 하지만 마침내 가슴속에서 훨훨 타오르는 질투보다 다른 감정이 더 크다는 걸 알아차렸다.

다이치를 더 알고 싶다.

나에 대해서도 좀 더 알려 주고 싶다.

그런 단순한 생각이 마음 가득 차올랐다.

"다이치 말이야, 멋있지 않니?"

"응."

아무런 맥락 없이 던진 말임에도 소라는 망설임 없이 동의했다. 아스나는 작게 헤헤헤 하고 웃었다. 상대가 누구든 남자 친구를 칭찬하는 말을 들으면 역시 기분 좋다. 분명 그 언니도 시라이시 다이치라는 인물을 만드는 데 없어서는 안 되는 인물이었을 테니까, 지금은 감사하자. 물론 그 언니에게 첫 번째 자리를 내줄 생각은 없다. 그 외에도 경쟁자가 많은 것 같으니까 분발해야지.

코코아가 차갑게 식어 버렸다. 게다가 밑으로 갈수록 진해져서 쓴맛이 돌았다. 무심코 화장실 쪽으로 눈을 돌리자 때마침 다이치가 나오고 있었다.

"왜 히죽히죽 웃고 그래? 무슨 얘기 했냐?"

"으응, 그냥."

다이치가 궁금한 듯 물었지만 아스나는 얼렁뚱땅 넘겼다. 물론 소라도 대답하려고 들지 않았다.

"벌써 한 시간이나 지났네. 평소 패턴으로 보면 싸움은 이제 한풀 꺾였을 거야."

소라는 빈 코코아 잔을 들고 일어섰다. 어느새 시간이 이렇게나 지났나 싶어 아스나도 화들짝 놀랐다. 아스나와 다이치도 컵을 반납 창구에 갖다 놓았다. 가게를 나오기 전, 소라가 다이치에게 말을 건넸다.

“코코아값, 갚을게.”

“신경 쓰지 말라고. 내가 쏜댔지!”

“흐음. 그럼 다음엔 내가 살게.”

“그래, 그럼 라면 쏴라.”

“코코아랑 같은 가격이어야 돼.”

“뭐냐, 쩨쩨하게.”

부루퉁하게 아랫입술을 빼무는 다이치. 정말 어린애 같다. 하지만 그런 모습이 좋았다. 소라와는 패스트푸드점을 나와 곧바로 헤어졌다.

“학교에서 보자.”

소라는 그 말과 동시에 둘에게서 등을 돌리고 사라졌다. 아스나와 다이치는 나란히 반대 방향으로 걷기 시작했다.

“미안하다.”

별안간 다이치가 차분한 목소리로 말했다. 고개까지 약간 떨구고.

“소라를 만나면 이야기도 길어지고, 맨날 다투잖아. 그러니까 우리 둘이 있을 시간도 줄어들고.”

“괜찮아, 그래도.”

아스나는 웃어넘기듯 대답했다. 세차게 몰아치는 차가운 밤바람이 둘 사이에 있는 불필요한 것들을 모조리 걷어 내는 듯했다.

"갑자기 왜 그래? 맨날 불만이더니?"

"너희 둘이 친한 친구란 걸 알게 됐거든."

아스나는 평소처럼 가볍게 몸을 좌우로 흔들었다.

"이제 불평하지 않을래. 남자 친구가 절친이랑 이야기하는 것쯤은 너그럽게 봐줘야지."

아마도 그런 상대는 무척이나 귀한 존재일 것이다. 조금 부럽기도 했다.

밤하늘을 올려다보자 달이 진주 조각처럼 빛났다. 다이치의 어깨에서 숄더백이 흔들렸다. 다이치의 소중한 책이 들어 있는 까만 가방.

"다이치, 저기 말이야."

아스나는 그렇게 말을 꺼내 놓고는 잠시 망설이다 결국 목구멍까지 올라온 말을 삼켰다. 평소처럼 헤실헤실 웃으며 고개만 살랑살랑 흔들었다.

"역시 말 안 하는 게 낫겠다. 암것도 아냐."

"뭔데 그러냐, 되게 신경 쓰이네."

"헤헤헤, 비밀."

아직은 묻지 말자.

물론 모른 척 그냥 넘어갈 생각은 없다. 단, 지금은 때가 아니란 생각이 들었다.

다이치에 대해 아직 모르는 것이 많았지만 시간을 들여 천천히 이해하고 싶었다. 물론 자신에 대해서도 더 이해해 주기를 바랐다.

"아스나."

"응? 왜?"

"나 있지……, 역시 네가 좋아."

무뚝뚝한 목소리로, 더구나 일부러 눈길을 피하는 듯하며 말했지만, 다이치는 분명하게 그렇게 말했다. 심장이 널뛰다 못해 가슴 밖으로 튀오나오려는 걸 아스나는 간신히 억누르고 다이치의 팔에 매달렸다. 외투가 감싸고는 있지만 틀림없는 다이치의 팔이다. 이 팔은 그 애 몸에서 뻗어 나와 있고, 어깻죽지에서 더 깊이 들어가면 그 애 심장이 있다. 그 심장은 지금도 부지런히 움직인다. 온몸을 돌아온 혈액은 그 애 손목을 움직이는 힘이 된다.

갑자기 아스나가 달려들어 놀랐는지, 다이치의 몸이 기우뚱했다. 외투 주머니 속 문고본의 감촉이 아스나의 몸에 와 닿았다. 입이 거친 데다 섬세함이라곤 없지만, 얼굴도 잘생기고 멋지게 살아가는 나의 남자 친구. 친구들에게 신뢰받고 인정받는 내 남자 친구.

이 사람을 더 알고 싶다. 나를 더 알려 주고 싶다.

가슴 주위로 따뜻함이 퍼져 나갔다. 숨쉬기가 힘들었다. 그러나 그건 조여드는 느낌이 아닌 포근히 감싸인 듯한 평안함이었다.

언제까지나 같이 있고 싶었다.

두 손을 꼭 잡고 다시는 놓지 않게 해 달라고 기도했다.

아스나는 분명히 그렇게 기도했다.

다이치가 교통사고를 당한 건, 그로부터 사흘 뒤였다.

문4. 목숨의 가치는 측정할 수 있는가

하루카는 칸막이 안쪽에 자리 잡고 앉아 창가에 팔을 짚은 채 멍하니 밖을 내다보았다. 일정한 간격으로 늘어선 개성 없는 전봇대가 날아가듯 등 뒤로 휙휙 사라졌다. 집들 너머로는 산보다 몇 배나 크게 부푼 소나기구름이 드리워졌다. 흔들리는 전철에 몸을 내맡긴 채, 하루카는 그렇게 여름 풍경과 이별하고 있었다. 싱그러운 이파리를 자랑하는 나무도, 곤충망을 치켜들고 뛰어다니는 아이도, 어지러이 날아다니는 매미와 잠자리도 모조리 과거의 것인 양 휙휙 사라져 갔다. 대신 잿빛 빌딩이 늘어났다. 한여름 햇살을 듬뿍 받아 프라이팬처럼 달아올랐을 콘크리트 건물은 동시에 오싹할 정도로 차가워 보이기도 했다.

도쿄로.

짤막한 결의 하나가 하루카의 마음에 똑 떨어져 파문을 일으켰다.

무릎 위에 올려놓은 가방을 꽉 끌어안았다. 그 안에는 도서관에서 빌린 책 한 권이 들어 있다. 《불완전한 수학》. 어제와 그제, 이틀 동안 잠자는 시간까지 아껴 가며 내리 읽은 책이다. 책 내용은 고작 10퍼센트 정도밖에 이해할 수 없었다. 소라의 거짓말만 간파하면 되므로 그 정도만으로도 충분했다. 그러나 여전히 이해할 수 없는 것이 있었다. 소라는 왜 그런 거짓말을 했을까.

"미안, 지난번 이야기는 틀린 데가 조금 있어." 나중에라도 그렇게 말하고 정정하면 되는데. 소라는 그러지 않았다. 아니면 할 수 없었던 것이리라.

"만나야 해."

중얼거림은 선로와 바퀴가 스치는 소리에 먹혀 버렸다.

"소라를 만나러 가야 해."

주욱 이어진 쇳덩이 상자는 하루카의 그 결의마저 삼켜 버리고 맹렬한 속도로 선로 위를 달려갔다. 원하든 원치 않든 이제 돌아갈 수는 없다.

무작정 쫓아갔던 1년 전과 달리, 이번에는 소라에게 미리 메일로 연락을 해 뒀다. '출국 전날은 시간 낼 수 있어.' 그러한 내용과 함께 약속 장소를 지정한 답장이 왔다.

다마레이엔(레이엔霊園은 공원묘지라는 뜻-옮긴이) 역. 하루카는 미간을 찡그렸다. 자신이 사는 가나가와 현 밖으로는 거의 나가 본 적이 없지만 거기가 어떤 곳인지 정도는 알고 있었다. 적어도 여자아이와 만날 만한 곳은 아니었다. 하긴 이제 와서 소라에게 상식을 요구하는 게 잘못이다. 이제는 소라가 어떻게 나와도 놀라지 않을 것 같았다.

하루카는 불필요한 생각은 애써 억누르고 전철을 몇 번이나 갈아타고 다마레이엔 역을 향해 갔다.

그리하여 집을 나선 지 두 시간쯤 뒤.

마침내 다마레이엔 역에서 내렸다. 멀미기가 있는 데다 갑자기 쨍쨍 내리쬐는 햇빛을 보자 가벼운 현기증이 일었다. 일단 그늘에서 잠시 안정을 취하고 나서 계단을 올라가 개찰구로 나갔다.

"아, 하루카. 여기, 여기!"

개찰구를 빠져나가자마자 여자 목소리가 날아들었다. 하루카는 반사적으로 "으윽!" 신음 소리를 내고 황급히 억지웃음을 지었다.

밝은 머리에 짧은 핫팬츠 차림 여자애. 헤실헤실 웃으며 손을 흔드는 건 아스나였다. 오늘은 티셔츠 목에 선글라스를 걸고 있다. 옆에는 까만 버튼다운을 입은 소라가 서 있었다. 하루카가 뛰어가자 소라는 한 손으로 틀어진 안경을 바로잡았다.

"먼 곳까지 와 줘서 고마워."

"고맙긴. 시간 내줘서 내가 고맙지."

긴팔 차림이라 덥기도 하겠지. 소라의 이마에 땀이 송알송알 맺혔다. 왜 시원한 옷을 입지 않는 걸까. 티셔츠 차림의 하루카와 아스나와 나란히 서자, 소라 혼자서만 다른 계절을 보내고 있는 것 같았다. 땀을 닦을 생각도 않고 소라는 역 출구 쪽을 가리켰다.

"이왕 여기까지 왔으니까 안내할게. 너한테 보여 주고 싶은 게 있거든."

소라의 옷차림에만 신경을 썼던 터라 하루카는 다시금 긴장이 됐다. 대체 어디를 가려는 거지? 아스나의 낯빛을 살펴도 여전히 헤실헤실 웃을 뿐이다. 하루카는 잠자코 둘의 뒤를 따라갈 수밖에 없었다. 역 앞 로터리에 서 있던 칙칙한 버스는 이들 셋이 올라타자마자 곧바로 문을 닫고 출발했다. 버스는 낡은 상가 사이를 빠져나가 허름한 정류장 몇 곳을 지나쳤다. 셋은 맨 뒷자리에 소라를 가운데 두고 나란히 앉았지만 버스가 달리는 내내 아무도 입을 열지 않았다.

버스는 이윽고 벚나무 이파리가 터널처럼 하늘을 덮은 가로수길로 나왔다. 길 양옆으로는 드문드문 석재상이 보였다. 셋은 다마레이엔 정문 정류소에 내렸다. 정문 좌우에는 찾아온 손님을 맞이하듯 복숭앗빛 꽃을 포도송이처럼 매단 나무가 서 있었다. 저 매끈한 줄기로 보아 아마 배롱나무이리라. 당연히 그 안으로 들어갈 줄 알았지만 소라와 아스나는 빛깔 선명한 꽃은 거들떠

보지도 않고 곁길로 들어섰다. 하루카도 허둥지둥 그들을 뒤따라갔다.

다마레이엔 부지 옆 오솔길을 나란히 한 줄로 걸어갔다. 찜통에 들어온 듯 무더웠지만 나무가 아케이드처럼 하늘을 덮어 그나마 폭력적인 햇볕은 막아 주었다.

공원묘지라니. 나무들 사이로 보이는 부지 안으로 눈을 돌리자 잿빛 묘석이 무수히 서 있었다. 대낮인데도 왠지 온몸의 솜털이 곤두서는 듯했다. 행여 발소리가 크게 날까 봐 하루카는 조심스럽게 샌들을 끌었다. 이윽고 하루카의 이마에서도 굵은 땀방울이 떨어질 무렵, 소라와 아스나는 절 앞에서 걸음을 멈췄다. 차도를 낀 공원묘지에 인접한 자그마한 절이었다. 둘은 가볍게 절을 한 번 하고 안으로 들어갔다. 하루카도 뒤따라 절 안으로 발을 내딛었다.

그 절에도 뒤쪽에 묘지가 조성되어 있었다. 오봉(우리나라의 추석과 비슷한 양력 8월 15일을 중심으로 치러지는 명절이다—옮긴이)까지는 아직 이르고 게다가 평일이기 때문인지 이들 이외는 성묘객이 없었다.

묘석과 묘석 사이에 바둑판 눈처럼 길이 나 있었다. 소라와 아스나는 그 길을 거침없이 나아갔다. 그리고 맨 끝에 있는 묘석 앞에서 멈춰 섰다. 거기 서 있은 지 얼마 되지 않은 듯 다른 묘석에 비해 매끈했다.

하루카는 몸을 구부려 묘지명을 보았다. 역시 최근에 새겨진 듯 글씨는 전혀 마모되지 않았다.

향명 시라이시 다이치

향년 13세

"내 친한 친구의 묘지야."

가슴을 정통으로 얻어맞은 듯했다. 그 정도로 소라의 말은 하루카를 뒤흔들어 놓았다. 뭣? 소리친 것 같은데 입 밖으로 나온 건 공기뿐이었다. 구부렸던 몸을 일으켜 돌아보았다. 소라의 눈은 잔잔한 바다보다 더 고요했다.

"죽었어, 교통사고로. 곧 1년 반이 돼."

모든 감정을 걷어 낸 듯 무서우리만치 담담한 목소리였다. 그 무더위에도 하루카는 등줄기가 서늘해지고 몸이 부르르 떨렸다.

공원묘지에 발을 들여놓았을 때부터 누군가의 묘지에 안내받을 거라고는 짐작했다. 하지만 막상 현실로 눈앞에 맞닥뜨리자 입을 뗄 수가 없었다.

소라의 친한 친구의 묘지.

그 말이 무엇을 의미하는지 머리가 따라가지 못했다.

"그동안 너한테 숨기고 말하지 않았어. 미안해."

소라는 하루카를 향해 깊숙이 고개를 숙였다. 하루카는 소라가 사과하는 이유를 당장은 이해할 수 없었다. 하지만 5초쯤 지나자 번쩍 뇌리에 섬광이 일더니 기억 구석구석을 비추었다.

1년 반 전. 전학. 여름. 검은 겨울 교복.

하루카는 그제야 모든 걸 알아차렸다.

상복이었다.

소라는 친구가 죽고 난 이후로 줄곧 상복을 입고 있었던 것이다.

한여름 태양이 머리 위로 쨍쨍 내리쬐었다. 둘은 DVD를 일시 정지시킨 듯 움직임을 멈췄다. 소라는 머리를 숙인 채로. 하루카는 망연히 선 채로. 소라가 얼굴을 들기까지 족히 1분은 걸렸을 것이다. 그 후로도 둘은 입을 떼지 않았다. 마땅한 말이 떠오르지 않았다. 입 밖으로 내뱉은 순간 모든 것이 거짓으로 바뀌어 버릴 것만 같았다. 지상에 있는데도 바다 밑바닥에 있는 듯 숨쉬기가 힘들었다.

"아, 묘석에 물 뿌리려면 양동이랑 바가지를 빌려 와야겠다. 잠깐 기다려."

무거운 공기를 견디기 힘들었던 것일까. 기분 탓인지 그렇게 말하는 소라의 얼굴이 굳어져 있었다. 소라는 어색하게 돌아서서 절 쪽을 향해 걸어갔다. 남겨진 하루카는 뇌를 작동시켜 보려고 안간힘을 썼지만 헛일이었다. 의미 있는 생각은 하나도 떠오르지 않았다.

"용서해 줘. 소라도 그동안 숨기고 있었던 게 많이 마음에 걸렸던 것 같으니까."

멍하니 소라의 등을 바라보는 하루카에게 아스나가 말을 건넸다. 하루카는 천천히 고개를 저었다.

"용서하고 말 것도 없고, 화난 것도 아냐. 그냥 놀란 것뿐이지."

아스나는 "그래." 하고는 또 웃었다. 그 목소리는 별반 관심 없는 듯이도 놀란 듯이도 들렸다. 감정을 읽을 수 없는 건 여전했다. 그리고 감정을 읽을 수 없는 표정 그대로 아스나는 엄청난 말을 무심하게 내뱉었다.

"지금 이 묘지 안에 있는 다이치란 아이, 내 남자 친구였어."

"어?"

"아니지, 헤어진 게 아니니까 지금도 남자 친구겠다."

아스나는 아직 새 묘석을 살짝 쓰다듬었다.

"둘이서 함께 가고 싶은 곳도 많았고, 하고 싶은 이야기도 많았어. 이젠 할 수 없지만."

잠깐, 그렇게 가로막고 싶을 정도였다. 무슨 말을 들어도 놀라지 않으리라 다짐했으나 한꺼번에 밀려든 정보량이 너무 많았다. 머리가 지끈지끈 아팠다.

소라의 친한 친구, 1년 반 전에 죽었고.

소라는 계속 그 친구를 위해 상복을 입었고.

게다가 그 사람은 아스나의 남자 친구였다.

그럼 소라와 아스나의 관계는? 소라에게 아스나는 친구의 여자 친구?

"사람이란 간단히 죽어 버려."

겨우 하루카의 머릿속이 정리될 무렵 아스나가 다시금 입을 열었다. 그 말은 칼집에서 뽑힌 칼날처럼 위태로웠다. 하루카는 그저 숨죽인 채 듣고 있을 뿐이었다.

"드라마처럼 침대 곁에서 손잡고 마지막 순간을 지켜보거나, 죽기 전에 유언을 듣거나……. 현실은 전혀 그렇지 않더라. 갑자기 '차에 치여 죽었습니다.'란 말을 들었고 장례 일정을 들었지. 싱겁더라고."

싱겁다.

사람의 죽음을 말하기에는 지나치게 간소한 표현이었다. 남자 친구가 죽었는데 어찌 이리도 태연할 수 있을까. 어쩌면 이렇게 냉정할 수 있을까. 아니면, 슬픔이란 감정을 이미 초월한 건가?

"걔는 장난기가 많았어. 맨날 집에서 몰래 빠져나와서 여기저기 맴돌았지. 사고를 당한 날에도 정처 없이 어슬렁거리고 다녔나 봐."

"슬프지 않아?"

"슬프지. 몸이 두 쪽으로 갈라지는 것처럼 슬퍼."

아스나의 말투는 여전히 무뚝뚝했다. 시선은 계속 묘석을 향해 있었다.

"근데 어떤 얼굴을 해야 할지 모르겠어."

얼굴은 여전히 웃고 있었다. 하지만 시각적으로도 청각적으로도 포착할 수 없는 정보, 그 웃음 속에 감춰진 괴로움이 하루카의 마음속으로 오롯이 전해졌다. 숨을 쉴 수 없을 정도로 가슴이 아파 왔다.

"미안해. 내가 너를 오해했어."

"아니, 괜찮아. 내가 일부러 오해받게 행동한걸 뭐."

하루카의 사과에도 아스나는 헤실헤실 웃으며 대답했다.

"근데, 용케 여기 올 생각을 했다? 요즘 소라가 너한테 차갑게 굴었잖아?"

하루카는 부정하지 않았다. 귀국한 뒤로 내내, 소라가 아스나를 먼저 챙기는 눈치여서 의심을 품고 있었다.

"내가 소라한테 말했어. 정말 계속 숨긴 채 지내도 괜찮겠느냐고. 더구나 일본과 미국 간 장거리 연애잖아? 이대로 가면 서로 힘들 거라고 했지. 그랬더니 혼란스러웠던가 봐. 난 잘 모르는 일이지만 거짓말도 했다지 아마."

"그랬구나."

하루카는 그제야 모든 게 납득이 됐다. 소라의 성격상 그런 말을 들으면 고민에 빠질 게 뻔하다. 수학적으로 최선의 답을 찾기 위해 출구 없는 미궁에 발을 들여놓을 것이다.

"소라답다고 해야 할지 어떨지."

"그러게. 그래서 나도 걱정돼서 널 만나러 학교까지 간 거야."

아스나의 맑은 눈동자에 하늘이 담겼다.

"근데 이제 괜찮은 거 같더라. 아까 소라한테 물어봤더니, 너랑 진지하게 이야기하겠대. 실은 미국으로 떠나기 전에 다시 오이소에 들를 계획이었던 거 같던데, 네가 왔으니까 거기에 갈 필요 없는 거지."

"나랑 얘기를 해?"

대체 무슨 얘기? 하루카는 그렇게 물으려다 발소리가 들리자 입을 다물었다. 소라가 두 손으로 양동이를 안고 뒤뚱거리며 걸어왔다.

"많이 기다렸지?"

"소라, 무겁지?"

"으응, 아무래도 내 근력으로는 이 정도가 한계인가 봐."

소라는 물이 든 양동이를 발밑에 내려놓고는 이마의 땀을 훔치며 휴우 하고 숨을 내쉬었다. 양동이 안에는 물이 8부쯤 들어 있었다. 들어 보니 한 손으로도 번쩍 들렸다.

"어, 어어, 진짜 무거운데."

하루카는 억지웃음을 지었다. 체육 시간에도 거의 참관만 했던 소라다. 보통 사람과 같은 체력이 있을 리 만무하다. 솔직히 연필보다 무거운 것은 들지 못한다고 해도 믿길 거 같았다.

한편, 아스나는 말없이 들고 있던 걸레를 양동이 물에 적셨다. 그걸 본 소라는 가방에서 향 다발을 꺼냈다. 셋은 분담해서 정성스레 묘석을 닦았다. 묘석은 워낙이 구석구석 깨끗하게 닦여 있었던지 걸레는 별로 더러워지지 않았다. 이어서 소라가 향에 불을 붙여 묘석 앞에 세웠다. 소라와 아스나가 손을 모으는 걸 보고 하루카도 따라서 두 손을 모았다.

나는 이 사람을 만난 적도 없어. 하지만 소라의 친한 친구야.

묘지 앞에서 손을 모으는데, 그 이상의 이유는 필요 없었다. 소라의 친구라는 이유 하나만으로도 하루카는 선뜻 두 손을 모을 수 있었다. 그리고 1분쯤 지나 눈을 떴다. 그 1분은 이상한 시간이었다.

죽은 이에게 말을 건네려는 마음이 간절해질수록 주위의 소리가 멀어져 갔고, 더위도 느껴지지 않았다. 눈을 감고 있는 동안, 묘지 앞에 죽은 이의 세계와 이어진 구멍이 뚫려, 일시적으로 그 앞에 선 살아 있는 자들의 몸도 그쪽으로 이끌려 들어가는 느낌이 들었다. 등줄기가 서늘해졌다. 하루카가 눈을 떴을 때는 당연하지만 구멍 따위 없었고 잿빛 묘석뿐이었다. 눈이 따가울 정도로 햇살은 눈부셨고, 매미의 합창 소리도 한층 더 시끄러워졌다.

"하루카."

세계의 맨 끝, 그 맨 끝의 맨 밑에 서 있는 하루카를 부른 건 소라였다. 소라는 하루카를 똑바로 바라보았다. 애써 닦지 않아도 때 묻지 않은 맑은 눈동자였다.

"좀 걷자."

"응."

"히가시오이소중학교로 전학이 결정된 건 사고가 나고 세 달도 안 지났을 때였어. 더구나 그 후로 두 달 뒤에는 미국으로 떠났고. 그래서 아스나한테 너무 미안했어."

소라는 조용히 묘지 사이를 걸었다. 전후좌우의 땅속에 잠든 이들을 깨우지 않으려는 것일까. 여기 들어온 이후로 가장 느릿하게 걸었다.

하루카와 소라에 대한 배려일까, 아스나는 따라오지 않았다. 둘은 다이치의 묘지가 있는 절을 벗어나 공원묘지의 납작하게 깔린 돌길을 걸었다. 하루카는 소라와 보조를 맞춰 나란히 걸었다.

"아스나는 성격이 저래서 표현하지 않았지만 아마 외톨이가 된 심정이었을 거야. 처음 맞는 오봉 때도, 1주기 때도 다이치한테 가지 못했다니까."

참새 한 마리가 나무 그늘에 웅크리고 앉아 더위를 식히며 날개를 쉬고 있었다. 나뭇가지와 이파리 사이로 쏟아지는 햇빛이 공기를 태워 버릴 듯 강렬했다.

"그래서 다이치 묘지에 꼭 한번 오겠다고 약속했어. 아스나랑 함께."

"그랬구나. 오늘 그 약속을 지킨 거구나."

소라의 차분한 목소리를 들으며 하루카는 슬그머니 자신의 그림자에 눈길을 떨어뜨렸다. 아스나의 말이 귓전에 되살아났다.

"슬프지. 몸이 둘로 갈라지는 것처럼 슬퍼."

아스나를 의심했던 자신이 부끄러웠다.

"다이치와 만난 게 초등학교 3학년 때였을 거야. 우연히 짝꿍이 됐어. 출석 번호가 '시라이시 다이치' 다음이 '진노우치 소라'였거든."

소라는 안경 속의 눈을 가늘게 떴다. 그 애가 뽑아내는 말이 사방에서 몰려드는 매미 소리 위로 미끄러져 가는 듯했다.

"책을 좋아하는 친구였어. 특히 아동문학을 좋아해서 중학생이 돼서도 계속 읽었지."

"아동문학."

"그래. 그것 때문이었을 거야. 수학 머리인 나와 문학 머리였던 다이치는 의견이 맞지 않았어. 우리는 늘 싸웠지. 도서관 라운지에서 마주칠 때마다."

"그래도 친했잖아?"

"응."

소라는 바로 대답하고는 씁쓸히 웃었다.

"다이치는 아동문학은 아이들한테 꿈을 준다고 했어. 나는 근거 없는 말이라고 일축해 버렸고. 내게는 꿈이란 표현이 모호했어. 모두가 아동문학에서 꿈을 얻는다는 걸 믿을 수 없었거든."

"흐응. 네가 그런 생각을 했다니 좀 뜻밖이다. 꿈을 소중히 여기는 줄 알았는데."

"물론 다이치의 말을 이해 못해서 그랬던 건 아냐."

소라의 발소리와 하루카의 발소리가 겹쳐져 이내 공기 속으로 사라졌다. 소라의 안경이 햇빛에 반사되어 번쩍 빛났다.

"실제로 다이치의 말에는 사람의 마음을 울리는 뭔가가 있었어. 초등학교 때 반장을 한 적도 있지. 나는 시켜 줘도 못했을 거야. 모두가 귀 기울이는 건 내가 말하는 이론이 아니라, 그 애의 뜨거운 말이었을 테니까."

"그랬구나."

"응. 나는 그런 다이치가 부러웠어. 그래서 고집을 부린 거지. 수학이 옳다는 걸 믿고 싶었거든."

수학이 옳다.

그 말에 담긴 소라의 마음. 거기에는 분명 하루카가 상상할 수 없을 정도로 큰 의미가 있을 것이다. 그것이 소라의 고집이고, 하루카가 일부러 여기에 온 의미일 터.

하루카는 가슴 앞에서 가방을 꼭 끌어안았다.

"괴델의 불완전성 정리."

그 말이 하루카의 입에서 맑은 물이 흐르듯 매끄럽게 흘러나왔다. 소라는 한여름에 눈이라도 본 것 마냥 놀란 얼굴로 돌아보았다. 하루카는 끝까지 냉정을 가장했다.

"네가 했다는 거짓말, 그 정리를 말하는 거지?"

"응."

소라는 한 박자 사이를 두고 그렇게 인정했다. 마침 군데군데 놓인 2인용 벤치가 눈에 들어왔다. 소라가 그중 하나를 가리켰다.

"앉을까?"

둘은 나무 그늘 밑에 있는 벤치에 나란히 앉았다. 자연스레 둘 사이에 약간의 틈이 벌어졌다. 하루카는 가방에서 오이소 도서관에서 빌린 책을 꺼냈다. 먼 길을 오는데도 굳이 챙겨 온 책이다. 《불완전한 수학》. 분홍색 메모지가 하나 끼워져 있다.

"찾았구나."

"응, 찾았어."

하루카는 책장을 팔락팔락 넘겨 메모지가 끼워진 페이지를 펼쳤다. 그리고 소라에게 보이도록 책을 들어 올렸다. 소라는 안경을 고쳐 쓰고 들여다보았다.

이 명제는 증명할 수 없다.

간략한 한 구절이 밤하늘에 빛나는 달처럼 스스로의 존재를 주장하고 있었다. 소라는 그 문장을 지그시 바라보았다. 하루카는 이 책의 내용은 이해하지 못했다. 하지만 확실하게 이해한 부분이 딱 한군데 있다.

바로 '이 명제는 증명할 수 없다'. '이 명제'를 '증명할 수 있다'고 가정하면 이 문장 자체와 명백히 모순된다. 그래서 '이 명제'는 별수를 다 써도 증명할 수 없는 명제라는 것이다.

또한 별도로 접근법도 함께 실려 있었다. '이 명제'란 정확히 말하면 '이 명제는 증명할 수 없다.'라는 의미이므로 "'이 명제는 증명할 수 없다'는 증명할 수 없다.'라고 바꿔 말할 수 있다. 더욱이 두 개의 따옴표 안에 있는 '이 명제'도 '이 명제는 증명할 수 없다'와 마찬가지. 다시 말해 "''이 명제는 증명할 수 없다'는 증명할 수 없다'는 증명할 수 없다'. 이것을 한없이 되풀이해도 끝나지 않는다. 결국 영원히 문제의 본질에 다다를 수 없는 것이다. 당연한 걸 가지고 일일이 설명하지 않아도 다 이해하거든, 하고 비웃을지도 모른다.

그러나 이건 무서운 사실이다.

수학에 증명할 수 없는 것이 있다. 다시 말해, 수학에 절대 풀리지 않는 문제가 있다는 말이다. 그것이 대략적인 '괴델의 불완전성 정리' 내용이었다. 더구나 이 《불완전한 수학》에는 이러한 '결코 증명할 수 없는 명제'는 무한으로 만들 수 있다고 쓰여 있었다.

"자, 무엇이든 물어봐. 반드시 수학의 힘으로 해결해 줄 테니까."

벌써 1년도 더 지난 일이다. 하루카와 처음 이야기를 나눴던 날, 소라는 가슴을 펴고 그렇게 말했다.

"어떤 문제도 풀 수 있어."

수학에 대해 소라는 분명하게 그렇게 말했다.

하지만 그건 거짓이었다. 수학은 완전하지 않았다. 불완전했다. 물론 하루카도 소라의 말꼬리를 잡고 늘어질 생각은 없다. "수학은 뭐든 해결할 수 있다더니, 아니네 뭐. 야호!" 하고 기뻐할 정도로 바보는 아니다. 초등학생도 아니고.

그것을 '거짓말'이라고 표현한 건 소라 자신이다.

"나는 너한테 한 가지 거짓말을 했어."

햇볕이 쨍쨍 내리쬐는 옥수수 밭에서 소라는 진지한 눈빛으로 그렇게 말했었다.

"실은 수학으로 풀 수 없는 문제도 있어."라고 말하면 될 텐데.

소라는 그러지 않았다. 하루카에게 굳이 거짓말을 했다고 말했다. 꼭 알아야 했던 것일까. 아니면 모르는 채 있어야 했을까. 하루카는 그걸 확인하기 위해 여기에 왔다.

"왜 그런 거짓말을 한 거야?"

하루카는 《불완전한 수학》을 탁 덮었다. 화가 나거나 슬프지는 않았다. 단순한 의문이었다. 이유 없이 소라가 거짓말을 했을 리 없다는 걸 알고 있으므로.

"지고 싶지 않았어. 단지 그뿐이야."

손바닥 위로 살짝 목소리를 얹어 놓듯 소라는 작게 대답했다.

"나는 이 현실에 지고 싶지 않았어. 수학이 불완전하단 걸, 인정하고 싶지 않았어."

둘의 시선이 정면에서 부딪쳤다.

"다이치가 죽은 날, 생각했어. 들어 줄래?"

"물론이지. 들을게."

하루카가 지체 없이 고개를 끄덕이자, 소라는 가방에서 공책을 꺼내고 가슴 주머니에서 연필을 빼 들었다. 소라는 수없이 이런 모습으로 수학을 가르쳐 주었다. 마지막일지도 모른다고 생각하며 하루카는 눈과 귀에 모든 정신을 집중했다.

"하루카, 목숨의 가치가 얼마라고 생각해?"

다짜고짜 그렇게 물었다. 당황스러웠다. 하지만 이렇듯 갑작스럽게 이야기를 전개시키는 소라를 하루카는 지난 1년 동안 숱하게 경험해 왔다. 반드시 마지막에는 하나의 도달점을 향해 정리된다는 것도 아니까 겁먹을 필요도 없었다. 소라가 이야기를 풀어 나가는 방식은 증명 문제의 답안, 그 자체다.

하루카는 팔짱을 끼고는 잠시 생각했다.

"목숨의 가치……. 생각해 본 적은 없지만 그건 측정할 수 없는 거 아닌가?"

"그럴지도 모르지."

애매한 대답이 돌아왔다. 작은 말실수도 하지 않으려는 듯 무척이나 신중한 말투였다.

"어쨌든 목숨에는 무한한 가치가 있다고 가정해 보자."

소라는 틀어진 안경을 연필로 바로 잡았다. '가정'이라는 말을 들은 순간, 하루카는 가슴에 찌르르 전류가 흐르는 듯했다. 귀류법(어떤 명제가 참임을 직접 증명하는 대신, 그 부정 명제가 참이라고 가정하여 그것의 불합리성을 증명함으로써 원래의 명제가 참인 것을 보여 주는 간접 증명법—옮긴이)이다. 1년도 더 지난 기억이 머릿속에서 꿈틀 기지개를 켰다. 소라가 처음 가르쳐 준 수학은 '소수'였다. 그리고 '소수가 무한으로 있는 것'을 증명하기 위해 소라는 '소수는 유한하다'고 가정하고 거기에서 모순을 이끌어 냈다.

그것이 귀류법이다.

어찌 잊을 수 있을까, 처음 만났던 '살아 있는 수학'을.

"자 그럼, 이 가정이 옳은지 그른지 알아보기 위해 이런 예를 한번 생각해 보자."

소라는 천천히 증명의 첫발을 내딛었다.

"어떤 사람이 차를 타고 직장에 가려고 해. 하지만 그날은 공교롭게 비가 내려. 왠지 기분이 울적해서 직장에 가고 싶지 않아."

"안 가면 안 되잖아."

"물론이지. 상식적으로 생각하면 직장에 가야지. 하지만 그는 머릿속으로 이렇게 생각해. '이런 빗속에서 운전하다가는 아주 적긴 하지만 사고로 죽을 가능성이 있어.'"

사고로 죽을, 부분에서 말끝이 약간 떨렸다. 하루카는 침을 꼴깍 삼켰다. 그것이 단순한 '가능성'이 아닌 현실이란 걸, 소라는 똑똑히 알고 있었다. 하지만 소라는 태연한 얼굴을 가장했다. 하루카도 끼어들 수가 없었다.

"직장에 가지 않으면 회사에서는 신용을 잃겠지? 하지만 직장에 갈 경우엔 목숨을 잃을 수도 있어. 각각의 수치를 이렇게 놓아 보자."

소라는 재빨리 연필을 들고 무릎 위에 있는 공책에 적기 시작했다. 어디에 써도 변하지 않는 소라의 글씨체. 활자처럼 예쁜 숫자와 알파벳과 기호, 그리고 동글동글한 글씨.

나가지 않는다…100% 확률로 신용을 잃는다

나간다…0.0001% 확률로 목숨을 잃는다.

신용의 가치=x(유한)

목숨의 가치는=∞

"무한을 다룰 땐, 실제로는 특별한 기호를 쓰지만 지금은 복잡해지니까 생략할게."

소라는 노트 끝에 '$\lim_{n\to\infty} n$'이라는 기호를 써서 보여 주었다. 복잡한 정도가 아니라 아예 모르는 언어였다. 생략해 줘서 정말 다행이었다.

"아, 0.0001퍼센트란 수치는 임시로 놓은 거야. 실제로는 조금 더 크거나 작을지도 몰라."

소라는 연필로 수치를 가리키며 그렇게 보충 설명을 했다.

"그럼, 이 수치를 바탕으로 잃게 될 가치의 기댓값을 생각해 보자."

기댓값.

이것도 1년 전에 처음 들었던 말이지만, 그 후에 읽은 책에도 여러 번 나온 터라 기억하고 있다.

기댓값이란 얻을 수 있는 수치의 평균값. 예컨대, 2분의 1의 확률로 500엔을 얻을 수 있는 제비뽑기가 있다면 기댓값은 $500\times\frac{1}{2}=250$으로 250엔. 만약, 그 제비뽑기 한 번에 300엔이 든다면 하지 않는 편이 낫다. 1회에 300엔을 들여 평균 250엔을 얻을 수 있는 제비뽑기라면 할수록 손해이기 때문이다. 기댓값은 불확실한 미래를 알기 위한 길잡이다. 1년 전에는 '연애부등식'을 완성하는 데 열쇠가 되어 주었다. 와락 그리움이 밀려왔다.

"100퍼센트는 $\frac{100}{100}=1$이니까 나가지 않을 경우의 기댓값은 이래."

$$x\times1=x$$

신용 x와 확률 1을 곱한 기댓값이다. 다시 말해, 이 사람은 직장에 나가지 않으면 x만큼의 가치를 잃는다. 하루카도 이제 그 정도는 알 수 있었다.

하루카가 특별히 의문을 품지 않는 것을 눈치챘는지, 소라는 곧바로 다시 손을 움직였다. 나무 그늘이라고는 해도 긴소매 차림인 소라는 쪄 죽을 지경일 것이다. 왼손으로 연신 이마의 땀을 훔쳤다.

"다음으로 0.0001퍼센트는 $\frac{1}{1000000}$이니까 집밖으로 나갈 경우의 기댓값은……."

$$\infty \times \frac{1}{1000000} = \infty$$

공책에 새로 등장한 짧고 한편으로는 오싹한 수식.

"100만분의 1인데 무한은 그대로 무한인 거야?"

"그렇지! 좋은 질문이야."

소라가 웃었다. 뭐가 좋은 질문이란 건지 하루카는 물론 알지 못한다. 하지만 소라가 들려주는 수학 이야기를 1년 넘게 들어왔으니, 질문이 술술 나오는 건 당연하다. 하루카는 멋대로 그렇게 이해했다.

그러나 소라는 질문과 전혀 관계없는 말을 꺼냈다.

"그럼 무한 개의 방이 있는 호텔을 상상해 봐."

"뭐? 호텔?"

"그래. 여관도 좋고."

갑자기 우주 한가운데에 내던져진 기분이었다.

지금은 호텔이냐 여관이냐의 문제가 아니다. 무한 개의 방을 어떻게 상상하란 거지?

"소라, 무한 개의 방은 만들 수 없잖아?"

"물론 그렇긴 해. 하지만 어떻게든 만들었다 치고 상상해 봐."

태연한 얼굴로 터무니없는 주문을 하는 소라. '지구보다 기다란 밧줄을 상상해 봐.' 전에도 그렇게 무리한 요구를 한 적은 있었지만 이건 차원이 다르다. 무한 개의 방이 있는 호텔은 현실적으로는 절대 불가능하다.

그래도 소라가 상상해 보라니 해 보는 수밖에. 소라는 불필요한 말은 하지 않으니까.

하루카는 일단 머릿속을 완전히 텅 비웠다. 그리고 아무것도 없는 부지에 거대한 호텔을 지었다. 도쿄돔보다 더 규모가 큰 호텔. 방이 많긴 하나 아직 이 정도로는 부족하다. 다음에는 자신이 살고 있는 가나가와 현의 땅을 모두 사 들여 그 땅에 가득 들어차게 호텔을 지었다. 가나가와 현의 인구는 약 900만 명. 방의 개수도 900만 개쯤은 확보할 수 있을 것 같다. 물론, 이 정도로는 여전히 부족하다.

하루카는 머릿속에서 슈트 차림의 호텔 경영자가 되어 본다. 이대로 계속 넓혀 나가면 국경을 넘어 자칫 국제 문제로 비화될 수도 있다. 설령, 교섭이 매끄럽게 이뤄져 전 세계 땅을 모조리 사 들인다 해도 여전히 무한 개의 방을 만들 수는 없다.

그렇다면 어떻게 해야 할까.

하루카 사장은 한 가지 결단을 내렸다.

우주에 호텔을 건설한다.

하루카는 우주가 얼마나 넓은지 그 규모를 알지 못한다. 소라는 전에 '푸앵카레 추측'에 대해 말한 적이 있지만, 그건 '우주의 형태를 알아보는 방법'에 이용할 수 있는 이론이었다. 하지만 실제로 로켓을 타고 우주 끝까지 간 사람은 아직 없다.

그래서 머릿속으로 우주는 끝이 없는 것으로 정리하기로 했다.

그리고 간신히 무한 개의 방이 있는 호텔을 지었다고 상상하기로 했다.

"상상이 잘됐나 본데."

"자신은 없지만 아무튼 상상했어."

하루카는 피식 웃었다. 크기가 무한인 호텔이 우주에 떠 있는 걸로 했지만 그게 상상을 한 것인지는 의심스러웠다.

"그럼 그 호텔 방이 만실이 됐다고 하자."

"뭐! 방이 무한으로 있는데?"

"응. 손님도 무한으로 온 거지."

하루카는 머리가 깨질 듯이 아팠다. 제트코스터 꽁무니에 매달린 기분이었다. 조금만 정신 줄을 놓으면 바로 떨어져 버릴 것 같았다. 수학가게 점장 대리가 된 후로 제법 많이 공부해 왔는데, 수학의 깊이는 훨씬 더 깊은 모양이었다.

"알았어, 상상해 볼게. 근데 그 만실의 호텔을 어쩌게?"

"그 상태에서 손님이 한 명 더 새로 들어와. 너라면 어쩔 거야?"

"오늘은 만실입니다, 그렇게 말하고 돌려보낼 수밖에 없을 것 같은데."

"안 그래도 돼. 무한 호텔이 특별한 점은 만실 상황에서도 새로 온 손님이 들어갈 수 있단 거야."

만실인데 손님이 들어갈 수 있다고?

장난하나 지금?

물론 소라가 여기서 장난할 리 없다는 건 알지만, 어쩌면 고도로 정확한 수학은 그렇게 장난하는 듯 보일지도 모른다.

"그게 무슨 소리야? 사람이 더는 들어갈 수 없어서 '만실'이라고 하는 거잖아?"

"하지만 모든 숙박객에게 이렇게 말하면 문제는 바로 해결돼. '자신의 방 번호에 1을 더한 방으로 이동해 주세요.'라고 말이야."

"어떻게?"

"1호실에 묵었던 사람은 2호실로. 2호실에 있던 사람은 3호실로. n호실에 묵었던 사람은 $n+1$호실, 그런 식으로 말이야."

"아, 하나씩 옮기게 한다는 거지."

마침내 소라의 말을 이해한 하루카는 곧바로 머릿속 우주에 건설한 무한 호텔에서 마이크를 들었다. 실내 방송을 통해 방을 하나씩 옮겨 달라고 부탁한다. 숙박객은 투덜거리면서 느릿느릿 옆방으로 이동한다.

그럼…….

"아, 정말이네. 1호실이 비었어."

놀란 하루카가 소리를 높였다. 만실이었던 호텔에 빈 방이 하나 생긴 것이다. 그럼 맨 끝 방에 있던 사람은 어떻게 됐을까. 순간적으로 그런 의문이 들었지만 애초부터 무한 호텔에는 끄트머리 방은 없다. 무한 호텔 복도는 무한의 길이로 끝없이 이어져 있으니까.

머릿속이 뒤죽박죽되기 일보 직전에 겨우 거기까지 이해할 수 있었다.

"그러니까 무한에 1을 더해도 같은 무한이란 거지?"

하루카가 무한 호텔에서 공원묘지의 벤치로 돌아오자, 소라는 공책에 짤막한 식을 하나 더 써 넣었다.

$$\infty+1=\infty$$

무한의 손님이 있는 호텔에 손님 한 명이 더 추가돼도 역시나 무한. 당연한 듯하면서도 어딘지 기묘한 논리였다.

"마찬가지로 이번에는 100만분의 1로 해 보자."

벌써 몇 번째 소라는 안경을 밀어 올렸다. 하루카는 잠시 잊고 있던 걸 퍼뜩 떠올렸다. $\infty\times\frac{1}{1000000}=\infty$에 대해 설명하던 중이었다. 드디어 소라의 설명이 본론으로 들어간 것이다.

"그럼 이번엔 어쩔 건데?"

"이번에도 호텔이 만실이라고 생각해 보자. 그리고 어느 날, 이 무한의 손님 중 '100만의 배수'의 방 번호에 묵고 있는 사람만 남기고 모두 체크아웃 하는 걸로 하자."

"100만의 배수? 그럼 200백만이나 300백만?"

"응. 그 사람들 외에는 모두 집으로 돌아가는 거야. 당연히 호텔은 텅텅 비겠지. 그럼 남아 있는 손님에게 말하는 거야. '지금 방 번호의 100만분의 1에 해당하는 방 번호로 이동해 주십시오.'라고."

하루카의 뇌는 더위와 소라의 설명에 따라가느라 이미 과열된 상태였다. 그럼에도 가까스로 회전시켰다.

"어어……, 그럼 100만 호실에 있던 사람이 1호실로 이동하는 거야?"

"맞아. 마찬가지로 2호실에는 200만 호실에서 손님이 이동해 오고, 3호실에는 300만 호실 손님이 옮겨 오겠지. 이런 식으로 계속 이동하면 모든 n호실에 $n \times 100$만 호실에서 손님이 이동해 오게 돼."

하루카의 머릿속 무한 호텔에서 다시 안내 방송이 흘러나왔다. 방 번호를 100만분의 1로 해서 이동한다는 건, 옆방으로 옮겨 가는 것과는 차원이 다르다. 손님은 끝이 보이지 않는 긴 복도를 짐을 든 채 계속 걸어야 한다. 아마도 자동차로 이동해야 할 것이다. 그리하여 오랜 시간에 걸쳐 손님의 이동이 끝났다. 하루카의 의식도 우주에서 지구로 돌아왔다.

"어때? 원래대로 무한 개 있는 방이 모두 채워졌지?"

소라는 연필로 공책을 가리켰다. 조금 전에 적어 넣은 수식이 눈에 들어왔다.

$$\infty \times \frac{1}{1000000} = \infty$$

맞다. 무한 호텔은 대량의 손님이 체크아웃 했음에도 다시 만실이 되었다. 무한을 100만분의 1해도 역시 무한이다. 벤치에 앉은 채 아주 긴 여행을 한 듯 하루카는 후유 숨을 내쉬었다. 마침내 이 수식도 이해할 수 있었다. 무한이란 1을 더해도, 100만분의 1을 해도 흔들리지 않는다는 말인가.

"자, 드디어 모든 준비가 끝났어."

소라는 눈을 반짝거리며 그동안 공책에 적어 넣은 한 줄 한 줄을 연필로 가리켰다. 하루카는 천천히 그것을 눈으로 좇았다.

나가지 않는다…100%의 확률로 신용을 잃는다.

나간다…0.0001%의 확률로 목숨을 잃는다.

신용의 가치 $= x$(유한)

목숨의 가치 $= \infty$

$$x \times 1 = x$$

$$\infty \times \frac{1}{1000000} = \infty$$

$$x < \infty$$

마지막 줄에 추가된 $x < \infty$는 결론을 나타내는 수식이었다.

"이 마지막 부등식은 두 개의 기댓값을 비교하는 거야?"

"그래. x는 유한이니까 크기는 언제나 $x < \infty$가 돼. 그러니까 나가지 않는 경우에 잃는 x보다 나가는 경우에 잃는 ∞가 더 크다는 거지. 수학적으로 보면 사람은 나가선 안 되는 거야."

소라는 딱 잘라 말했다. 무심한 듯 말했지만 아주 무서운 이야기였다. 왠지 모든 인류가 은둔형 외톨이가 돼야 한다는 주장 같기도 하지만.

"그치만 어른들 대부분은 평일에는 밖에 나가 일하는데?"

"그렇지. 많은 경우 사람들은 밖에 나가는 걸 선택해. 그래서 사람의 목숨의 가치가 유한하지 않으면 논리적으로 맞지 않게 되는 거지."

소라는 주장을 깨끗이 뒤집었다. 하루카는 몇 초쯤 지나서야 그걸 알아차렸다.

그렇구나. 그래서 귀류법이구나.

소라는 '목숨에는 무한의 가치가 있다.'라고 가정하면 반드시 모순이 나온다는 것을 보여 주었다. 목숨의 가치를 무한하다고 한다면 앞뒤가 맞지 않는다. 그렇다면 목숨의 가치는 당연히 유한한 거다.

하지만 하루카의 마음은 왠지 석연치 않았다.

수학적인 증명은 끝났다. 그럼에도 밥을 먹었는데도 배부르지 않은 것처럼. 물을 마셨는데도 갈증이 가시지 않는 것처럼. 공부를 했는데도 실력이 오르지 않는 것처럼.

나직이 소라의 목소리가 울렸다.

"목숨의 가치가 유한하다면 다이치의 목숨도 수치로 나타낼 수 있겠지."

자신의 몸의 일부를 잃은 듯 소라의 목소리에는 허전함이 짙게 배어 있다. 하루카는 잠시 숨 쉬는 걸 잊었다.

"만약, 만약에 내 목숨의 가치를 100이라고 하면 다이치가 잃은 목숨의 가치는 얼마일까. 13년밖에 못 살았으니까 나보다 적겠지. 80이나 90쯤 될까?"

소라는 공책이 구겨질 정도로 손에 힘을 꽉 주었다. 고통스런 숨소리가 하루카의 귀에 와 닿았다.

"그걸 생각하면 괴로워서 미치겠어. 다이치의 인생이, 존재가, 가볍게 다루어지는 거 같아서."

무슨 말이라도 해야 할 것 같았지만, 지금 이 순간의 소라에게 타인의 동정 따위가 무슨 소용이 있을까 싶었다. 벤치 위에 놓인 돌덩이 마냥 하루카는 그저 굳어져 있을 뿐이었다. 공기가 무거웠다. 땅에서 뿜어내는 열기 때문에 숨쉬기가 괴로울 지경이었다. 그 열기가 하루카의 등을 무겁게 짓눌렀다. 하염없이 침묵이 이어졌다. 땀방울이 땅바닥에 뚝뚝 떨어졌다. 그리고 얼룩진 땅바닥이 다 말랐을 때 소라는 고통스러운 미소를 지으며 입을 열었다.

"하지만 나는 깨달았어. 목숨의 가치란 그 당사자에게만 유한하단 걸."

"뭐, 무슨 말이야?"

"다이치의 목숨은 다이치 자신에게는 유한한 것이었는지도 모르지. 하지만 다이치의 생각과 의지는 나와 아스나의 마음에 남아 있어. 그리고 언젠가 나와 아스나가 죽으면 그 의지는 또 다른 누군가에게 남겨질 테고."

소라는 하늘을 우러러봤다. 그 눈동자는 파란 하늘 너머에 펼쳐진 무엇인가를 보는 듯 진지했다.

"인류가 멸망하면 남겨진 생물에게 어떤 영향을 미치겠지. 지구가 멸망해도 그 흔적은 우주에 남아. 우주적으로 보면 아주 보잘것없을지 모르지만."

소라는 하늘을 향해 오른손을 뻗고는 천천히 주먹을 쥐었다. 그리고 소라 자신에게만 보일 뭔가를 꽉 움켜쥐었다.

"다이치가 남긴 자취는 그렇게 영원히 계속돼 가. 이 세계, 아니 이 우주에, 다이치의 가치는 무한했어. 죽고 없는 지금도 그 애의 가치는 무한해. 물론 나도 그렇고 너도 그럴 거야. 누구든 그 가치는 무한해."

하루카는 일절 끼어들지 않고 소라의 말에 귀 기울였다.

소라의 말은 이미 수학이 아니었다. 소라의 마음이 원했던 절실한 바람이었다. 소라는 다시 무릎 위의 공책으로 눈을 돌렸다.

이내 연필이 춤추며 소라의 모든 생각이 담겨진 수식이 뽑아져 나갔다.

자신에게 목숨의 가치=유한

우주에게 목숨의 가치=무한

"나는 이걸 '목숨의 정리'라고 이름 붙였어. 다이치의 목숨의 가치는 이 세계에 계속 이어질 거야."

"목숨의 정리……."

"그래. 이 정리가 있기 때문에 내가 다이치보다 몇 년을 더 살든 목숨의 가치는 같은 거지. 무한에 1을 더해도 무한은 무한이니까. 무한의 두 배도 역시 무한. 무한과 무한은 같은 크기니까."

소라는 평소와 달리 약간 흥분했고, 목소리에도 힘이 들어갔다. 그 모습만으로도 이 두 줄의 수식—정리라고 부를 수 있을지 모르지만—에 담긴 마음을 짐작할 수 있을 듯했다. 이 정리가 소라를 버티게 해 준 것이다. 지난 1년 반 동안 스스로를 움직이게 하는 원동력이었다. 다이치의 생이 헛되지 않았다고, 스스로를 달랠 수 있는 근거였다.

"그런데 말이야."

숨겨 뒀던 생각을 얼추 쏟아 낸 소라는 다시 목소리를 떨어뜨렸다.

"이런 수식을 수백 번 써 봐도 다이치는 돌아오지 않아."

가슴을 저미는 비통한 말이었다.

"예전에 나는 수학의 힘으로 자살을 막아 본 적도 있어. 사람의 목숨을 지킬 수 있는 힘이 이 손에 있었지. 하지만 사람의 목숨은 잃기 전에만 지킬 수 있어. 한번 잃으면 절대 돌이킬 수가 없다고."

공책에 올려놓은 소라의 손에 힘이 들어갔다. 부스럭 구겨지는 소리가 났다. 뺨을 타고 흘러내린 땀이 턱 끝에서 떨어져 종이 위에 얼룩을 만들었다. 소라는 말을 멈추지 않았다.

"다시는 이런 슬픈 일이 일어나게 해선 안 돼. 그래서 나는 세계를 바꾸지 않으면 안 됐던 거야. 구하지 않으면 안 됐던 거라고."

부욱 소리와 함께 결국 공책 한 장이 찢겨 나갔다. 공들여 만들어 낸 기댓값의 계산도, 목숨의 정리도 구겨지고 땀에 젖어 알아볼 수 없게 되었다.

"그런데 수학은 불완전해. 수학자들의 노력도, 리만 가설에 대한 도전도, 그 모든 게 무슨 의미가 있는지 잘 모르겠어."

소라는 피를 토하듯 한 마디 한 마디를 뱉어 냈다.

"수학은 세계를 구할 수 없을지도 몰라."

아, 그렇구나.

하루카는 그제야 진심으로 이해할 수 있었다.

그래서 소라는 거짓말을 한 것이다. 하루카와 소라 자신을 속인 것이다. 수학이 세계를 구하지 못할 수도 있다는 그 가능성을 머리 밖으로 내던져 버리고 싶어서.

소라는……. 누구보다 논리적인 사고 회로를 가졌다고 생각했지만 사실은 그렇지 않았던 거다. 근거 없는 말을 하고 비과학적인 것을 바라고 있었다.

소라는 누구보다 인간다웠다.

"하지만 소라 넌 수학가게를 선택했어. 그렇지?"

소라가 놀란 듯 얼굴을 들었다. 찢어진 공책이 너울너울 떨어졌다.

"구하지 못할 수도 있고, 구할 수도 있어. 소라 넌 그걸 알기 때문에 괴로웠던 거야."

지난해 5월, 소라와 처음 만났던 날의 일이 마치 어제 일처럼 머릿속을 뛰어다녔다.

"제 꿈은 수학으로 세계를 구하는 것입니다."

자기소개를 할 때 소라는 분명 그렇게 말했다. 아동문학의 영향이었으리라. 그 말에 소라의 영혼이 담겨 있었음은 부정할 수 없다.

"나는 세계를 구할 자신이 없었어."

소라의 목소리가 갈라졌다. 이마에 주름을 잡고 있는 모습이 고통스러워 보였다.

"하지만 적어도 내 손길이 닿는 사람들만이라도 구하고 싶었어."

"그게 수학가게였던 거구나."

소라가 품어 왔던 생각이 소리 없이 하루카의 가슴을 울렸다. 그때의 자기소개도, 책상 옆에 세워 뒀던 깃발도, 자신감 넘치는 듯이 보였던 말과 행동도. 그 모두가 소라의 괴로움을 완전히 가리기 위한 연막이었다. 소라는 절망의 나락으로 떨어지기 일보직전의 위태위태한 상황에서 그렇게 홀로 걸었던 것이다.

그런데 그런 소라의 자기소개에 반 아이들 모두가 배꼽을 쥐고 웃었다. 말도 안 된다고, 할 수 없다고 단정 지었다. 미래를 증명하지도 못하면서. 아무도 타인의 꿈을 비웃을 권리가 없는데. 하루카는 마음속에서 지난해의 어리석었던 자신을 한 대 후려갈겼다. 그리고 단호하게 말했다.

"구할 수 있어."

더는 그때의 아마노 하루카가 아니었다. 털끝만큼도 주저함이 없었다.

"소라 너라면 틀림없이 세계를 구할 수 있어. 리만 가설도 풀 수 있고."

"그렇지 않……."

"구할 수 있어."

소라의 말을 덮어 버리듯이 하루카는 그렇게 단호하게 말했다. 어떠한 근거도 논리도 없었다. 결국은 소라의 꿈을 비웃는 무리와 같은 차원일지도 모른다. 그래도 상관없었다. 느낀 것을, 떠오른 것을 말에 실어 보낼 뿐이었다. 불안도 절망도 함께 짊어지고 가리라 다짐했다.

"나는 믿어. 나는 구원받았으니까. 그리고 넌 틀림없이 세계도 구할 수 있어."

"전혀 수학적이지 않은 표현이야."

소라는 씁쓸히 웃었다. 어디서 날아왔는지 잠자리 한 마리가 소리 없이 둘의 머리 위를 지나갔다. 소라의 두 눈은 젖은 돌멩이 같은 소박한 아름다움을 되찾았다.

"그래도 너는 알고 있어."

"응, 알고 있어. 아니, 믿어."

"흐음."

소라는 손으로 턱을 매만졌다. 갑자기 불어온 바람에 발밑에 떨어진 공책 조각이 팔락팔락 울었다.

"그럼 나도 믿지 않을 수 없지."

공책 조각은 하늘로 날아올랐다. 나뭇잎과 함께 바람을 타고 높이높이 날아올랐다. 소라는 그걸 눈으로 좇지는 않았다. 대신 그 눈이 똑바로 하루카에게로 향했다.

"나는 앞으로도 너랑 함께 걷고 싶어."

그 순간.

둘의 주위에서 모든 소리가 사라졌다. 아니, 소리만이 아니었다. 바람도 풍경도 모든 것이 실체를 잃었다. 단지 둘만이 과거와 미래에서 분리된 현재에서 마주보고 있었다.

"나도 같은 생각을 했어."

"난 다시 미국으로 돌아가야 하는데도?"

"그래."

둘만의 세계 한가운데서 하루카가 대답했다.

"근데 이제는 그런 거 신경 안 쓰기로 했어."

확률도.

기댓값도.

연애부등식마저도.

지금의 둘에게는 아무런 의미가 없었다.

손과 손이 맞닿았다. 그리고 어느새 어깨가 맞닿았다. 약하디 약하게, 하지만 확실한 힘이 둘 사이에 작용하여 무한으로 느껴졌던 거리가 급속히, 한편으로는 답답할 정도로 더디게 줄어들었다.

말없이 눈을 감았다.

둘의 심장 고동이 하나로 들렸다.

의식하지 않으려고 하면 할수록 어떻게 해야 자연스러운지 갈피를 잡을 수가 없었다. 하루카는 할 수 없이 소라보다 앞서 빠른 걸음으로 걸었다. 살랑대는 바람에 달아오른 뺨을 식혀 보려 했으나, 후덥지근한 바람으로 불덩이 같은 뺨을 식힌다는 건 어림없는 일이었다.

소라는 지금 어떤 얼굴을 하고 있을까. 돌아보고 싶었다. 하지만 한편으로는 절대 돌아보고 싶지 않았다. 그보다는 자신이 이상한 표정을 짓지나 않을까 몹시 마음이 쓰였다. 오른손과 오른발이 동시에 나갈 뻔한 적도 벌써 몇 번째다.

결국, 심장 박동이 안정되지 않은 채로 다이치의 묘석 앞에까지 왔다. 나무 그늘에 앉아 있던 아스나가 둘을 보고 얼른 일어났다.

"얘기 다 끝났어?"

"응. 오래 기다렸지, 미안."

소라는 아무 일 없었던 것처럼 굴었다. 쭈뼛쭈뼛 얼굴을 봐도 역시 평소의 무표정이었다. 이쪽은 얼굴에 불이 붙은 것 같은데, 대단한 포커페이스다. 하루카는 헤실헤실 웃는 아스나에게서 슬며시 시선을 돌렸다. 아니, 슬며시는 거짓말이다. 방금 전, 엄청 부자연스러웠을 터이다. 곁눈으로 쳐다봐도 아스나의 표정은 여전히 변화가 없다. 눈치를 챈 건지 못 챈 건지 가늠이 안 됐다. 소라가 다시금 다이치의 묘석 앞에 섰을 때에야 하루카는 평정을 되찾을 수 있었다. 그리고 잠시 조금 전에 일어난 일을 잊고 있었다.

"다이치, 또 올게."

소라는 바로 앞에 있는 절친한 친구에게 말을 건넸다.

“근데, 언제까지 상복을 입고 있을 순 없어.”

그리고 자신의 가슴팍으로 손을 가져갔다. 뒤에 서 있는 하루카는 몇 초 뒤에야 알았다. 소라는 입고 있던 검은 버튼다운을 벗었다. 가슴이 철렁 내려앉았지만 걱정할 필요는 없었다. 안에서 하얀 바탕에 흑백 사진이 프린트된 셔츠가 모습을 드러냈다. 아주 평범한 티셔츠. 검은색이 아닌 옷을 입은 소라를 보는 건 오늘이 처음이었다.

소라는 그렇게 오랫동안 입었던 상복을 마침내 벗었다.

“나는 앞으로 나아갈 거야. 그리고 반드시 이 세계를 구하겠어. 너처럼 슬픈 일이 일어나지 않는 세계를 만들어 나가겠어. 그러니까 지켜봐 줘.”

뒤에 선 하루카와 아스나는 잠자코 그 결의를 들었다.

다이치도 잘 들었을까, 어떨까. 소라는 이런 얘기를 어이없어할까. 아니다, 아마 그러지 않을 거다.

전에 소라가 말했다. 아마도 교실에서 사토미에게 점에 대해 설명했을 때.

“아무리 비과학적으로 보여도 증명되지 않는 한 틀렸다고 단언할 수는 없어.”

그럼 분명히 지금도 마찬가지일 거다.

유령이 절대 존재하지 않는다고 증명한 사람은 없다. 지금 여기에 절대 다이치가 없다고 증명할 수 있는 사람은 없다.

그렇다면 기대해도 되는 거다.

수학자는 모두 로맨티시스트니까.

“아 참.”

하루카는 퍼뜩 생각나서 절 문을 향해 걷는 소라를 향해 말했다.

“가케루가 연락하라고 했는데.”

“가케루가?”

소라는 돌아보고 고개를 갸웃했다.

“무슨 일이지?”

“모르겠어. 지 할 얘기만 하는 애잖아.”

하루카는 입술을 비죽 내밀고는 스마트폰을 꺼냈다. 라인으로 짧게 메시지를 보냈다. 아스나는 가케루가 누군지 모르는 듯 말없이 지켜볼 뿐이었다. 채 1분도 안 돼 가케루에게서 전화가 왔다. 전화를 받자 인사도 없이 퉁명스런 목소리가 전파를 타고 날아왔다.

“볼일 다 봤냐?”

“어? 응. 이제 집에 가려고.”

“아직 오지 마.”

“뭐?”

“유시마에 가자. 마키랑 아오이랑, 다섯이서.”

“뭐? 갑자기 무슨 소리야?”

"암튼. 소라도 함께 있지? 잔말 말고 끌고 와."

"지금 당장?"

"아, 그래. 아무튼 유시마 역 앞에서 보자."

그리고 전화가 끊겼다. 하루카는 어안이 벙벙해서 통화 종료 표시 화면을 멍하니 바라보았다. 지나가던 사람이 느닷없이 얼굴에 달걀을 던지고 도망가는데 반격할 틈도 없어 엉거주춤 서 있는 기분이었다.

가케루는 역시 가케루였다. 좋아, 그렇게 나온다면 나도 생각이 있지.

"유시마로 오라는데."

"가케루가?"

"응. 마키랑 아오이도 있대."

한쪽 뺨을 부풀리며 하루카는 스마트폰을 집어넣었다. 그 셋은 지금 도쿄로 출발할 테고, 그럼 두 시간쯤 걸릴 것이다.

"그럼, 나는 방해되니까 먼저 갈게."

아스나는 셔츠 목에 걸어 뒀던 선글라스를 빼어 손가락에 걸고 빙글빙글 돌렸다. "함께 가도 되는데."라고 말하려다 그만뒀다. 분위기를 간파해 줬으니 지금은 그 호의를 받아들이자고 생각했다. 무슨 바람이 불었는지는 모르지만 가케루가 온단다. 그것도 마키와 아오이도 함께.

그렇다면 다섯이서만 만나는 게 좋다.

수학가게 멤버 다섯 명이 다 모이는 것은 약 1년 만이니까.

"내일 공항에 배웅 나갈게."

아스나는 그 말을 남기고 도중에서 내렸다. 지금 하루카와 소라는 도심 방면으로 향하는 차 안에 있다. 하루카는 아무렇지도 않은 듯 등 뒤로 사라져 가는 풍경을 바라보았다. 다시 어색한 공기가 너울너울 내려앉았다. 눈을 맞추는 것도 어색했다. 여름 더위 탓이야, 하루카는 그렇게 자신에게 타이르고는 손수건을 꺼냈다. 하지만 차 안의 냉방으로 완전히 식어 버린 몸에 닦을 땀은 없었다. 하루카는 손수건을 물끄러미 바라보고는 도로 집어넣었다.

도쿄 전철은 지옥철이라는 말을 들은 적이 있지만, 한산한 오후 시간대라선지 전철 안은 빈자리도 드문드문 있었다. 게다가 냉방 장치가 가동되어 차내는 시원했지만 하루카와 소라 사이만은 묘하게 긴장의 끈이 팽팽하게 둘러쳐져 있었다. 아니다, 어쩌면 하루카 혼자만 그렇게 느끼는지도 몰랐다.

다마레이엔 역에서 유시마 역은 환승 시간까지 계산하여 대략 한 시간. 다음 역에서 갈아타야 돼, 하루카는 이동하는 내내 소라에게 그런 사무적인 용건 외에는 말을 건네지 못했다. 아까처럼 얼굴에 불이 붙은 듯, 몸이 촛불처럼 녹아내리는 듯 하지는 않았지만, 발이 땅에 닿기나 하는 건지 불안했다. 하루카와 소라는 4시가 다 되어 유시마 역에 도착했다. 지하철에서 내려 계단을 올라갔다. 지상으로 올라가자 기다리고 있었던 듯 이글거리는 열기가 하루카와 소라를 맞았다. 도쿄의 더위는 저녁이 다 되어도 물러갈 줄을 몰랐다. 하루카는 도로 지하철역 안으로 들어가고 싶었다.

가케루는 못마땅한 얼굴을 하고 팔짱을 낀 채 계단 출구에 서 있었다.

"왜 이렇게 늦냐."

"거리가 먼데, 그럼 어떡하냐. 그래도 곧장 왔거든."

하루카는 그렇게 쏘아 대고 주위를 둘러봤다. 우뚝우뚝 선 콘크리트 빌딩, 차가 쌩쌩 달리는 도로. 그중 하나가 열기의 원인이라고 생각하자 짜증이 났다. 마침 편의점 봉투를 든 짧은 커트머리 여자애가 따각따각 걸어오고 있었다. 마키는 반소매 스웨트파카에 짧은 청반바지, 아오이는 무릎길이의 플레어원피스. 둘 다 사복 차림이 예뻤다.

"야호, 하루카, 소라!"

마키가 손을 흔들었다. 옆에 있던 아오이가 봉투에서 페트병을 꺼냈다.

"음료수 사 왔는데, 마실래?"

"아, 고마워. 목말랐는데, 잘됐다."

하루카는 아오이가 내민 페트병 두 개를 받아 소라에게 하나를 건넸다. 시원한 페트병을 보자 저도 모르게 볼에 갖다 댔다. 소라도 페트병을 두 손으로 만지작거리고 있는 걸 보면 잠시 시원함을 만끽하는 모양이었다.

"근데 우리 왜 모인 거야?"

차가운 음료수를 마시고 열이 좀 식자, 하루카는 그렇게 물었다. 마키가 놀랐는지 눈을 휘둥그레 떴다.

"왜라니……. 가케루, 하루카한테 말 안 한 거야?"

"아, 설명하기 귀찮아서."

가케루가 정색하고 대답했다. 마키는 잠시 쓰디 쓴 약이라도 먹은 표정이더니 금세 미안한 얼굴을 했다.

"미안, 놀랐지?"

"놀라긴 했지. 근데 네가 왜 사과해. 그건 그렇고, 유시마에는 왜 온 거야?"

"어어, 혹시 유시마텐진(학문의 신으로 추앙하는 스가와라 미치자네를 모신 신사로 입시철이면 합격을 기원하는 사람들이 가서 기도를 한다-옮긴이)이란 데, 아니?"

하루카는 고개를 끄덕이려다 옆으로 저었다. 들은 적이 있는 것 같기도 하고 없는 것 같기도 했다.

"스가와라 미치자네를 모신 신사던가?"

소라가 대신 그렇게 대답하자 하루카의 어깨가 움찔했다. 계속 입 다물고 있더니, 깜짝 놀랐잖아. 마키는 웃으며 고개를 끄덕였다.

“응, 맞아. 나도 자세히는 모르는데, 스가와라 미치자네는 학문의 신이었대. 우리 다 수험생이잖아, 소라도 왔고. 그래서 수학가게 멤버 완전체로 같이 가 보자고 으쌰으쌰 했지.”

“맞아, 맞아. 너희 기다리면서 도쿄 관광했어.”

덧붙이듯 아오이가 말했다.

“그랬구나.”

하루카는 중얼거리고는 가케루를 홱 째려봤다. 그렇게 중요한 일을 왜 말하지 않은 거냐고. 가케루는 눈곱만큼도 위축된 기색이 없었다. 하루카가 째려보는 것쯤은 산들바람만큼도 위협적이지 않을 것이다. 얼마 전 교실에서 나눈 대화는 나 혼자서만 꾼 꿈이었던 거야. 아, 작작 좀 해라.

“아 참. 아까 저기서 붕어빵 샀는데, 먹을래?”

가케루는 손에 든 종이 봉지를 부스럭부스럭 열었다. 안에는 노릇노릇 구워진 황금색 붕어빵 두 개가 다소곳이 들어 앉아 있었다. 하루카는 침을 꼴깍 삼켰다. 생각해 보니, 아침 먹은 뒤로 여태 쫄쫄 굶었다. 하지만 썩 먹고 싶지 않다는 듯이 손을 뻗었다.

“아, 기왕 사 온 거니까, 먹어 주지. 소라도 먹고 싶어 하는 거 같고 말이야.”

“어?”

소라가 마시던 음료수를 입에서 뗐다. 하루카는 소라의 의견은 물어볼 것도 없이 붕어빵 하나를 떠넘기고, 자신은 재빨리 남은 하나를 먹기 시작했다. 빈속에 달달한 팥소가 들어갔다. 소라는 골동품 감정이라도 하듯 붕어빵을 여러 각도에서 관찰했다. 그 모습이 우스꽝스러워서 지켜보던 넷이 일제히 웃음을 터뜨렸다. 갑자기 배고픈 걸 의식한 탓일까, 조금 전까지 느꼈던 어색함은 어느덧 말끔히 사라졌다.

유시마 역 앞에 즐비하게 솟은 빌딩을 보자, 과연 이런 곳에 신사가 있을지 의심스러웠다. 그런데 몇 분쯤 걸어가자 그 의심은 스르르 사라졌다. 도회지 한복판에 녹음에 둘러싸인 신사가 불쑥 모습을 드러냈다. 수학가게 멤버 다섯이 우르르 도리이(신사 입구에 세워 놓은 두 개의 문-옮긴이) 안으로 들어가자 이 무더위에도 경내는 꽤 혼잡했다. 소의 동상(스가와라 미치자네의 주검을 옮기던 소가 꿈쩍도 않자 그곳에 묘를 만들었다는 전설이 내려온다. 소의 동상의 머리를 만진 손으로 자신의 머리를 만지면 머리가 좋아진다고 전해진다-옮긴이)과 고마이누 상(신사나 절 앞에 돌로 사자 비슷하게 조각하여 마주 놓은 한 쌍의 상-옮긴이)이 이들을 맞이하듯 앉아 있었다. 비둘기와 참새가 분주하게 바닥을 쪼아 댔다.

녹나무 너머로 커다란 시주함이 앞에 놓인 화려하게 금물을 입힌 하이덴(일본 신사에서 배례하기 위해 본전 앞에 지은 건물-옮긴이)이 보였다. 하루카는 얼른 지갑을 열어 보고는 가슴이 철렁했다.

지갑은 빈털터리 일보 직전이었다. 집에 갈 교통카드는 충전해 놨지만, 아직 8월 초인데 벌써 용돈이 바닥을 보이다니 큰일이다.

오늘 쓴 비용이라도 엄마에게 청구하면 안 될까. 하루카는 용돈 걱정에 기도도 하는 둥 마는 둥 마쳤다. 아, 난생 처음 학문의 신 앞에 섰는데 좀 더 진지하게 기도할걸, 나중에야 그런 후회가 밀려왔다. 머뭇머뭇 눈을 뜨자, 옆에 있는 아오이는 진지한 얼굴로 손을 모은 채 계속 기도하고 있었다. 무슨 기도를 하는 걸까. 역시 입시 문제일까? 다른 세 명도 궁금했다. 가케루는 소라의 어깨에 팔을 두른 채 이야기 하고 있다. 마키는 그 모습을 바라보며 씁쓸히 웃고 있다.

"야, 소라. 우리도 소원 하나씩 적자."

"응. 좋은 생각이야."

가케루가 소라의 어깨에 팔을 둘렀는데도 그 앤 딱히 싫어하는 기색도 없었다. 가케루가 가리키는 곳을 보니, 스테인리스로 만든 걸이에 소원을 적은 나무판인 에마가 엄청나게 매달려 있었다. 그것만으로도 하나의 벽이 되었다. 멀찍이 떨어진 곳에서도 '합격 기원'이며 '성적 향상'이란 글자가 또렷이 보였다.

에마라고.

에마를 써 본 적은 없었다. 재미있을 듯했다.

"하나에 1000엔입니다."

"옛!"

하루카는 1000엔이라는 말에 저도 모르게 지갑 안을 두 번이나 확인했다. 아무리 들여다봐도 지갑에 남은 건 1000엔짜리 지폐 한 장과 동전 몇 개뿐이었다. 한 걸음 한 걸음 빈털터리를 향해 가고 있었다. 하루카는 눈물을 머금고 에마를 하나 샀다. 에마에는 삿갓 쓴 옛 귀족이 소에 올라탄 그림이 그려져 있고, 옆에는 운이 트인다는 뜻의 '개운(開運)'이 쓰여 있었다. 잘은 모르지만 이 사람이 스가와라 미치자네이겠지. 소에 올라탄 모습은 기묘했지만 한참을 바라보자 왠지 머리가 좋아질 듯했다. 반드시 1000엔만큼의 이익을 발휘하기를 하루카는 간절히 바랐다.

하루카 일행은 매점 옆 테이블 앞에 나란히 서서 각자의 에마에 소원을 적었다. 1000엔이나 주고 산만큼 모두 진지했다. 학문의 신이 읽기 쉽도록 크고 정성스레 썼다. 줄줄이 꿴 다섯 개의 에마를 소라가 대표로 묶었다. 나무로 만든 에마는 딸그락딸그락 게타 소리처럼 울렸다. 수학가게 멤버 다섯은 찬찬히 자신들이 적은 소원을 바라보았다.

2학기 수학 성적, 5를 받게 해 주세요.

제1지망 학교에 합격하게 해 주세요.

남자 친구와 같은 고등학교에 가게 해 주세요.

야구가 강한 학교에 합격하게 해 주세요.

수학으로 세계를 구할 수 있게 해 주세요.

모두의 소원을 얼추 읽은 하루카는 아오이를 팔꿈치로 쿡 찔렀다.

"아오이, 역시 고스케 오빠 학교가 목표구나?"

"으, 응. 나 열심히 할래."

아오이의 귓바퀴가 복숭앗빛으로 물들었다.

"나도 응원할게."

상큼한 마키의 목소리였다. 자연스레 사토미에게서 들은 말이 뇌리에 스쳤다.

둘은 헤어질지도 모른다.

하루카는 잠시 망설였지만 결국은 묻지 않았다. 아오이와 고스케의 문제에 참견하면 안 돼. 단, 무슨 일이 있어도 든든한 버팀목이 돼 줘야 해, 하고 결심했다.

하루카는 이어서 마키의 에마를 살짝 쓰다듬었다.

"어? 마키, 제1지망 학교 어디였지?"

"비밀."

"에이, 말해 주라."

"힌트. 후지자와에 있는 학교야."

"후지자와에 학교가 한둘이야?"

"때가 되면 말해 줄게."

적당히 얼버무리는 것 같았다. "때가 되면, 언제?" 목까지 올라온 그 말을 하루카는 역시 삼켰다. 지금 마키는 공부 문제로 한창 부모님과 냉전 중이다. 지망 학교는 자신의 마음속에 담아 두고 싶을 것이다.

하루카가 궁금증을 꾹꾹 누르고 있을 때, 옆에 있던 가케루가 소라의 에마를 가리켰다.

"왠지 하나만 차원이 다른데?"

"무슨 소리야. 사람의 목표에 위아래가 어딨다고."

"이야, 네가 말하니까 그럴 듯하게 들린다."

"그래? 왜 그런 거지?"

"너한테는 어려운 말이 어울린다 이거지."

"흐음. 그거 칭찬이야?"

소라는 눈썹 하나 까딱하지 않았지만, 왠지 모르게 진심으로 대화를 즐기는 듯했다. 역시 남자애와 이야기할 때는 마음이 편한가 보다. 거기까지 생각한 하루카는 문득 본 적도 없는 다이치라는 남자애와 소라가 이야기를 주고받는 모습을 상상해 봤다. 의견이 맞지 않아 늘 싸웠다던 동급생. 가케루와는 또 다른 타입의 소라 친구.

"얘들아, 저거 좀 봐. 스카이트리(세계 최고의 높이를 자랑하는 일본의 전파탑-옮긴이)가 진짜 잘 보여."

에마와 작별을 고하고 유시마텐진 경내를 빠져나왔을 때, 가케루가 비스듬히 하늘을 가리키며 말했다. 올려다보니, 여기저기 솟은 빌딩 따위 우습다는 듯 스카이트리가 우뚝 솟아 있었다.

634미터. 소인수분해 하면 2×317. 전국 어느 빌딩보다 높은 타워는 화창한 파란 하늘을 배경으로 자랑스레 솟아 있었다.

"소라, 여기서 저기까지의 거리, 측정할 수 있냐?"

"응. 앙각(낮은 곳에서 높은 곳에 있는 목표물을 올려다볼 때 시선과 지평선이 이루는 각도-옮긴이)만 측정할 방법이 있으면 가능할 거 같아."

"아, 삼각비란 거?"

"바로 그거야."

소라와 가케루가 씩씩하게 앞서서 걸어갔다. 태양은 이미 빌딩 너머로 숨었다. 서서히 잿빛으로 바뀌어 가는 구름을 보며 하루카가 불쑥 한마디 중얼거렸다.

"왠지, 수학여행 온 거 같다."

앞서 걸어가던 가케루와 소라가 돌아보았고, 나란히 걷던 마키와 아오이도 하루카의 얼굴을 들여다보았다.

"교토 수학여행은 별로 기억나는 게 없어. 역시 같은 모둠에 우리 수학가게 멤버가 없어서 그런가."

하루카는 나직이 말했다. 겨우 두 달 전 일인데, 교토로 다녀온 수학여행은 백 년 전 사진처럼 군데군데 빛바래고 찢어져 그 윤곽마저 흐릿했다. 아오이와 가케루는 아예 다른 반이었고, 같은 반인 마키는 모둠이 달랐다. 마키는 여자애들에게 워낙 인기가 있던 터라 다른 모둠으로 이끌려 갔다. 그리고 당연하지만 소라는 수학여행을 가지 않았다. 하루카는 수학여행 내내 이 멤버 중 누구와도 함께 보내지 못했다. 어쩔 수 없다고 머리로는 이해했지만 역시나 아쉬움이 남았다.

"그럼 그렇다고 치든가."

감상에 젖어 든 하루카를 향해 가케루가 히죽 웃어 보였다.

"이게 우리의 수학여행이라 치자고."

"그래."

마키도 즉시 가케루의 말에 동의했다. 아오이는 딱히 말은 없었지만 생글생글 웃는 걸로 보아 반대는 아닌 듯했다. 수학 소년은 하루카 옆에서 무표정한 얼굴로 안경을 밀어 올렸다.

그렇구나. 모두 같은 마음이었어.

그렇다면 즐기자. 처음이자 마지막 수학가게 멤버의 수학여행을.

널찍한 도로에 차가 쉴 새 없이 오갔다. 이곳의 30분 통행량이면 오이소의 하루치 교통량을 넘어설 듯했다. 가까이에 있는 도쿄 대학에서 때마침 강의가 끝났는지, 인도는 대학생으로 보이는 젊은이로 혼잡했다. 그 흐름을 피하듯 수학가게 멤버는 횡단보도를 건너 반대편 인도로 이동했다.

"어? 어째 이상하다 싶었더니……."

마키가 가지런한 두 눈썹을 살짝 치켜세웠다.

"소라, 하얀 옷을 입었잖아!"

"아 진짜! 너 이미지 바꾼 거냐?"

"우아! 하얀색도 잘 어울린다."

가케루와 아오이도 한마디씩 했다. 잘 어울렸다. 나도 말하려고 했는데, 아주 잘 어울린다고.

"그래?"

소라는 턱을 끌어당기고 자신의 옷을 내려다보았다. 이 기회에 멋에도 눈을 좀 뜨면 좋을 텐데, 하루카는 잠시 그런 시답잖은 생각을 했다. 이윽고 마키와 가케루와 아오이 셋은 길가에 있는 가게를 가리키며, 하루카와 소라를 앞서서 걸어갔다. 곱빼기만 파는 라면집이며, 쇼윈도가 멋스런 과자점……, 낯선 도시는 걷기만 해도 이야깃거리가 끊이지 않았다. 신기한 가게를 구경하느라 정신이 팔린 셋을 바라보며 소라는 무심코 흘리듯 말했다.

"다른 애들한테도 말해야겠어."

"뭘 말해?"

"다이치 얘기."

"응, 그래야지."

다이치 얘기. 다시 말해, 소라의 과거.

오늘 하루 동안 하루카는 많은 것을 알게 됐다. 이제야 소라와 똑바로 마주할 수 있게 됐다. 1년 3개월. 오랜 시간이 걸렸다. 답답할 정도로 먼 길을 돌아왔다. 하지만 소라가 마음을 열어 주었다. 둘이 걷던 길이 마침내 하나로 이어진 것이다.

"소라."

하루카는 멈춰 서서 소라를 불렀다. 앞서 가던 소라가 의아한 듯 멈춰 섰다.

"나, 너 좋아해."

여름날 오후 번잡한 도쿄, 그 한곳만 묘하게 아늑한 정적에 감싸였다. 소라의 얼굴에 그 정적에 어울리는 부드러운 미소가 떠올랐다. 하얀 이가 천사의 날개처럼 예뻤다.

"고마워. 나도 너를 좋아해."

해4. 단 하루만이라도

헤아릴 수 없이 많은 사람이 오고 간다. 아주 익숙한 걸음걸이로 거칠 것 없이 나아가는 사람도 있다. 앞으로의 여정을 기대하며 미소를 머금은 사람도 있다. 대부분의 사람들은 이미 짐을 부쳤는지 손이 가벼웠다.

아스나는 소파에 앉아 그 끊임없는 흐름을 지켜보았다. 나리타 공항. 떠나는 사람과 오는 사람이 모이는 곳.

하지만 아스나는 그 어느 쪽도 아니다. 어디에도 가지 않는다. 어디에도 갈 수 없다.

아스나는 왁자함의 한복판에서 홀로 장례식장의 밤을 떠올렸다. 그날 장례식장에서 무엇을 보았는지 무엇을 들었는지 누구와 만났는지, 아스나는 기억이 가물가물하다. 술 취한 운전자가 신호를 무시했고, 운 나쁘게 다이치가 치였다는 것. 자신은 다이치의 웃는 얼굴을 다시는 볼 수 없다는 것. 가까스로 알게 된 건 그 두 가지 정도였다.

아니다, 정확히 말하면 세 가지다. 장례식장에 소라가 없다는 것도 알아차렸다.

누가 말해 줬는지 기억나지 않지만 아무튼 학교에서 소라를 보았다는 사람이 있었다. 특별히 소라를 만나고 싶었던 건 아니다. 그대로 가만히 있으면 입 벌리고 뒤에서 쫓아오는 현실에 잡아먹힐 것 같아서였다. 아스나는 깊이 생각하지 않고 학교로 향했다.

밤의 어둠에 가라앉은 학교는 낮과는 다른 건물처럼 보였다. 교문은 이미 닫혀서 후문 쪽 울타리를 통해 학교 안으로 들어갔다.

운동장 구석에 가냘픈 그림자가 하나 있었다.

"소라, 여기 있었구나."

아스나는 어둡게 가라앉은 운동장을 향해 말했다.

방금 전까지 환히 빛나던 보름달은 시시각각 모양을 바꾸는 구름 뒤로 숨어 버렸다. 구름 사이로 언뜻언뜻 얼굴을 내미는 별들이 심란하게 깜빡거렸다 사라지기를 되풀이한다. 어둠 속에서 몸을 ㄱ 자로 구부리고 있던 소라는 흘끔 돌아보고 다시금 땅바닥으로 시선을 떨군다.

드득드득드득.

손에 든 건 나무 막대기일까. 땅에 뭔가를 쓰는 듯한데, 조명이 꺼진 지금으로서는 그것의 정체를 확인할 길이 없다. 어둠 속에 녹아들어 버린 듯 소라의 윤곽이 흐릿하다. 아스나는 운동장 가장자리로 다가갔다.

그리고 소라의 발밑에 빼곡히 적힌 수식을 물끄러미 바라보았다.

$A_1+A_2+A_3+A_4+A_5+A_6+A_7+A_8+A_9+A_{10}+A_{11}+A_{12}+A_{13}$
$+A_{14}+A_{15}+A_{16}+A_{17}+A_{18}+A_{19}+A_{20}+A_{21}+A_{22}+A_{23}+A_{24}$
$+A_{25}+A_{26}+A_{27}+A_{28}+A_{29}+A_{30}+A_{31}+A_{32}+A_{33}+A_{34}+A_{35}+$

"이게 뭐야?"

주욱 이어진 수식을 본 아스나는 고개를 갸우뚱했다.

"$A_1+A_2+A_3+\cdots$, 보통은 그 정도만 쓰고 생략하잖아. 근데 오늘은 왜 이렇게 계속 쓰는 거야?"

"흐음. 왜지……."

소라는 수식을 쓰던 손을 멈추고 골똘히 생각에 잠겼다. 어둠 속에서도 알아볼 수 있을 정도로 그 옆얼굴은 지쳐 보였다.

"풀이를 끝내고 싶지 않은 문제겠지, 아마도."

남 얘기하듯 소라는 그렇게 덧붙였다. 때마침 불어온 바람에 구름이 흘러가자 달이 얼굴을 내밀었다. 시야가 아주 조금 밝아졌을 뿐인데, 어둠에 눈이 익어선지 땅거죽을 뒤덮은 암막이 한쪽 끝에서부터 서서히 걷히는 느낌이었다.

넓은 운동장을 쓰윽 둘러본 아스나는 깜짝 놀랐다. 시야 가득 수식이 펼쳐져 있었다. 어마어마한 양의 숫자와 기호와 알파벳이 운동장 절반가량을 차지하고는 종횡무진 뛰어다녔다. 마치 나스카의 지상화처럼. 혹은 흑마술 의식을 거행하는 것처럼.

게다가 소라는 그 끄트머리에서 쉴 새 없이 수식을 늘려 가고 있다.

그 애가 바닥에서 눈을 떼지 않고 말했다.

"밤이 늦었어. 너는 그만 집에 가."

"괜찮아, 여기에 있을게. 여기서 보고 있을 거야."

아스나는 운동장과 콘크리트의 경계 바닥에 앉았다. 교복 치마를 뚫고 선득함이 전해져 왔다. 지금은 그 차가움이 사랑스러웠다. 몸에서 사라질 리 없는 열을, 36도를 조금 넘는 체온을, 더 좀 더 식히고 싶었다. 아스나가 앉자 소라는 다시 수식 쓰는 데 몰두했다. 언제 끝날지 모를 염주 알을 꿰듯 알파벳과 숫자가 남은 운동장 공간을 서서히 줄여 나갔다.

드득드득.

그리고 한동안 그렇게 바닥을 긁는 소리가 이어지고, 다시금 달이 구름 뒤로 숨었을 때, 소라는 별안간 손을 멈췄다.

"어쩐지 자꾸 흘러내린다 했더니."

손에 든 나무 막대기로 안경을 쓰윽 밀어 올렸다.

"그래, 내 안경이 아니었어."

다이치의 숄더백에서는 《모험가들 감바와 15마리의 친구》외에도 무참하게 찌그러진 안경집과 소라의 안경이 발견되었다. 안경을 가지고 장난치다가 서로 바꾸는 걸 잊은 걸까. 아스나는 이렇게도 저렇게도 추측해 봤지만 결국 소라에게는 물어보지 않았다. 어떤 사정이 있었든, 지금 다이치의 안경은 소라에게 남겨졌다. 비록 크기는 맞지 않지만 그날 이후로 소라는 내내 다이치의 안경을 쓰고 있다. 낡아서 쓰지 못하게 되더라도 소라가 그 안경을 버리는 일은 절대 없을 것이다.

그날 소라는 다이치의 안경을 쓰고 운동장을 수식으로 가득 메워 놓았다. 그때 풀려던 문제는 '목숨의 정리'에 대한 것이었다고, 나중에야 소라에게 들었다. 다이치가 남긴 의지가 소라와 아스나에게로 이어져 무한의 시간 속에서 점점 부풀어 가는 것을, 소라는 그 수식으로 나타내고 싶었던 모양이다.

바보 같다. 무한으로 이어진다면, A_{10000}나 A_{100000}처럼 터무니없이 큰 수를 계속 써 나가도 끝나지 않는다는 걸 알았을 텐데. 그날 소라는, 아침까지 계속 쓰다가 결국 선생님에게 꾸중을 듣고 말았다.

정말 바보다.

그리고.

소라처럼 자신도 바보란 걸, 아스나는 알고 있다.

왁자한 공항의 분위기에 먹히지 않을 만큼 커다랗게 한숨을 내쉬었다. 나는 결국 《빨간 머리 앤》을 읽지 않았어. 다이치가 추천해 준 책인데. 이제 읽어 본들 감상을 전할 수도 없어. 왜 진즉 읽지 않았을까. 정말 한심하다.

아스나는 후회로 가슴이 미어졌고 괴로움에 몸부림쳤다.

다이치.

혹시……, 혹시 말이야 지금 천국에 있으면 딱 하루만 나를 보러 와 주지 않을래?

그럼 부끄러워하지도 않고, 고집 피우지도 않을게.

너를 꼭 끌어안고 사랑한다고 말하고 싶어.

그리고 또 하굣길에 손잡고 멀리 돌아서 집으로 가자.

도서관에 들러서 네가 좋아하는 책도 빌리고. 나한테 책도 추천해 줘.

난 책을 고르는 네 옆얼굴을 보고 있을게.

에이 평소랑 똑같잖아, 다이치 넌 그러고 웃으려나.

그래, 난 그거면 돼.

나는 단지 그 '평소'를 다시 한 번 보내고 싶을 뿐이야.

다이치. 딱 하루만, 안 될까?

안 그럼 난 다시 일어서지 못할 거 같아. 어쩌면 평생 못 일어설지도 몰라.

어쩔 수 없잖아.

나는 너에게 작별 인사도 못했어.

너는 그때 그대로 열세 살인데, 나는 열다섯 살이 돼 버렸어.

너와 함께 보낸 시간보다 너와 헤어지고 난 이후의 시간이 길어졌어.

이렇게 점점 벌어지는 걸까.

난 연하는 별로 안 좋아하는데.

"괜찮을까……."

아스나는 갈라진 목소리로 힘없이 중얼거렸다.

"나 앞으로도 쭈욱 네 여자 친구로 있어도 될까."

"그래도 되잖아?"

느닷없이 머리 위에서 목소리가 내려왔다. 아스나가 얼굴을 들자, 다이치의 안경을 쓴 남자애가 내려다보고 서 있었다.

아 진짜, 언제부터 있었던 거야. 남의 혼잣말을 듣다니 참 못됐다.

아스나는 마음속으로는 그렇게 투덜거리면서도 여느 때처럼 헤실헤실 웃어 보였다.

그런데.

"아, 미안. 기분 상했나 보구나."

아스나의 마음을 꿰뚫어 보듯 소라는 그렇게 사과했다. 아스나가 의아해하자 그 애는 틀어진 안경을 한 손으로 바로잡았다.

"근데 말이야, 이거 하나만 말할게. 나는 죽을 때까지 다이치의 절친한 친구라고 말할 거야. 그러니까 너도 다이치의 여자 친구라고 말해도 돼. 그렇다고 누가 뭐라고 할 사람 없으니까."

"고마워."

그렇게 말하고 아스나는 일어났다. 배웅 나왔다가 되레 격려를 받았다. 민망하게.

"그럼 난 평생 결혼 못하게?"

"그거야 모르지. 다이치를 사랑하면서 다른 남자를 사랑하는 방법, 찾을 수도 있잖아."

농담조로 던진 말을 소라는 끝까지 진지하게 받았다. 오글거리는 말을 거리낌 없이 한다. 아스나는 그것도 일종의 재능이라고 생각했다. 동시에 어둠에 갇혀 있던 마음에 살짝 빛이 비쳐 들었다. 비 개이기 직전의 느낌이랄까.

"미래는 알 수 없어. 무엇 하나도. 벌써부터 걱정해 봐야 아무 소용없잖아."

"그럼 너무 뻔뻔한 거 아냐? 그거 양다리잖아."

"흐음. 그렇게 되나."

소라는 미간에 살짝 주름을 모으고 손으로 턱을 어루만졌다. 진지하게 생각하는 모양이다. 이 정도로 상식이 없으면 하루카도 참 힘들겠다, 아스나는 슬며시 하루카에게 동정심이 일었다

"이제 시간 다 됐어."

소라는 손목시계를 보며 말했다. 이제 떠나는 건가. 소라의 등 뒤로 보안 검사대 앞에서 기다리는 소라 부모님의 모습이 보였다.

미국으로.

아스나는 정든 모국을 떠나는 괴로움은 알지 못한다. 마찬가지로 아스나의 슬픔도 아스나밖에 모른다.

스스로 맞서고 받아들이는 수밖에 없다.

하지만 그렇게 혼자서 싸우다 쓰러지려 할 때, 누군가 버팀목이 돼 줄 상대가 있는 사람은 행복할 것이다.

“또 올게.”

“그래. 또 보자.”

아스나가 대답하자 소라도 돌아섰다. 소라는 마침내 자신의 전투장을 향해 걸음을 내디뎠다.

그리고 보안 검사대 안으로 들어가기 전, 소라는 한 번 뒤돌아보았다. 아스나는 남자 친구의 절친한 친구이자 자신의 절친한 친구이기도 한 남자아이를 향해 크게 손을 흔들었다.

눈물 한 줄기가 볼을 타고 흘러내렸다.

그토록 흘리고 싶었던 눈물이다. 그 눈물은 따뜻했다.

다이치.

나를 만나 줘서 고마워.

소라를 만나게 해 줘서 고마워.

앞으로도 언제까지나 너를 사랑할 거야.

문5. 수학으로 세계를 구하라

야호, 소라!

잘 지내니?

맨날 이메일만 보내는 게 좀 무미건조해서, 이번에는 손 편지를 써 보기로 했어. 좀 길어질지 모르지만 끝가지 읽어 줘. ☆

여기는 매일매일 더워서 말라비틀어질 거 같아.

보스턴은 덥니???

콘크리트 건물이 많아서 더울지도 모르겠다(편견).

우리는 변함없이 잘 지내고 있어~.

마키와 아오이와 가케루, 우리 넷은 모두 다른 고등학교에 다니지만 지금도 가끔씩 만나서 수학 공부를 하곤 해.

공부는 쬐금 하고 결국은 놀지만…….

고등학교 수학은 어려워.

예습 복습을 제대로 하지 않으면 따라갈 수가 없어.

그래도 1학기 수학 성적은 8이었어!

아, 10단계 평가에서 말이야.

나 엄청 노력했으니까, 칭찬해 줘. ☆

하긴 아무리 어렵다 해도 난 마키에 비하면 아무것도 아냐.

걔네 학교는 쟁쟁한 애들이 많잖아.

숙제도 많고 엄청 힘든가 봐.

그런데도 마키는 '내가 지망한 곳이라 징징대지도 못해.'라고 얘기해.

또 과부화 걸리지 않을까, 좀 걱정이긴 해…….

맞다, 맞다. 전에 아오이와 고스케 선배가 헤어졌다고 했잖아?

얼마 전에 들었는데, 다시 만날지도 모른대!

고스케 선배가 사과한 모양이야.

어떻게 될 거 같아?

다음 소식, 기대해!

가케루는 얼마 전에 연습 경기에서 형네 학교와 만났대.

경기는 졌지만 가케루는 형이 던진 공을 안타로 만들었대.

'다음에는 홈런을 쳐 주지.' 그러더라.

형제 간 대결이라니, 내 가슴이 다 뜨거워지는 거 있지.

그리고 슈이치와 사토미는 요즘 들어 통 못 만나.

졸업식 날 슈이치가 고백한 모양인데, 그 뒤로 어떻게 됐는지 모르겠어.

마키한테 물어볼까.

마키랑 슈이치는 같은 고등학교잖아.

하지만 깨졌다는 얘기 들으면 마음 아프니까, 안 물어볼래(웃음).

여기 상황은 대충 이래.

소라, 너의 근황도 전해 줘!

전에 말했던 킹왕짱 대식가 친구에 대해서도(웃음).

요즘 학교에서 어떻게 지내는지 그 이야기도 듣고 싶어.

아, 너무 어려운 이야기는 NG야.

아 참, 리만 가설 뉴스, 들었어?

영국 사람. 이름은 잊었는데, 유명한 학자 이야기.

논문에 오류가 있었다던데. 왠지 마음이 놓이더라(웃음).

넌 또 '꼭 그렇지는 않아.' 그러겠지만.

왠지 횡설수설한 거 같다, 미안.

가끔은 이런 편지도 용서해. ☆

우리 안 본 지 1년이나 됐네, 보고 싶다.

좀 더 기다려야 돌아오려나.

다시 스카이프로 이야기하자!

답장, 기다릴게!

사랑하는 하루카가

소라는 편지를 거푸 두 번이나 읽었다. 그러고는 고문서라도 다루듯 정성스레 접어 천천히 봉투에 도로 넣었다. 책상 구석에 있는 시계는 바늘 두 개가 겹쳐져 0시를 가리키고 있었다. 세상 모든 것이 잠든 듯 적막했지만, 일본은 지금쯤 가장 더운 오후 시간대일 것이다.

하루카에게서 손 편지를 받은 것은 중학교 2학년 가을 이후 처음이다. 이메일보다 훨씬 긴 때문인지 편지 내용에 활기가 넘쳤다. 영국 수학자 뉴스는 물론 소라도 텔레비전을 봐서 알고 있다. '리만 가설 증명에 성공했다'고 보도됐으나 논문 심사 단계에서 오류가 발견되었다. 소라도 그 논문을 읽어 봤지만 아직은 이해할 수 없었다.

하루카는 그 뉴스를 보고 마음이 놓였다고 했다.

그럼, 나는 어떤가.

내가 갈 때까지. 그에 어울리는 무기를 지니고 네게 도전하는 그날까지. 다른 누군가에게 토벌되지 않고 위풍당당하게, 수학의 가장 깊은 곳에 자리 잡고 있어 줘.

자신이 그런 생각을 한다는 걸 깨닫고는 흠칫 놀랐다. 자신에게도 남들처럼 야심이 도사리고 있었다니.

소라는 의자에 앉은 채 쿡쿡 웃었다. 책상 구석에 있는 사진 액자 유리가 형광등 불빛에 반사되었다. 1년 전 수학가게 임시 영업일, 한달음에 달려온 친구들과 찍은 사진이었다. 20명쯤 되는 중학생 한가운데에 소라가 끼어 있다. 하루카는 소라와 어깨가 부딪힐 정도의 위치에서 웃고 있다. 소라가 가장 좋아하는 사진이다. 그로부터 벌써 1년이 지났다.

그럼.

편지를 받았으니 답장을 해야 했다. 책상 서랍에서 편지지를 몇 장 꺼냈다. 오랜만에 쓰는 편지였다. 근황을 쓰려니 퍼뜩 떠오르는 말이 없었다. 하루카가 쓴 '킹왕짱 대식가 친구'란 친하게 지내는 미국인 친구다. 체중은 소라의 두 배 정도, 소라의 다섯 배 정도를 먹어 치운다. 보고 있으면 재미있긴 해도 딱히 새로운 이야깃거리는 없었다. 인간은 많이 먹든 적게 먹든 식사를 해야 하고, 그 모습은 극적으로 달라지지 않는다. 그 친구는 평소처럼 많이 먹고, 소라도 평소대로 그 애의 5분의 1정도를 먹는다. 편지에 써 보낼 만큼 특별한 건 아니다.

소라 자신도 전에 하루카와 스카이프로 이야기를 나눈 이후로 큰 변화는 없다. 고등학교에서 공부하고, 이따금 아버지의 대학에서 강의를 듣곤 한다. 그리고 아버지와 어머니 사이도 여전히 나쁘다. 물론 그런 문제를 미주알고주알 편지에 써서 일부러 하루카의 기분을 망칠 이유도 없다. 소라는 손에 든 연필을 빙그르르 돌렸다.

세계의 문제에 맞서기 전에 먼저 우리 가족 문제를 해결해야 해.

결국 아무것도 쓰지 못한 채 연필을 책상에 내려놓았다. 그러고는 의자 등받이에 몸을 기댄 순간 옆에 있는 노트북이 눈에 들어왔다.

"아차."

작게 중얼거리고 몸을 일으켰다.

"또 메일 체크하는 걸 잊었네."

이게 몇 번째인지 이제는 셀 수도 없을 지경이다. 공부에 몰두하다 보면 노트북을 여는 것조차 소홀해진다.

남들은 이해하지 못할 테지만, 수학 공부란 게 30분이나 한 시간 단위로 자를 수 있는 게 아니다. 한 문제를 붙잡고 며칠에서 몇 주일이나 씨름할 때도 있다. 그 기간에는 수업 중에도 밥 먹는 중에도 심지어 잠잘 때마저 문제와 씨름한다. 몸은 그곳에 있으나 마음은 장기 여행을 떠나 있는 것이다.

공부 끝나고 메일 확인해야지.

그렇게 생각하면 메일 폴더에 곰팡이가 번식할 것이다.

되도록 신경을 쓰려고 하는데.

"또 5일쯤 못 열어 봤네."

소라는 노트북을 켜고 메일함을 열었다. 아니나 다를까, 읽지 않은 메일이 쌓여 있었다. 대부분은 미국 친구들이 보낸 메일. 하나같이 특별할 것도 없는 내용이었다. 답장을 할 필요도 없다고 생각했다. 학교에서 만났을 때 사과하면 될 테니까. 그런데 거기에, 뚜렷이 이질적인 메일이 한 통 섞여 있었다. 영어 메일이 주욱 나열된 가운데 유일한 일본어. 아스나에게서 온 메일이었다. 메일을 클릭하자 딱 한 줄, 본문이 모습을 드러냈다.

그럴 때는 '언제든 너를 만날 수 있기를'이라고 말해야지.

"흐음, 그런가."

적막 속에서 소라는 그렇게 중얼거렸다. 아스나에게 상담하면 언제나 유익한 답장을 보내온다.

"장차 일본으로 돌아가 연구할 생각이야."

전에 소라는 하루카에게 그렇게 말했다. 스카이프였지만 기뻐하는 하루카의 목소리가 분명하게 느껴졌다. 그런데 '외국어 효과'에 대해 이야기하자 갑자기 하루카의 반응이 달라졌다. '외국어 효과'란 심리학 용어로 외국어로 이야기할 때는 모국어를 사용할 때보다 사고력이 저하된다는 것. 다시 말해, 미국보다 일본이 소라의 사고력을 백 퍼센트 활용하기에 적합하다는 이야기였다. 그것은 틀림없는 사실이었다. 하지만 하루카가 듣고 싶었던 건 그 말이 아니었다.

“으음, 말을 잘못했어.”

그때만이 아니다. 그 외에도 소라는 많은 실수를 했다.

깜빡 잊고 메일에 답장을 하지 않은 적도 있다. 섬세하지 못한 발언을 해 버린 적도 있다. 돌이켜 보니 2년 전에 받은 $y=[x]$의 정답 맞추기도 부끄러워서 여태 못하고 있다. 자신의 행동이 일반적인 남자 친구로서의 행동과 너무 동떨어진 건 소라 자신도 알고 있다. 아마 하루카는 적잖이 불만일 것이다.

으음, 신음하듯 한숨을 내쉬고 의자 등받이에 몸을 기댔다. 그 순간, 책상 위 책꽂이에 꽂힌 문고본 한 권이 눈에 들어왔다. 수학 서적 틈에 끼어 색다른 분위기를 자아내는 유일한 소설책. 미운 오리 새끼처럼 눈에 확 띄지만 그 제목은 오리도 백조도 아닌 《기러기》.

예전에 다이치가 추천해 준 모리 오가이의 작품이다. 지난해 일본에 갔을 때 사 들고 온 책이다. 다이치는 알고 있었을까. 내가 이 책에 나오는 남자와 똑같은 과오를 범하리란 걸. 학문에 열중한 나머지 소중한 사람을 돌아보지 못하리란 걸.

그럼 나는 그 이후로 전혀 성장하지 않았다는 말인가.

소라는 눈을 감고 머리를 흔들었다. 그럼에도 밀려드는 한심한 생각을 떨쳐 낼 수가 없었다.

어쩌면 나는 아버지와 같은 인간일지도 몰라.

소라는 마음속으로 괴로운 듯 그렇게 중얼거렸다.

수학 공부에 지나치게 열중한 나머지, 정말로 소중한 것은 전혀 돌아보지 못했다. 아버지처럼 소중한 사람에게 고함을 치거나 하지는 않았지만 만약, 지금 이 어긋난 마음이 시간이 지날수록 커져 간다면.

"겁쟁이 같으니라고! 뭘 고민해."

별안간 등 뒤에서 목소리가 들려왔다. 움찔 놀라 돌아보았지만, 물론 방 안에 다른 누가 있을 리 없다. 아니, 소라의 방뿐 아니라 집 안 전체가 쥐죽은 듯 조용하다. 아버지도 어머니도 이미 잠들었을 것이다.

기분 탓일까.

소라는 무의식중에 안경을 매만졌다. 그동안 소중하게 써 온, 이제는 낡아 버린 다이치의 안경. 살짝 밀어 올릴 때마다 소라는 자신이 한 사람이 아니란 것을 느끼곤 한다.

다이치.

만나러 올 거면, 아스나에게 가 줘. 그리고 부모님한테도 찾아가서 만나고. 난 그다음이어도 돼. 세 번째여도 좋아.

그래, 나는 괜찮아.

나는 네가 남긴 걸 많이 가지고 있으니까.

가슴속에서 흔들거리며 꺼져 가던 불꽃이 다시 불뚝 일어난다.

내가 《기러기》에 나오는 남자와 다른 점은, 하루카에게 내 생각을 분명하게 전했다는 것. 그리고 앞으로도 계속 하루카를 사랑할 각오를 하고 있다는 것이다.

소라는 손을 뻗어 창문을 조금 열었다. 밤하늘에 뜬 달이 보스턴 땅에 금빛 광채를 뿌리고 있었다. 지금 일본에서는 저 달을 볼 수 없다. 하지만 내일이면 하루카도 틀림없이 저 달을 보게 될 것이다. 그리고 저 달이 떠 있는 하늘도 머나 먼 일본까지 이어져 있다.

소라는 한동안 멍하니 하늘을 올려다보았다.

뭘 고민해, 라고.

분명, 우리에게는 고민할 시간 따위 없다. 지구는 지금도 시속 약 1700킬로미터로 자전하고 있다. 오늘은 시속 1700킬로미터로 지나가고, 내일은 시속 1700킬로미터로 찾아온다. 뛰어넘어야 할 장애물도 같은 크기로 돌진해 온다.

우리 앞에는 고난이 두 팔 벌리고 기다리고 있다. 아직 시야에 들어오지 않은 고난도 무수히 숨겨져 있을 것이다. 절대 극복할 수 없다고 말하는 사람도 있을 것이다. 당연히 헤쳐 나갈 수 없다고 비웃는 사람도 있을 것이다.

하지만 앞일은 아무도 모른다. 극복해 나갈 수 있을지 고꾸라져 버릴지.

스스로 체험하여 현재로 바꾸는 것, 그 외에는 미래를 알 방도가 없다.

"증명하는 거야."

구름 사이로 환히 빛나는 달을 바라보며 소라는 그렇게 중얼거렸다. 그 목소리는 공기 속에 녹아들어 파문이 되어 한없이 퍼져 나간다.

"내가 지금부터."

소라는 조용히 그렇게 내뱉었다.

자신의 마음에, 세계에, 그리고 모든 수학을 향해.

∽ 옮긴이의 말 ∽

“제 꿈은 수학으로 세계를 구하는 것입니다.” 그렇게 터무니없는 자기소개를 하던 괴짜 수학 소년 소라와, 수학이라면 진저리를 치던 하루카가 의기투합하여 운영한 수학가게. 그간 수학가게는 오로지 시험을 보기 위해서 공부하는 것쯤으로 여기던 수학이 우리의 실생활에도 크게 쓸모 있음을 보여 주었다.

더 나아가 수학적으로는 도저히 접근할 수 없을 것 같은 사랑 문제까지도 ‘연애부등식’으로 풀어냈고, 몇 백 명이 되는 관중 앞에서 달과의 거리를 측정해 보여 주기도 했다. 그리고 이번에는 ‘목숨의 정리’를 이끌어 낸다. 사람의 생명을 수학적으로 정리해 내다니, 역시 수학 천재 소년! 감탄이 절로 나온다.

‘목숨의 정리.’ 목숨이란 당사자에게는 유한하지만 남아 있는 자들에게는 무한하다는 논리이다. “아, 맞아!” 하고 무릎을 쳤다. 공교롭게도 내가 〈수학가게〉 두 번째 책을 번역하는 동안 어머니가 세상을 떠났고, 이 세 번째 책을 번역하는 동안에는 열세 해를 같이 살았던 반려견이 무지개다리를 건넜다. 사랑하는 존재와 죽음으로 이별한 나에게 ‘목숨의 정리’가 크나큰 위안이 된 것은 두 말할 것도 없다. 어머니가 내게 남긴 사랑과 가르침을 나는 또렷이 기억하고 느끼고 있으며, 나의 반려견이 나에게 주고

간 사랑도 내 안에 고스란히 남아 있다. 그들의 목숨은 그렇게 내 안에서 무한한 가치로 살아 있다.

먼저 세상을 떠난 생명들에 빚진 마음을 어떤 식으로 갚아 나가야 할까. 책을 읽어 보면 알겠지만 수학가게는 단지 괴짜 수학 소년의 엉뚱한 발상에서 시작된 게 아니다. 소라에게는 무거운 사명감 같은 것이었다. 자신의 손길이 닿는 곳이라도 구하겠다는 결의로 시작한 것이 바로 수학가게이다. 그렇게 소라는 자신이 가진 수학적 능력으로 사람들을 도우려 했다. 그럼 나는? 그것은 아직 나의 과제로 남은 채다.

세 편의 〈수학가게〉를 번역하는 동안 함께했던 수학가게 멤버들이 중학교를 졸업하고 이제 고등학생이 되었다. 소라, 하루카, 가케루, 마키, 아오이. 이 멤버들 덕분에 수학가게를 찾아온 손님은 마음 편히 고민을 털어놓을 수 있었다. 앞으로도 옆집에 놀러 가듯 쉽게 찾아갈 수 있는 수학가게가 항상 우리 곁에 있어 주길 간절히 바란다.

고향옥

∽ 주요 참고 문헌 ∽

Francesco Algarotti(2011). Sir Isaac Newton's Philosophy Explain'd for the Use of the Ladies : In Six Dialogues on Light and Colours : Volume II. Milton Keynes(UK) : Nabu Press.

足立恒雄,《フェルマーの大定理》(筑摩書房, 2006)

サイモン・シン(著), 青木薫(訳),《フェルマーの最終定理》(新潮社, 2006)

竹内薫,《不完全性定理とはなにか》(講談社, 2013)

藤田博司,《魅了する無限》(技術評論社, 2009)

* 본문 중 〈숙녀를 위한 뉴턴 철학〉(Sir Isaac Newton's Philosophy Explain'd for the Use of the Ladies)의 인용문은 원문 170~171쪽을 참고했다. 《페르마의 마지막 정리》(フェルマーの最終定理) 176~177쪽 번역문 일부를 이 책에 적합한 표현으로 고쳐 사용했다.